조선과 꿈

조선의 개혁을 꿈꿨던 두 기구한 운명에 대하여

홍윤철

1960년 서울 출생. 서울대학교를 졸업하였으며 지은 책으로 '질병의 탄생', '질병의 종식', '팬데믹', '코로나이후 생존도시'가 있다. 최근 출판된 책 '호모 커먼스'에서 인류의 빅히스토리를 통하여 공유와 공존에 대해 정리한 바가 있다.

삽화: 하은희

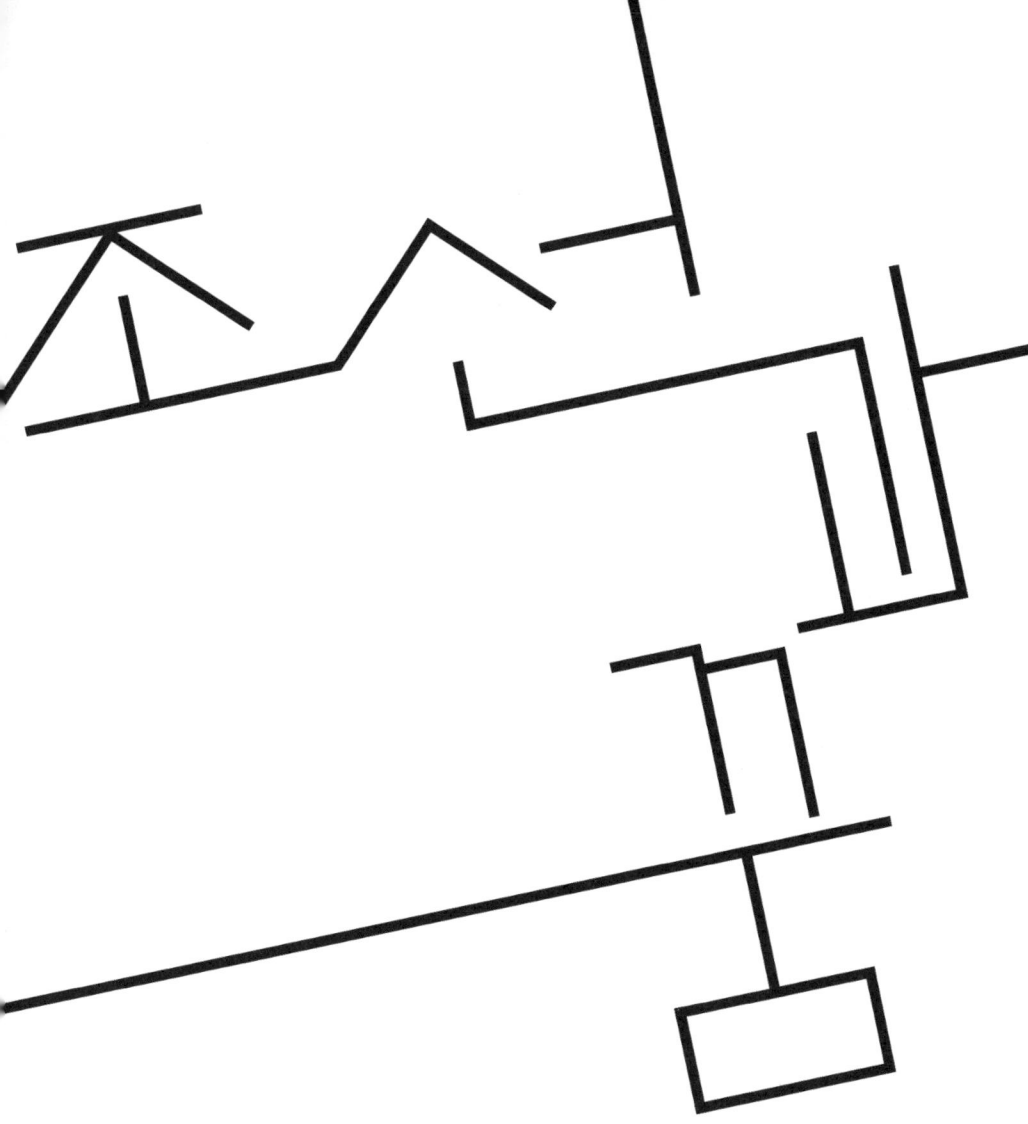

조선과 꿈

조선의 개혁을 꿈꿨던 두 기구한 운명에 대하여

홍윤철 역사 소설

차례

처형 **007**

박문기 **031**

만남 **067**

북학파와 천주교 **103**

해동인쇄소
145

강경포구
179

심선골
225

출판사
263

작가 인터뷰
309

처형

조선과 꿈

기와를 얹은 다소 높아 보이는 담장위로 이제 막 붉게 물들기 시작한 하늘이 보였다. 노을이 지는 하늘은 늘 마음 한구석을 파고 들었지만, 오늘은 가슴이 더욱 시려왔다. 저녁노을을 배경 삼아 나는 새들의 모습은 금강 하구에서 바라보았던 그 노을을 떠올리게 했다. 하지만 눈물로 인해서인지 붉은 하늘은 이내 흐려져 갔다.

"아, 이 노을을 언젠가 같이 바라본 적이 있었지!"

솟구치는 회한이 마음 속에서 회오리쳤다.

하지만 더 이상 지는 해를 바라보고만 있을 수는 없었다. 마음은 아쉬움으로 가득하였지만 어디선가 외치는 여인의 울부짖는 소리가 오히려 위안이 되고, 함께 섞여 들려오는 징소리는 실제 소리보다 아스라이 들리는 듯했다.

징소리는 얼마전 배가 난파되어 아들을 잃었던 강경포구의 어느 선주집에서 보았던 무당이 춤추던 모습으로 나를 이끌어갔다. 그녀는 칼날위에서 춤을 추었지만 칼날위에 선 맨발에서는 피가 나지 않앉고, 심지어는 그 날위에서 훌쩍 훌쩍 뛰기도 하였다. 사람들은 웅성거렸고, 그러면서 한켠에서는 엽전이 쌓여갔다. 춤과 칼, 피와 돈의 기억이 엉키면서 머리가 혼돈스러운 상태에 이르렀을 때, 그 순간 커다란 빛이 지나가면서 갑자기 모든 것이 정지된 듯이 고요해졌다.

나는 서있을 수가 없었다. 무엇인가에 안긴 느낌이면서 분명하지는 않지만 환한 기운을 받으며 지나왔던 삶의 기억들이 하나둘씩 보이면서 사라져갔다. 그 중심에 보이는 이는 박문기인 듯했다. 그와 가까웠던 사람들의 모습도 보였다. 허나, 그 모습들이 어느 때의 모습인지는 잘 구분되지 않았다.

나는 박문기의 처형장에서 정신을 잃고 쓰러진 후 사람들에 의해 근처의 보부상 객주가 운영하는 여관으로 옮겨진 듯하였다. 깨어나 보니 오랫 동안 사람이 거의 사용하지 않았다는 것을 알 수 있을 만큼 낡은 문풍지가 문에 겨우 붙어있는 후미진 곳에 있는 작은 방이었다. 그래도 객주인지 누구인지 이불에 나를 눕히고 베개도 가져와 머리맡에 놓아주었던 것 같았다. 이불에 앉아 기척을 내었지만 아무도 들여다보지 않아 주변을 살필 겸 삐걱거리는 문을 열고 나갔더니 그제서야 여관에서 일하는 하인인 듯한 이가 달려오더니 손을 크게 저으면서 그냥 방으로 들어가 있으라는 것이었다.

"객주 어른께서 손님이 방에서 나오지 않게 하고 대신 필요한 것은 다 갖다드리라고 하였구먼요."

그렇게 며칠을 머물다 보니 다행히 관에서는 나에 대해서 관심을 갖지 않은 듯 누구 하나 얼씬거리지 않았지만 나는 그곳을 한시

바삐 벗어나고 싶었다. 박문기와 동행하였다는 사실만으로도 나 역시 조사를 받을 수 있는 상황이었고, 잡히면 박문기를 그렇게 죽이려했던 사람들이 나에게도 역모가담죄를 뒤집어 씌울 지 모른다는 생각에 마음이 바빴기 때문이었다. 아니, 사실 그보다도 박문기의 처형을 감내하기가 어려웠기 때문이었는지도 모른다. 박문기가 처형당한 곳에서 멀지 않은 곳에 멀쩡히 있다는 사실만으로도 괴로움에 숨을 쉴 수 없었다. 그만큼 나는 박문기의 삶과 연결이 되어 있었던 것 같다. 시신의 수습은 관에서 한다고 해도 인간의 도리로 보면 마지막 길에 동행했던 내가 어떻게든 마무리되는 것을 지켜보아야 했지만 나는 그러지 못했다. 어쩌면 그때의 마음의 빚이 아직도 남아있는 것인지도 모를 일이다.

    보부상들은 소문과 소식에 아주 빠르고 전파에 익숙한 이들이라 박문기의 처형과 그 자리에서 쓰러졌다가 누군가에 의해 옮겨졌던 나의 관계에 대해서 이미 어느 정도 알고 있었는지 모른다. 아니면 혹시나 누군가 탐문을 나올까 하여 나를 보호한다고 별채의 뒷방에 머물게 하였던 것 같다. 아마도 박문기 호송에 동원되었던 뱃사람들이나 같이 배에 탔던 행상들이 그들이 알고 들은 대로 조금씩 이야기를 전했으리라. 별채는 낡고 한동안 아무도 쓰지 않은 상태라 누구 하나 관심을 가질만 하지 않았기 때문에 안전해 보였지만, 나는 한시바삐 강경포구로 돌아가고 싶었다. 마포에는 삼남 지방에서 곡물을 수송하는 배나 새우젓을 운송하는 배들이 자주 다녔기 때문에 강경포구로 가는 배를 타는 것은 그리 어려운 일은 아니었다.

객주는 처음 보는 사람이었으나 박문기에 대해 어느 정도 아는 사람 같아보였다.

"객주 어르신, 고맙습니다. 이제 며칠 신세를 지었으니 이만 강경으로 내려가려 합니다."

"큰 일을 당했으니 마음이 얼마나 아프겠소. 필요한 게 있으면 내가 마련해 보겠소이다."

"예, 고맙습니다. 바다 길로 왔으니 다시 마포에서 배를 타고 갔으면 합니다."

"알겠소. 그럼 바꿔 입을 옷가지와 간단한 차림이 필요할테니 준비해보리다."

어쩌면 나를 돕는 것이 그 역시 위험할 수 있는 일일 수 있지만, 그는 여러가지를 나에게 묻지 않으면서 선선히 도와주겠다고 하였다. 숙식과 옷가지 등 비용을 치르려 했을 때도 쓰지 않는 방을 주었다고 값을 받지 않으려는 것을 억지로 주고 왔다.

객주가 챙겨준 옷가지로 행상처럼 행색을 하여 마포를 떠난 뒤 배를 타고 바라보는 바다는 이전에 보던 바다가 아니었다. 바다는 거칠지 않고 비교적 잔잔하였으나 그동안 보아왔던 바다보다 더 짙은 옥색이었고 물밑에서 올라오는 도저히 상대할 수 없는 커다란 힘이 나를 압도하는 듯이 느껴졌다.

마포나루에서 강경포구로 가는 배에는 스므 남직한 사람들이 탔는데 배를 모는 뱃사람을 포함하여 대부분 바다와 관련된 생업으로 생계를 꾸려가는 사람들 같았다. 그중에 햇볕에 얼굴이 까맣게 그을리고 이마에 주름이 가득한 새우젓 상인은 이 뱃길이 일상인 듯한 모습이었다. 거친 풍랑과 힘든 세월을 지내온 듯이 그의 피부는 사람좋아 보이는 걸죽한 목소리에 잘 어울렸다. 마치 새우젓 파는 일이 자신이 선택해서 하는 일은 아닐지라도 이제는 천직으로 받아들여 삶의 일부가 되었음을 나타내는 것 같았다.

"보아하니 여느 행상하고는 다른 것 같은데 강경포구는 뭔 일로 가시오?"

그는 그냥 말동무를 원하는 듯이 가볍게 말을 던졌지만, 이미 그 말은 나의 가슴에 메아리를 일으키고 있었다. 머리 속은 강경포구라는 단어가 계속 맴돌고 있었다.

나는 스스로에게도 같은 질문을 하고 있었다.

'나는 왜 강경포구에 가는가?'

몹시 혼란스러워서 멈칫거리다가 겨우 말을 꺼냈다.

"그곳에서 할 일이 있어서구먼요."

"뭘 파시는 분은 아니구먼. 행색이 그래보이지 않더니 내 생각이 맞았구랴."

"아닙니다. 서책을 만들어 파는 일을 하기는 하지요. 그런데 지금은 그보다 급한 일들이 생겨서 그 일들을 먼저 처리하기 위해서 가는 길이외다."

그렇지 않아도 생각이 복잡하여 나 스스로 무엇을 어떻게 해야 할지 모르던 차였기에 지금 배를 타고 강경포구로 돌아가는 일에 대해 어떻게 이 새우젓 장사에게 설명할 수 있을까라는 생각이 들었다. 나는 분명한 대답을 피하면서 대화를 마치려 했다. 자신을 외면하는 듯 먼 바다를 바라보고 있는 나를 한참 쳐다보더니 새우젓 상인도 더 이상의 흥미를 가지는 것 같지는 않았다.

배에 부딪혀 하얗게 포말을 일으키기를 반복하는 바닷물을 바라보면서 나는 어느덧 강경포구에서 다섯사람이 처음 모였을 때의 기억으로 들어갔다. 내가 처음 박문현의 포구터에 가본 것은 강경 시장에서 남옥동 사이에 있던 찻집에서 다섯 사람이 첫 모임을 가졌을 때 박문기가 강경포구를 한번 둘러보자고 해서였다.

포구의 왼쪽에 커다란 기가 달려 있고, 주위의 다른 곳보다 좀 더 큰 배가 드나들수 있게 접안시설을 크게 갖추어 누구나 쉽게 알아볼 수 있던 포구터가 박문기 집안, 그러니까 그때는 박문기의 형인 박문현이 소유한 포구터였는데, 그 크기는 먼 바다를 건너온 청나라의 상선도 어렵지 않게 접할 수 있는 정도였다. 그리고 박문현의 포구터에서 큰 길이 곧이어 인접해있고 큰 길을 건너면 바로 시장이었기 때문에 강경포구와 강경시장에서 누가 가장 영향력이 있을 지는 쉽게 가늠할 수 있었다. 특히 인상적이었던 것은 포구에 휘날리고 있던 형형색색의 깃발들이었다. 박문현의 포구터에 휘날리던 커다란 기에는 붉은 테가 둘러싸고 있는 진(津)이라는 글자가 새겨져 있었다. 황색과 청색 그리고 그밖의 색깔의 기들이 여러 모양으로 포구터에 자신들을 알리느라 나부끼고 있었지만 어떤 기도 박문현의

터에 있는 깃발만큼의 위세는 없었다.

진이란 글자가 새겨져 펄럭이는 깃발은 바람에 세차게 나부끼면서 함성을 지르는 듯했다. 나의 가슴은 뛰기 시작하였고 귀에서 웅하는 소리와 함께 이내 어지러움을 느끼면서 마치 시장에 있던 많은 사람들이 민란에 가담한 백성들인 것처럼 환상에 빠져들고 말았다.

"환곡을 철폐하고 도결을 혁파하라!"

백성들의 피를 빨아먹는 학정과 수탈을 멈추게 하자는 군중의 함성이 바닷바람 소리에 섞여서 점점 더 크게 들려왔다. 그리고 그 함성은 거대한 울림이 되어 포구 전체를 삼키는 듯했다.

어느덧 나는 죽창을 들고 어느 커다란 기와집 앞에 서있었다. 새로 얹은 기와가 햇빛을 받아 눈이 부셨고 그 집의 돌담과 커다란 대문은 오랜 권세와 함께 쌓아온 부를 이야기하는 듯했다. 나를 따르던 이들은 벌써 이삼십 명이나 되었고, 그중에는 나보다 나이가 많은 농사꾼, 힘깨나 쓸만큼 체격이 건장한 장사꾼, 그리고 손에 도끼를 든 나뭇꾼들이 섞여 있었고 이들은 벌써 그 기와집의 대문을 부수고 있었다.

아침부터 장터에 모였던 이들은 흥분해 있었을 뿐 아니라 고함과 함성을 지르면서 다녔기 때문에 읍내 중심가에 들어왔을 때는 벌써 한낮을 한참 넘어서 배들이 고팠다. 그리하여 나는 먹을 것을 쉽게 얻을 수 있으면서 한편으로는 새벽 회합에서 지시를 받은 대로 돈이 될만한 패물도 얻어 앞으로 벌어질 일 들에 대비하고자 하였기 때문에 눈에 띄는 큰 기와집을 고른 것이다. 문은 굳게 잠겨있었지만 장정 열 명 이상이 대들고 부수니 도리 없이 열렸다. 나는 사실 그 기와집에 대해서는 잘 모른다. 그런데 무리중 어떤 이가 이렇게 말하면서 집주인을 눈이 벌게서 찾아나선 것을 보면 그는 평소에 나쁜 짓을 많이 했었을 것으로 짐작되었을 뿐이었다.

"이 죽일 놈의 양반 어디갔어? 내 손에 죽을거여!"

이윽고 무리들은 마당 한켠에 있던 광에서 쥐죽은 듯이 숨어있던 집주인 양반을 찾아서 내 앞에 끌고왔다. 나이는 어린 축에 들었지만 유계춘과 같이 다니는 것을 본 이들은 나를 이 무리의 지도자로 생각했는지 나의 결정을 기다렸다. 어쩌면 내 머리에 두른 노란색 머리띠가 이미 나에게 무리를 이끄는 역할을 하게 하였는 지도 모른다. 노란색 머리띠는 유계춘이 자신의 측근과 몇몇 지도급 농민과 나뭇꾼들에게 나누어주고 머리에 두르라고 한 것이다.

행실이 나쁜 양반은 이번에 죽여야 다시는 그런 일들이 생기지 않는다는 말들이 이미 떠돌고 있었기 때문에 나의 결정은 그를 때려죽일 것이냐, 아니면 버릇을 고치는 정도로만 때릴 것이냐를 골라야 하는 것이었다.

"도령, 이 자를 어찌 하오리까?"

얼굴이 크고 험상궂어 보이는 나뭇꾼이 집주인을 끌고와서 내 앞에 무릎을 꿇리었다. 상투머리에 볼품없이 내 앞에 던져진 양반은 두려움과 절망감으로 떨고 있었다. 한 번도 본 적이 없었던 사람이었다. 평상시라면 체통을 내세우고 권위로 어깨에 잔뜩 힘을 주었을 사람이 고양이 앞에 쥐 같은 모습으로 내 앞에 무릎을 꿇린 채 앉아 있었다.

 이러한 상황에 익숙치 않았던 나는 약한 모습을 감추려고 일부러 큰 소리로 외쳤다.

 "이놈의 볼기를 열대 세게 쳐라!"

 주변의 분위기는 이 양반을 처형해서 과거에 그가 했을 뻔한 만행에 대한 분풀이로 삼기를 원하는 듯했지만, 나는 두려움에 떨고 있는 그를 희생양으로 삼고 싶지 않았다. 내 말에 격앙된 분위기는 조금씩 가라앉았고, 또 볼기 열대를 맞은 그는 이 일을 잊지 않고 복수를 하려 무슨일이라도 찾아서 할 터이겠지만 나는 다른 선택을 할 수 없었다.

 커다란 마당은 금세 태형장으로 바뀌었고 나무판에 양팔을 묶인 채 발가 벗겨 누워있는 그 양반의 볼기에 누군가가 가져온 굵은 몽둥이가 내려쳐지기 시작하였다. 그는 맞을 때마다 외마디 비명을 지르다가 다 맞지를 못하고 결국은 혼절하였다. 몽둥이를 내려치던 이는 침을 뱉으며 몽둥이를 던져 버렸고 모여서 구경하던 사람들은 벌거벗은 채 기절한 그를 그대로 내버려두고 하나 둘씩 자리를 떠났다.

 '지금 그 상황이어도 똑같이 했을 거야. 아마 박문기라면 볼기를 치는 태형을 내리지도 않고 또 그날 장터로 나선 이들의 기를 꺾지도 않는 현명한 결정을 했을지도 모르지.'

 이렇게 생각하며 나는 당시에 내가 내린 결정에 대해서 스스로를 위로했지만, 여전히 마음 한 구석은 채워지지 않는 것을 느꼈다.

짙은 옥빛의 바다는 검은 구름 사이에 간간히 보이는 푸른 하늘과 대조를 이루었다. 바다는 자기만의 색과 물결, 그리고 바람과의 조화와 대결로 존재를 드러내고 있지만 뭍에서 벌어진 그 많은 일들에 대해서는 모르는 것 같았다. 아니, 알면서도 모른 채 모든 것을 그대로 안고 가는 것 같기도 했다.

'어쩌면 바다가 세상의 근원이고 우리의 삶이란 세상에서 그냥 있을 법한 다양한 현상 중 눈에 보이는 하나의 현상인지도 모르지. 나의 삶이나 박문기의 삶이나 그냥 지나가는 현상일지 몰라. 슬퍼하거나 아쉬워할 것도 없어. 흐르는 물과 같은 거니까.'

나는 문득 바다로 들어가고 싶었다.

'깊은 바다속은 가장 포근한 엄마의 뱃속 같은 것이 아닐까? 우리의 삶이란 그 속에서 잉태되어 세상으로 내보내어진 것이 아닐까? 그러니까 바다는 우리 삶의 처음이자 시작이 아닐까?'

어쩌면 바다속에는 세상의 갈등과 고통이 없고 그냥 시작도 되기 전의 최초의 평안 만이 있을 것이라는 생각이 머리를 스쳤다. 바다와 나를 제외한 모든 것이 정지된 듯한 순간을 느끼며 나의 몸은 뱃난간에 걸쳐져서 바다쪽으로 천천히 기울어져 갔다.

그 순간, 굵은 핏줄이 선 팔이 나를 잡았다. 새우젓 상인이 나의 허리를 안고 배 바닥으로 넘어지면서 소리쳤다.

"아니, 이 사람이! 죽으려고 환장을 했나?"

새우젓 상인과 함께 배바닥으로 미끄러지면서 나의 정신은 아득해졌다. 구름 너머로 감추어진 듯이 보이는 새파랗게 물든 하늘이 나를 안고 있는 것 같았다. 지난 일들에 대한 기억이 안개처럼 피어나면서 지나가고, 아스라이 박문기와 함께 했던 시간과 기억이 서로 얽혀서 가슴으로 꽃망울이 떨어지듯 내려앉았다. 꽃들은 온 통 흰색이었고 이상하게도 박문기는 꽃들로 살아나서 나와 함께 있는 듯했다. 내려앉은 꽃망울들은 그냥 지지 않고 다시 내 몸을 덮으면서 내 몸에 뿌리를 내리고 싹이 나면서 자라 올랐다. 내 몸에서 싹이 줄기가 되고 힘차게 올라갈 때 나는 기쁨과 환희를 느끼면서 깨었고 나의 얼굴은 눈물 범벅이 되어 있었다.

정신이 혼미한 상태에서 어느덧 배에서 밤을 맞이했다. 어두운 밤바다는 별과 달에 의지해서 가야하는 고난의 시간이다. 세월이 지나면서 쌓아온 경험이라는 선생이 없으면 옴짝달싹할 수 없는 그 시간은 세상에 홀로 떨어진 상태에서 스스로에게 의지하면서 새벽이 올 때까지 견뎌내야 하는 시간이다. 아마 엄마의 뱃속에서 그랬을지도 모른다. 뱃속에 있는 나를 엄마가 보호해주긴 했지만, 어쨌든 나는 세상의 빛을 향해 홀로 나와야 했기 때문이다. 나는 긴 밤의 항로속에서 어느 덧 마음의 길을 잃고 있었다. 아니, 잘 알 수 없지만 어딘가로 가고 있는 듯하기도 했다. 그곳은 강경포구도 마포나루도 아니었고 한양이나 상해, 아니면 북경 같이 호화찬란한 곳도 아니었다. 나는 그저 어스름한 밤에 멀리서 간간이 보이는 작은 불 빛을 따라가는 작은 존재처럼 느껴졌다.

조용한 밤바다는 다시 나를 꿈으로 이끌었고, 커다란 잉어가 큰 입을 벌리면서 나를 맞아주었다. 그곳은 형형색색 화려하게 치장한 멋진 곳이었다. 여러가지 형색의 물고기들이 재주를 부리면서 큰 환영식을 열었고, 커다란 머리를 가진 문어는 다리를 가지런히 하면서 큰 머리를 내게 숙였다. 내가 이런 대접을 받는 주인공일리가 없다는 생각에 주변을 다시 살펴보았지만 틀림없이 나에 대한 환영식이었다.

'살면서 이런 환영을 받을 줄이야!'

이렇게 홀로 생각하며 문어를 따라 앞으로 나아가니 커다란 옥좌에 거북이 앉아있었다. 거북의 머리 위에는 높고 커다란 왕관이 씌워져 있었고, 눈은 나를 놓치지 않고 바라보고 있었다. 그런데 거북은 나를 그리 환영하는 기색같아 보이지 않았다. 목을 쭉 빼고 굵고 커다란 눈을 두리번거리며 나를 한참이나 내려 보다가 이렇게 물었다.

"지난번에 약속한 구슬을 가지고 왔는가?"

거북의 말에 나를 환영하던 온갖 물고기와 거북 옆에 서있던 문어, 게, 새우 등 각종 바다 생물들이 갑자기 움직임을 멈추고 나를 바라보면서 대답을 기다리는 것 같았다. 나는 구슬을 갖고 있지 않았을 뿐 아니라 무슨 구슬을 가지고 온다고 약속했는지 도무지 기억이 나지 않았고, 결국 눈앞이 깜깜해지고 온몸에 힘이 빠지면서 쓰러졌다. 파도가 배를 쳤는지 몸이 배 바닥에 부딪치면서 꿈에서 깨었는데 입고 있던 옷이 모두 땀으로 젖어있었고, 사방은 동이 트는 듯 어둠이 걷혀가고 있었다. 정신을 차려보니 멀리 강경포구가 눈에 들어왔다.

박문현의 포구를 둘러볼 당시, 포구에 들어와 있던 배 중에는 눈에 띄게 큰 선체를 가졌을 뿐 아니라 돛을 네개나 가진 배가 있었다. 나는 그렇게 큰 배는 처음 보았다. 날씬하기 보다는 가운데가 조금 불룩한 모습이었는데 전체적으로는 커다랗고 멋지게 균형잡힌 선체가 주변의 모든 배를 압도하는 듯 위풍당당한 자태를 뽐내고 있었다. 갑판 위에는 여러 개의 선실을 갖추고 있어서 장거리를 갈 수 있는 원양 항해선이란 것을 쉽게 알아챌 수 있었다. 사람이나 귀중한 물건이나 오랜 시간 배위에서 비바람을 겪으면서 견디어내기 위해서는 선실이 잘 갖추어져 있어야 하기 때문이다.

박문기는 우리를 그 배 앞까지 이끌고 가서 포구 바닥이 질퍽하여 짚신이며 바지가 진흙에 묻는 것에도 아랑곳하지 않고 다소 상기된 어조로 이렇게 말했다.

"상해나 북경으로 향하는 경우에 선원들과 짐이 1-2주간 동안 항해해야 하기 때문에 배가 이 정도 크기가 되어야 안전하게 갔다올 수 있지요."

우리 중에 어떤 이는 해양선이나 상해나 북경을 드나드는 일에 다소 익숙한 듯하였으나 이러한 일을 처음으로 직접 보고 듣는 나는 가슴이 벅차오르는 것을 느꼈다.

'상해나 북경이라니…이 배를 타면 그 멀리 갈 수 있다는 것이군.'

순간, 내 머릿속에는 망망한 밤 바다에서 별에 의지해서 먼 길을 가는 멋진 항해가 그려졌다. 그리고 평화로움과 아름다움, 그리고 진실함을 지닌 항해가 가져다주는 기쁨이 가슴 속 멀리서 밀려오는 것을 느꼈다. 나는 후일 제물포나 상해에서 더 크고 웅장한 배를 본 적이 있지만 박문기 집안의 포구에서 본 해양선의 감동을 다시 느끼지는 못했다.

우리는 바쁘게 일하는 선원과 인부 들에게 방해가 될까봐 배에 오르지는 않고 그곳에서 이틀 뒤면 상해로 출발하는 그 배에 물건들이 실리는 것을 한참이나 바라보았다. 배에는 청나라와의 주요 교역품이었던 홍삼을 비롯하여 다양한 물건들이 실리고 있었고, 나는 감탄의 눈으로 이를 바라보았다. 압록강이나 두만강을 건너 육로로 주로 교역품이 오가지만 해상으로도 청나라와 교역을 해서 일부 물자는 바다를 통해 왔다갔다 한다고 들었는데 막상 내 눈앞에 있는 무역선은 처음 본 것이었다. 나에게는 해상 무역이라는 것이 매우 낯설은 일이었지만, 한편으로는 가슴이 부풀어오르면서 미지의 세계로 들어가는 듯한 두려운 기분도 들었다. 어쩌면 그만큼 바다와 청나라가 낯설고 위협적인 존재로 다가왔는지 모른다. 그러면서 박문기라는 사람이 더욱 크게 느껴졌다. 그의 집안 사람들은 이 세상과 또 다른 세상인 청나라를 잘 알고 있을 뿐 아니라 어느 한 곳에 속하지 않으면서 두 세상을 연결시키는 사람들이라는 생각이 들었다.

"바다는 권력을 가져다주기도 한다네. 바다를 얻은 자가 권력을 얻어 통치자가 되고 바다에서 패한자는 패권을 잃게 되어 버림을 받게 되는 것이지. 그리고 우리가 아는 세상의 중요한 사상은 모두 바다를 거쳐서 왔다고 볼 수 있네. 바다는 조용히 세상과는 비껴 서있는 것 같지만 실은 우리의 삶에 끊임없이 커다란 영향을 주고 있는 것이지."

어느 날, 포구를 같이 걸으면서 박문기가 내게 한 말이다.

"바다는 먼나라와의 사이를 나누는 것이 아니라 그 사이를 채워 주는 것이야."

박문기 자신은 배를 타고 먼바다로 나가거나 무역업을 하지는 않았으나 이 말을 들으니 바다를 대하는 박문기와 그 집안 사람들의 생각을 어느 정도는 알 수 있을 것 같았다. 나와 같은 보통사람은 바다가 어떻게 생겼는지도 모르고, 배를 탄다거나 해양 무역을 한다거나 하는 일은 그냥 상상으로만 가능하였기에 그의 이야기를 감탄을 하면서 가만히 듣고 있을 수밖에 없었다. 그렇게 박문기는 나와는 다른 특별한 힘을 지닌 존재로 다가왔다.

마포나루에서 강경포구로 돌아온 나는 지난 한달 동안 일어났던 일들에 대해서 도무지 생각이 정리되지 않아 마음을 정하고 움직이기가 어려웠다. 박문기가 처형장에서 죽임을 당한 것은 분명했지만, 나를 포함하여 내주변의 모든 이들은 그 죽음을 받아들이기가 쉽지 않았다. 어떻게 이런 일이 생길 수 있다는 것인가? 그의 죽음은 누구도 예상하지 못하였을 뿐 아니라 너무도 빨리 벌어진 일이었다.

한 달 전쯤의 어느 날 아침, 심하게 두드리는 문소리에 간밤을 뒤척이다 늦게 잠들었던 나는 정신이 아직 제자리를 찾지 못한 채 일어나 주섬주섬 간단히 옷을 입고 나갔는데 문앞에 한길이가 얼굴이 눈물범벅인채 커다란 눈을 뜨고 안절부절하면서 서있었다.

"아니, 대관절 아침부터 왜 그런 얼굴을 하고 있느냐?"

"새벽에 암행어사와 관아의 아졸들이 들이닥쳐 어르신을 잡아갔어요. 암행어사라는 분과 어르신이 몇마디 주고받더니 그냥 어르신을 잡아갔는데 우리는 아무런 영문도 몰라요. 다만 큰 마님 통하여 욱이 형님께 사실을 전하라는 이야기를 듣고 이렇게 다급하게 왔습니다."

한길이가 정신없이 전하는 말을 들으니 다리에 힘이 없어지고 주저앉을 것 같았다. 어떤 일이 벌어지고 있는지 생각이 정리되지는 않았지만, 이 소식은 나에게 무언가 박문기에게 일어날 어떤 결말에 대해서 암시하는 것 같았다. 아마도 익산에 암행어사가 출도하여 수령의 관직을 박탈했으며, 새로운 수령이 부임할 때까지 한동안 암행어사가 수령의 역할을 할 것이라는 소문과 며칠 전 신민이 인쇄를 부탁한 격문과 관련이 있는 것 같았다. 그리고 큰 마님의 전갈은 어찌보면 나에게 박문기에게 해가 될 수 있는 일을 삼가고 관련이 될 수 있는 책이나 문서를 숨기라는 의미였는지도 모른다.

"소상히 최근에 어떤 일이 있었는지 말해보아라."

조금 정신을 차린 나는 한길이를 방안으로 들여 자초지종을 듣고자 했다.

"저는 아무것도 몰라요. 어저께 관아의 이방 어른이 긴히 어르신을 만난다고 다녀갔고 그 이후에 어르신이 걱정이 많은 듯한 것 외에는…그리고는 오늘 아침 암행어사가 들이닥친 거에요".

관아의 이방이 주위를 살피면서 빠른 걸음으로 와서는 급히 어르신을 만나야 한다고 해서 한길이가 어르신에게 안내를 하였는데, 이방이 어르신께 전한 내용은 지나가는 어떤 길손이 관아에 들러 박문기의 인쇄소에서 농민 봉기를 선동하는 격문을 인쇄하는 것을 보았다는 신고를 했고 이 내용을 접한 암행어사가 다음날 아침 일찍 인쇄소로 조사를 나가려 한다는 것이었다. 그리고는 쫓기는 듯 서둘러서 돌아갔다는 것이다.

사실 어제 아침에 박문기와 상의할 일이 있어서 방으로 찾아갔는데, 그때 박문기와 이산이 서재에서 다투는 듯한 언쟁을 우연히 들은 후 무엇인가 불안한 예감이 들었던 것은 사실이다.

이산은 박문기에게 따지듯이 말했다.

"조선이 군사력을 갖추고 과학지식을 얻어 서양의 침략에 대응해야 한다니요. 조선은 서양의 앞선 문물과 제도를 한시 바삐 받아들여야 하는 데 이를 막자고 주장하시는 것인가요?"

"그것을 막자는 게 아니네. 서양의 과학과 문물을 받아들여 조선이 발전해야 하지만 한편으로는 서양의 침략에 대응해야 한다는 말일세. 그렇지 못하면 조선은 없어지거나 서양이나 청나라의 속국이 될 수도 있지 않겠나?"

이산은 흥분하였는지 화가 잔뜩 난 목소리로 말했다.

"조선이 그럴 능력이 있다고 보십니까? 서양의 문물과 제도를 받아들이지 못하면 가난에 찌들고 부패한 조선은 그냥 망할 겁니다.

지금 시기를 놓지면 이 땅의 백성은 지옥과 같은 삶에서 벗어나지 못할 것입니다. 두고 보십시오."

대화는 그리 오래 지속되지 못했고, 아마도 최근에 인쇄한 해동운화라는 책에 수록한 내용 때문이라고 어렴풋이 짐작이 갔지만 박문기가 평소와는 달리 자신의 견해를 상세하게 설명하는 것 같지는 않았다. 중요한 일이 있는지 박문기가 먼저 서재에서 나왔고, 이때 보통 때와는 달리 박문기가 긴장된 모습을 보였던 것도 나의 불안을 부추겼다. 박문기가 그렇게 긴장하는 것을 본 것은 처음이기 때문이었다. 박문기와 말을 나눌 겨를도 없이 박문기는 내 앞을 지나갔다. 사실 박문기는 어떤 사건이나 이야기에 감정이 흔들리는 사람이 아니다. 가끔씩 무엇인가를 경계하고 주의하는 경우가 있어도 실은 긴장해서가 아니라 스스로를 긴장시키기 위해서 하는 행동인 듯했다. 그런데 이산과의 언쟁 후에 마당을 나서는 모습은 평소와는 다르게 보였다.

나는 한길이에게 눈물 범벅이 된 얼굴을 씻으라고 하고는 차를 끓였다. 방에 금방 퍼진 국화차 향기로 인해 다소간 정신을 차린 한길이와 나는 머리를 맞대고 정리할 것이 있는지 이야기를 나누었다.

"누군가가 격문을 신고해서 생긴 일이라면 무엇보다도 인쇄소에 먼저 가봐야 할 것 같네."

아마도 인쇄소에 남아있는 격문들과 최근에 인쇄하기 시작한 박문기가 저술한 해동운화를 치우는 일이 우선 급해보였다. 숨길 곳을 생각했지만 인쇄소의 어느 곳도 마땅하지 않았고, 만일 사람들 눈에 띄면 문제가 될 수 있기 때문에 내 거처에 달려있던 작은 창고의 바닥을 판 후 나무와 종이를 대고 거기에 책자와 인쇄물들을 넣었다. 나는 한길이와 둘이서 거의 반나절 동안 쉬지 않고 작업하여 마칠 수 있었다. 그런데 이런 인쇄물들이야 치우면 되지만 문제는 박문기가 어떻게 될 것이냐 하는 것이었다. 관아로 끌려갔지만 거기서 끝날 일이 아니라는 직감이 들었다.

한길이는 나와 인쇄소의 실무 일을 같이 하면서 나에게는 동생이나 마찬가지인 존재였다. 이제 열두살로 아직 어린아이 같은 모습이지만 그래도 일을 할 때에는 여느 장정 못지 않은 역할을 하였다. 머리카락은 상구머리를 하고 얼굴에 뾰루지 같은 것을 늘 달고 살았지만, 그렇다고 더럽거나 불결한 것이 아니라 무언가에 몰두하면 거기에 빠져서 외모나 복장에는 특별히 신경을 쓰지 못해 그런 듯했다.

하루는 커다란 뾰루지가 코끝에 노랗게 올라온 일이 있었다.

"한길아 코끝이 노랗게 곪았는데 몰랐니?"

그러자 부끄러웠던지 코를 손으로 가리면서 잡았는데, 그만 뾰루지가 터지면서 고름과 피가 섞여 나와 얼굴과 손이 엉망이 된 일이 있었다.

"아이고, 형님. 어떻게 해야 되요?"

사실 뾰루지가 잘 터지면 오히려 괜찮아진다는 것을 알고 있었기에 놀라서 눈을 크게 뜨고 어쩔줄 모르는 한길이를 진정시킨 다음

씻고 오라고 한 적이 있었다. 그런데 그 이후에는 어디를 다치거나 아픈 곳이 있으면 나에게 묻기도 하고 나를 형처럼 의지하는 것 같았다. 집안의 몸종 신분이어서 밖에 마음대로 다니지도 못하고 특별히 가까운 또래도 주변에 없었던 한길이는 그렇게 나와 가까워졌다.

한길이는 박문기의 아버지 박윤이 살던 집에서 태어났는데 다른 아이와는 별다른 속사정이 있었다. 그러니까 지금은 박문현이 주인인 집에서 태어난 것인데, 한길이의 어미는 박윤의 집에 속한 노비였고, 박문기의 모친 그러니까 큰 마님의 몸종이었다. 한길이는 2년 전에 박윤이 죽고 박문기가 분가해 나갈 때가 열 살이 되었을 때인데, 이때 그동안 살던 집을 나와 박문기를 따라온 것이다. 한길이가 어렸을 때부터 박문기가 귀여워하면서 어린 동생처럼 대하였던 것 같고, 그래서인지 한길이도 크면서 박문기를 어르신으로 생각하면서 모셨던 것 같다. 박문기는 한길이를 신임하여 개인적인 심부름부터 여러가지 일을 시켰는데 박문기의 일중 인쇄소에서 하는 궂은 일은 한길이가 대부분 맡아서 했고 나도 거들기는 했으나 주로 한길이가 할 일들을 일러주는 정도였다.

사실 한길이는 아버지를 모른다. 한길이가 들려준 이야기에 의하면 한길이 아버지는 한길이가 태어난 해에 청나라로 가던 배에 탔다가 심한 열병에 걸려 돌아오지 못하고 청나라에서 죽었다는 것이 전부였다. 그런데 내가 들었던 박문기 집안에 은밀하게 떠도는 이야기는 이와는 사뭇 달랐다. 한길이 어미는 순심이라 불렸고 아기였을 때 어떤 스님이 집앞에 놓고 간 이후 박윤 집에서 기거하면서 지냈는데, 어렸을 때부터 밥시중부터 청소와 집안의 여러가지 잡일을 하면서 여러사람의 시중을 드는 일을 해왔다는 것이었다. 순심이도 어느덧 처녀가 되었는데 아주 예쁜 얼굴을 가지지는 않았으나 착한 성품에다가 묘하게 사람을 끄는 분위기가 있어서 집안 사람들 모두가 좋아했다는 것이다. 나도 가끔 한길이의 어미를 집안에서 볼 수 있었는데, 내가 보기에도 집안 일들을 하느라 꾸미지는 못하였지만 미간이 좀 넓으면서 동그란 턱을 가진 퍽 좋은 인상의 여인이라는 인상이 들었다.

그런데 그러니까 십여년 전 어느 그믐날, 사방이 칠흑같이 어두웠던 밤에 사건이 생겼다. 순심이는 끝채의 작은 방을 사용하였는데 그 방 주위는 장독들이 가득했고 연해서 기와를 얹은 작은 담장이 있었다. 그날 밤, 기척도 없이 순심이의 방문을 몰래 열고 들어온 사내는 자고 있던 순심이의 몸을 덮쳤다. 놀라서 깬 순심이의 입을 막은 사내는 얼굴을 두건으로 가리고 있어 눈만 볼 수 있었다.

"소리내지 마라. 그리하면 다친다."

사내는 거친 듯이 행동했지만 순심이를 해칠 생각이 있었던 것은 아닌 듯 순심이를 다루었다. 순심이는 필사적으로 저항했지만 사내의 완력을 당할 수는 없었다. 몇 차례의 엎치락 뒤치락 몸싸움이 있었지만 순심이가 소리를 지르지는 않았다. 사내의 몸은 기어코 순심이를 파고들었고 그렇게 밤이 지나갔다.

그 사건은 한번이었지만 순심이는 아이를 가졌다. 누구도 본 사람이 없었기 때문에 조용히 지나갈 수도 있었지만 이 일로 해서 아이를 갖게된 순심이는 박문기의 모에게 자초지종을 모두 털어놓았다. 그리고 박문기의 모가 박윤에게 그 경위를 이야기하여 자신의 몸종으로 거두고 아이를 낳게 한 것이다. 모두 이 일을 비밀로 하길 원했는지 그 아이의 아비는 누군지 끝내 알 수 없었다. 다만 그날밤 외부에서 침입하였다거나 소란이 있었다는 이야기는 없었다고 한다. 집에 있었던 남자들은 박문기 아버지인 박윤과 박문현과 박문기 형제, 그리고 무역일을 도우며 상해에서 와서 잠시 머물던 강위라는 사람과 집안 농사를 관리하는 마름이 한 사람 있었을 뿐이었다. 아무튼 한길이의 탄생은 특별했던 것 같다.

박문기

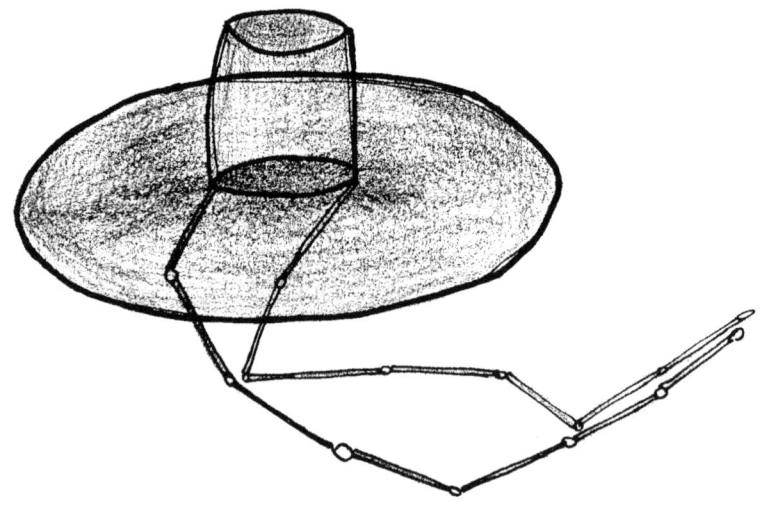

조선이 건국된 지 정확히 백년 뒤에 콜럼버스는 아메리카 대륙에 닿아 유럽은 아메리카로 진출하고 대항해시대의 본격적인 서막을 올리게 되었는데 조선의 조정과 사대부, 그리고 백성들은 이러한 사실을 전혀 알 지 못했다. 세상은 크게 변해가기 시작했고, 북경도 그러한 변화가 일어나는 하나의 중심지가 되어갔다. 차, 비단, 도자기가 북경에서 서양으로 나갔고, 총과 대포, 그리고 신기술이 서양에서 북경으로 들어왔다. 하지만 조선은 이러한 문물의 교류는 알지 못한 채 여전히 명나라가 세상의 중심이라고 생각하면서 명나라를 통해서 들어온 모든 문물을 우러러보았다.

　콜럼버스가 아메리카에 진출한 후 다시 백년이 지난 해에 일본은 조선을 침략하였는데 조총을 든 일본군의 위력에 수세에 몰린 조선의 조정에서는 명나라에 지원군을 요청하러 사신단을 보냈다. 그리고 이후 관리들이 북경을 이전보다 훨씬 자주 드나들게 되었고, 북경은 서양의 문물을 접하는 창구가 되었다. 일본의 침략에 놀랐던 조선의 식자들은 북경을 통해서 접한 서양의 문물을 보고 중국 너머의 세상이 있다는 것을 조금씩 깨달으면서 성리학이나 주자학과 같은 중국의 사상 체계가 세상의 중심 사상이 아닐 수 있다는 생각을 갖기 시작하였다.

"아무리 천하의 원리를 밝히는 사상이라 하더라도 배고픔과 전쟁의 참화를 성리학이나 주자학이 해결해줄 수 없는 것이 아니요?"

"그러게 말입니다. 내 생각에도 우리가 아는 진리가 현실의 어려움을 해결하는데 도움이 안 된다면 그것을 진리라 할 수 있을 지 모르겠소."

일부 사대부들은 삼삼오오 모여서 과거에는 생각조차 못하거나 혹은 입에 담을 수 없었던 말들을 하곤 했다. 물론 이러한 깨달음을 얻은 사람은 소수였고 대부분의 사대부와 관료들은 성리학에 집착하였으며 이들은 여전히 세력을 만들고 그 권세로 조선을 지배하고 있었다. 그러나 소수라 하더라도 깨달음을 얻기 시작한 일부 사대부와 상공업에 종사했던 중인들은 새로운 세상이 오고 있다는 것을 알아차리고 새로운 세상을 위한 학문과 제도를 연구하기 시작하였다. 이들이 고민했던 것은 나라의 힘을 어떻게 키울 것인가였고 공업과 상업을 발달시키고 신분에 상관없이 나라를 일으킬 인재를 등용하는 방법이었다. 이러한 흐름이 완고한 조선의 문화풍토에서 커다란 변화를 이루어 내지는 못하였지만, 이백년 이상 명맥이 끊기지 않고 이어져오고 있었고 박문기의 집안은 이러한 흐름을 알고 있었을 뿐 아니라 어느덧 그러한 흐름의 한가운데를 타고 있었다.

박문기의 조부인 박시현은 정조 임금이 아꼈던 정기승의 친구로 정기승의 정치적 부침을 보면서 안타까와 했다. 정기승은 임금에게 백성을 이롭게 하는 제도개혁에 대해서 끊임없이 조언했는데 이 같은 노력이 조정 대신들의 시기심을 사서 결국은 먼 귀양길에 오르게 되었다. 박시현은 정기승이 귀양을 떠나기전에 찾아가 위로를 주었을 뿐 아니라 귀양 생활할 때 중국의 서적을 직접 사서 공급해주기도 했다. 뿐만 아니라 박시현은 강경 인근뿐 아니라 한양에 이르기까지 모르는 사람이 없을 정도로 폭넓게 인간 관계를 맺었을 뿐 아니라 돈이 많아 양반이나 중인 할 것 없이 나라의 개혁을 도모하는 사람들을 도왔기 때문에 집안에는 늘 사람들이 끊이지 않았다. 이러한 집안의 분위기 속에서 혼자서 책을 읽기도 했지만, 한편으로는 집안을 드나드는 사람들을 통해 글과 생각을 배운 박문기는 어려서부터 한자를 익히고 청나라와 그 너머의 서양 세계를 볼 수 있었다.

"할아버지, 저는 글자가 마치 재미있는 이야기를 해주는 것 같아요."

"그렇단다. 문기야, 부디 글을 많이 읽어라. 그러면 더 큰 세상이 보인단다."

을미년, 다시 말해 1835년에 태어난 박문기는 이런 집안의 분위기 속에서 성장하면서 자연스럽게 성리학을 넘어 실학과 개혁에 관심을 갖게 되었고, 이수광이 쓴 지봉유설을 읽고는 조선 너머의 세상에도 관심을 갖게 되었다. 지봉유설은 박문기가 몇 번이나 읽고 또 읽어서 거의 바래다시피 한 책이 되었다. 이 책은 실학의 선구자인 이수광이 거의 이백 년 전에 북경에서 여러나라 사람들을 만나면서 그들 나라의 발전상을 접하고는 조선이 변해야 한다고 생각하면서 썼던 책이다. 이 책에서 그는 명나라와 일본과 함께 월남과 시암 등 남양 제국과 멀리 불란서와 영국 같은 유럽까지도 소개하고 있다. 박문기는 이 책을 통하여 조선이 명나라 청나라와의 관계속에 갖혀 있는 세계관에서 보다 넓은 새로운 세계관을 가질 필요성이 있다는 것을 배웠다. 당시에는 조선을 둘러싼 명나라 청나라 그리고 일본외의 나라들에 대해서는 대부분의 사람들이 거의 모르고 있었다. 따라서 지봉유설은 글을 읽는 조선 학자들의 눈을 크게 띄우는 책이었다. 그 내용을 보면 천문부터 시작하여 지리와 제도 뿐 아니라 식물과 곤충에 이르기까지 실로 방대한, 특히 당시 청에 파견된 선교사였던 마테오 리치의 천주실의를 이용하여 천주교뿐 아니라 세계지형과 풍물까지 소개하고 있었다.

박문기는 아버지를 다소 어려워했지만 할아버지께는 궁금했던 것들을 자주 물어볼 수 있었다.

"할아버지, 청나라 말고 세상에 있는 다른 나라에 대해서도 이야기를 해주세요."

"우리가 살고 있는 조선 옆에는 청나라 말고도 일본이라는 나라가 있지. 그리고 아주 멀리 떨어진 곳에 영국이라는 나라도 있는데 청나라보다도 더 크고 힘센 나라일지도 모른단다. 앞으로는 그런 나라들을 잘 아는 게 중요할 것 같구나."

사실 임진왜란은 엄청난 전쟁의 피해를 가져다주었지만 한편으로는 조선이 정신을 차릴 수 있는 계기가 되었던 전쟁이었다. 성리학자들이 사람들의 생각과 사회질서를 지배하면서 백성의 삶은 아랑곳하지 않고 관념적인 사고에만 빠져있던 조선을 구렁텅이에서 헤어나게 할 수 있었던 기회이기도 했던 것이다. 특히 사절단을 이끌고 북경에 가서 견문하고 돌아온 이수광은 전쟁이 끝나자 희망에 부풀었다. 백성들의 생활에는 관심이 없던 성리학자들도 전쟁에 대한 책임을 지고 일단 자리에서 물러났고, 의병 운동에 앞장섰던 사람들이 조정에 들어오면서 이들과 함께 외국 문물을 받아들이고 백성의 생활을 풍요롭게 해줄 기술을 찾으려 했다.

그런데 선조의 등용으로 개혁에 앞장서며 활발한 활동을 하던 이수광은 선조가 죽고 광해군이 왕위를 이어받은 후 얼마 안가서 광해군의 폭정과 성리학자들의 완고함에 더 이상 조정에서 할 수 있는 일이 없음을 깨닫고 귀향해서는 책으로 새로운 생각과 문물을 전파하는 것이 자신의 역할이라고 생각하고 집필에 몸을 바쳤다. 다행히 조선의 인쇄술은 금속활자술을 비롯하여 상당한 발전을 이루고 있었기에 책 출판이 가능했다. 사실 조선은 성리학을 이념으로 건국되었고, 그 이념을 전파하고 통치의 수단으로 삼고자 책을 많이 만들었고, 또 백성들은 책 읽기를 좋아했다. 그래서 이수광의 지봉유설은 방대한 내용에도 불구하고 상당한 인기를 얻어서 널리 퍼질 수 있었다.

한편, 이수광과 어울렸던 이중 허균이라는 사람이 있었다. 그는 세상이 바뀌어야 비로서 좋은 세상이 된다고 생각했지만 신분질서 상 기득권을 가진 사람이 세상을 바꾸는 일에 나설 수는 없다고 생각하였다. 그리하여 세상을 바꿀 사람을 서얼에서 찾았고 능력있는 서얼의 슬픔을 담은 소설 홍길동을 썼는데 이는 조선의 신분질서에 맞지 않는 책이었다. 이 책이 인기를 얻자 성리학자들의 눈에 허균은 자신들이 만든 사회의 질서를 뒤엎으려는 불순한 의도를 가진 자로서 눈엣가시와 같은 존재가 되었다. 허균은 신분에 관계없이 능력에 따라 등용되어 역할을 하는 사회를 주장했고, 결국 정치적으로 역모에 가담하였다는 반역죄로 처형당했다. 신분질서를 어지럽히는 주장을 하였기에 그는 기득권층의 분노의 대상이 되었으며, 결국 사람들이 많이 다니는 저잣거리에서 사지가 찢어지는 거열형을 당하며 처참하게 생을 마쳤다.

　이와 같이 성리학자들을 앞세웠던 조선의 사대부들은 신분질서가 교란되고 토지로 부를 축적하는 사회체계가 흔들리는 것을 결사적으로 반대했다. 그리하여 상공업이 발달하고 중인이 돈을 벌며 또 상평통보와 같은 동전이 유통되어 토지외의 방법으로 부를 얻는 부자들이 나타나는 것을 두려워하였다. 결국 이들은 상공업을 억누르고 동전의 유통에 반대하는 한편 토지를 기반으로 부를 유지하는 세상을 잃게 되는 것이 무서워서 수단 방법을 가리지 않고 조선의 신분질서와 사회체제를 유지하려 하였다.

한편, 박문기가 여섯살 때 일어났던 영국과 청나라 사이의 아편전쟁은 조선 바깥의 세상이 어떻게 돌아가고 있는 지를 알려주는 사건이었고, 무엇보다도 서양과 동양의 힘겨루기의 종결을 세상에 알린 것이었다. 당시 박문기는 어려서 그 의미를 잘 알지 못하였으나 성장하면서 점차 아편전쟁이 의미하는 바를 깨달아 갔다. 청나라를 중심으로 했던 동양은 서양과의 전쟁에서 졌기 때문에 이제 동양은 서양으로부터 배우지 않으면 안 된다는 것을 알게 된 것이다. 이러한 환경속에서 자라면서 자연스럽게 주변에서 서양의 힘과 문명에 대해서 많이 듣게 된 박문기는 서양에 대해 더 많이 알아아겠다는 생각을 가지게 되었다. 박문기는 이미 어른이 되기도 전에 조선에서 명나라 청나라에 대해 소개한 책들은 대부분 독파하여 조선에 있는 책으로는 지식에 대한 욕구가 충족이 안되었던 것 같다. 그래서 할아버지나 아버지에게 부탁해서 청나라에서 서적을 구입하기도 하고 또는 종종 집에 와서 머물고 가는 강위 삼촌으로부터 서적을 받기도 하였다. 청나라의 서적을 통하여 서양의 문명이나 세상이 돌아가는 사정을 알 수 있었던 것은 아편전쟁의 패배의 충격으로부터 벗어나기 위한 청나라 식자들의 노력이 여러 서적의 출간으로 이어졌기 때문이었다.

상해에서 무역선을 타고 종종 집에 오는 강위는 할아버지가 마치 아들처럼 애정을 가지고 대하였는데 아버지인 박윤의 손아래여서 자연스럽게 문현과 문기는 성이 다른 강위를 삼촌이라고 불렀다. 강위 역시 문현과 문기 형제를 조카처럼 대하였고 세상이 돌아가는 사정에 큰 관심을 가졌던 박문기에게는 자신이 청나라에서 구할 수 있는 책들을 자신의 돈으로 구입해서 가져다주곤 했다. 하루는 새로 나온 해국도지 증보판을 구입하여 배에 싣고 왔는데 100권이나 되는 분량이었다.

"문기야, 해국도지라는 이 책은 위원이라는 청나라 사람이 아편전쟁에 패배한 이후에 오랑캐의 장점을 배워서 그 힘으로 오랑캐를 제압하자고 생각하면서 쓴 책이란다. 새로운 세상을 보여주면서 서양의 무기에 대해서도 자세하게 기술하고 있지. 너에게도 도움이 많이 될 것 같아 사왔단다."

"강위 삼촌, 책에 있는 것 말고도 삼촌이 갖고 있는 지식이나 생각도 가르쳐주세요. 세상이 어떻게 변하고 있는지 말이에요."

박문기의 아버지는 박윤이라는 이름의 무역상이었다. 그는 선조대의 사업을 이어받았을 뿐 아니라 청나라와의 무역에서 청의 동전을 사용함으로써 청나라 상인들의 신뢰를 얻고 무역을 크게 확장시켰다. 조선 백자와 같은 도자기와 인삼과 홍삼을 수출하고 청나라의 옷감, 책, 그리고 여러가지 진귀한 물품 등을 국내에 들여왔다. 사업에 치중했으나 책읽기를 즐겨하여 청나라에서 들어온 온갖 서적들을 탐독하고 조금씩 정리한 글을 모아 바쁜 와중에도 직접 도하사설이라는 문집을 짓기도 했다. 도하사설은 세상의 온갖 지식에 관해 쓴 것으로 깊이는 없었지만, 성리학적 세계관에 대한 비판을 담은 책이었다.

하루는 박윤의 문집을 읽고 박식함에 탄복한 어느 친구가 이렇게 권한 적이 있었다.

"자네는 세상을 아주 잘 아니 글을 많이 써서 사람들을 깨우치게 해주면 좋을 것 같네."

그 말을 듣자 마자 박윤은 손사래를 치면서 이렇게 말했다.

"나는 정치적으로나 사상적으로 어느 한 편에 서기를 원치 않네. 그래서 도하사설을 지을 때 문장을 가능한 심각하지 않고 가볍게 여기도록 썼던 것이네."

그 친구의 이름은 정지우로 정기승의 조카인데 박시현이 눈여겨 보다가 아들인 박윤을 소개하여 서로 알게 된 사이가 되었고, 서로의 생각이 비슷한 점에 대해서 놀라고 있었다. 정지우는 마침 과거에 우수하게 급제하여 중앙의 관직으로 나아갈 채비를 하고 있던 중이었다.

도하사설은 식자들의 관심을 크게 받지는 못하였지만 박윤은 이에 개의치 않았고 몇몇 뜻이 있는 사람에게 새로운 세계관을 소개한 것으로 만족했다. 하지만 새로운 세계관에 대한 열정은 식지 않았다. 그리고 그 열정을 둘째 아들인 박문기에게 물려주려 하였다.

"문기야, 이 책들은 내가 읽었던 책들이다. 이 속에 세상에 대한 이치들이 다 들어 있지. 너는 책을 좋아하니 이 책들을 가져라".

박윤은 그렇게 해서 대부분의 재산은 첫째 아들인 문현에게 그리고 대부분의 책은 둘째 아들인 문기에게 주었다.

박윤은 국내보다는 상해와 북경에서 상인으로 이름이 더 나있었는데 당시 인삼의 품질에 대한 의심이 많던 때라 신용이 중요해졌고, 신용이 높았던 박윤이 거래하는 인삼은 다른 인삼보다 가치를 더 쳐주곤 했었다. 그런데 인삼의 수출이 점차 늘어나면서 인삼 품귀현상이 심각해졌다. 이에 인삼의 판매이익을 노린 상인들이 평안도와 함경도에서 인삼을 매점매석한 뒤에, 여러 가지 재료를 섞어 인삼 열 근을 스무 근으로 만들고 백 근을 이백 근으로 만들어 청나라와 일본에 팔아넘기는 사건이 터지기도 했다.

 한편, 밭에서 뽑은 인삼은 시간이 지나면 수분이 빠져서 상품가치가 없어지기 때문에 오랫동안 인삼의 효능이 유지되는 방법이 필요하였는데 생삼을 시렁에 얹은 다음 시렁 밑에서 숯불을 피워 말려 홍삼을 만드는 기술이 등장하였다. 이렇게 하면 오래 동안 보관도 되고 상품가치도 유지된다는 것이 알려지면서 홍삼도 인삼만큼 인기를 얻게 되었다. 덕분에 홍삼의 무역량이 크게 늘어났고 박윤도 홍삼의 거래를 크게 늘릴 수 있었다. 아울러 박윤은 좋은 품질의 홍삼만을 거래하였기 때문에 홍삼의 값이 다른 상인보다 조금 높았지만, 박윤이 거래하는 홍삼을 경험한 청나라 상인들은 박윤과 홍삼 거래를 계속하기를 원했다. 한번은 개성에서 생산된 홍삼이라하여 품질을 믿고 들여와 청나라 무역선에 싣기 위해 준비하다가 상한 홍삼이 몇 개 포함된 것을 보고는 개성에서 사들였던 홍삼 전체를 버린 적도 있었다. 당시 이를 말리던 주변 사람들에게 박윤은 이렇게 말했다.

"이 홍삼은 우리 집안의 이름으로 판매하는 것이네. 지금 보는 손해가 클 것인가 우리 집안과 그동안 신뢰로 쌓아온 거래에 먹칠을 하고 우리가 파는 홍삼을 의심하게 하여 손해를 보는 것이 클 것인가 한번 헤아려 보게나."

박윤은 어렸을 때부터 매우 영특하여 네 살 때 이미 한자를 읽고 쓰기 시작했고, 한번 보면 잊지 않고 기억하는 비상한 머리를 갖고 있었다. 손이 귀한 집안이고 무역선과 함께 여러 개의 상선을 가진 부유한 집안의 외동 아들이라 보살핌을 많이 받으면서 귀하게 자랐으나 건강이 좋지 않아 병치레를 자주하였다. 박윤이 박시현으로부터 사업을 넘겨받아 맡으면서 청나라 조선의 거래처에서 높은 신용을 바탕으로 무역업은 더욱 번창하였지만 사십세가 넘으면서 병이 심해져서 쉽게 지치고 숨이 차는 증세가 도지더니 점차 손가락과 입술이 파랗게 되는 증상이 자주 나타났다.

그로부터 일년 간은 청나라에 가는 것은 물론이고 강경을 떠나는 것도 쉽지 않았다. 집밖으로 조금만 걸어나가도 숨이 차고 다리가 붓는 증상이 생겨서 거의 집안에서만 생활을 해야 했다. 게다가 증세는 더욱 심해져서 밥도 제대로 못먹고 온몸이 부으면서 숨이 차서 누워있지도 못하고 다니지도 못하는 상태가 되었다.

박윤은 이제 마지막이 다가옴을 느꼈는지 문현과 문기를 방으로 불렀다.

"문현아 그리고 문기야. 이제 내가 살 날이 며칠 남지 않은 것 같다. 우리 집안의 일들을 너희들이 맡아서 잘 이어나갔으면 한다. 그래도 너희들이 이렇게 컸으니 이제는 염려 놓고 갈 수 있을 것 같구나. 문현이는 장남이니 집안의 사업을 잘 이어갔으면 한다. 그리고 문기는 남다른 점이 있으니 그것을 잘 살려서 세상을 밝히는 일을 했으면 한다."

그리고는 며칠 지나지 않아 박윤은 세상을 등졌다.

박윤은 정실 부인에게서 첫 아들 문현을 보았으며 첩에게서 둘째 아들을 얻었는데, 이 둘째가 문기다. 정실 부인은 이름있는 양반집의 규수로 총명하고 예의가 발랐으며, 조정이 돌아가는 일과 세상의 민심에 대해서도 관심이 많아 늘 박윤에게 조언을 하곤 하였다. 행실이 곧고 누구에게도 신세를 지지 않으려는 자세로 세상을 살아가려 했지만, 때로는 그 조언이 지나쳐 박윤에게 당장 잘못을 뉘우치고 다시는 그러지 않겠다는 다짐을 요구하는 등 정도를 지나친 경우들도 있었다. 특히 박윤이 배를 타고 청나라에 가서 몇 달씩 머무르다가 올 때면 커다란 제사를 지낼 때와 같이 옷차림을 하고서 청나라에서 자신이 못볼 때 저지른 죄를 묻는 듯한 자세로 남편을 맞이하고는 했다. 그럴 때는 집안의 분위기가 박윤이 집에 잘 도착했다는 안도와 기쁨보다 피가 얼어붙는 긴장감에 빠지곤 했다.

그런 관계 때문인지 정실 부인에게서 첫 아들 이후 소식이 없었고, 박윤은 첩을 맞이하게 되었다. 어떠한 연고로 첩을 얻게 되었는지는 알 수 없으나 첩도 사대부 집안 출신이었는데, 가세가 기울어진 양반의 딸이었다. 첩은 미모가 출중하고 천성이 착하여 집안의 모든 사람들과 척을 지지 않고 가까이하려 했다. 그녀는 누구에게나 편하게 대하는 성격이었지만, 기억력만은 정확해서 자신과 관련하여 일어난 모든 일들을 정확히 기억하면서 따지는 경우도 있었다. 예컨대, 상대가 대화중 어떤 말을 몇 번 사용했다든지 5년 전 겨울에 어느 집에서 김장을 몇 포기 했는지 등을 기억해서 상대방을 놀라게 하는 일들이 한두 번이 아니었다. 그래서 정실 부인 역시 첩을 하대하지 않고 높여서 둘째 부인으로 대접하려 했으나 다만 마음이 허락하지는 않은 듯 서로 사이가 가깝지는 않았다.

박문기는 첩에게서 태어난 서자였지만 박윤은 첫째 아들인 문현보다 둘째인 문기를 남다르게 보았다. 그런데 박문기는 태어난지 2년 동안은 우는 것 말고는 말을 하지 못하였다고 한다. 돌이 되자 걷고 잘 놀았으나 말을 하지 않아서 그의 어머니뿐 아니라 박윤도 아이가 모자라는 아이일지 모른다는 생각을 했다는 것이다. 다만 창호지의 무늬나 책의 글자를 뚫어지게 바라보는 것이 조금 특이하였는데, 말은 못해도 때로는 책장을 넘겨가면서 책을 보는 일도 있었다고 한다.

박문기의 어미는 아들이 바보는 아닐 것이라는 기대에 차서 이렇게 말했다.

"문기가 글을 배운 것도 아닌데 마치 글을 아는 것처럼 책을 봐요."
문기를 한참 바라보던 박윤은 아쉬움을 드러내며 이렇게 답했다.
"언제 말문이나 트이려는지 모르겠구려. 문현이는 일찍부터 말을 했는데…"

그러던 박문기가 세살이 되어서 말을 조금씩 하기 시작했고, 어느 날 드디어 박윤에게 아버지라고 말하자 박윤은 크게 기뻐하면서 문기를 안고 온 집안을 다니면서 자랑스럽게 말했다.

"드디어 우리 둘째가 말을 하는구나!"

박문기는 자라면서 글을 또래보다 일찍 깨쳤을 뿐 아니라 책을 몹시 좋아했고, 이를 알게 된 박윤 역시 책의 내용을 물어보는 둘째 아들에게 정이 많이 갔다.

박문기는 세상에 대한 관심도 커서 어떤 때는 박윤이 자신이 갖고 있는 모든 지식을 동원하여야 겨우 대답할 수 있을 정도였다.

"문기야, 너는 커서 무엇을 하고 싶으냐?"

"아버님, 저는 책에 쓰여 있는 세상을 알고 싶습니다."

"어떤 것들을 알고 싶으냐?"

"세상에는 우리가 모르는 것이 많이 있는 것 같습니다. 그것들을 모두 알고 싶습니다."

그렇지만 집에서 가치있는 것들은 모두 형인 문현의 독차지였다. 어찌보면 박문현은 정실 부인의 소생에다 맏아들이니 당연한 일이었다. 청나라에서 가끔씩 아버지가 가져다주는 돋보기나 망원경, 때가 되면 소리를 내는 새장속의 새 등 진귀한 보물들은 대부분 박문현에게 돌아갔다. 박문기는 좋은 것은 대부분 형에게 돌아가는 것이 못내 아쉬었지만 어쩔 수 없는 일이었다. 그래도 형은 조금 쓰다가 동생인 문기에게 사용해도 좋다고 말하곤 했다. 문현은 천성이 어질고 마음이 넉넉한 편이면서 평온한 기운을 가진 사람이라 동생의 마음을 달래고 돌봐주겠다는 생각을 항상 하는 듯했다.

물론 아버지가 박문기를 위해 사다주는 물건도 있었다. 대부분 책과 문구류였지만 한번은 세계지도가 그려져 있는 커다란 지구의를 사와 박문기에게 준 적이 있었다. 부피가 큰 탓에 청나라에서 오는 배에 싣는 것이 부담이 되었지만 마다하지 않고 둘째 아들을 위하여 사온 것이다. 지구의에는 세계가 그려져 있었고 박문기는 지구의에 빠져들어서 거의 이주일 동안 먹는 것도 거른 적이 있었다.

박윤이 죽자 박윤의 유언대로 대부분의 재산은 첫째 아들에게 돌아갔고, 둘째인 박문기는 집 한 채와 조그만 사업을 할 수 있을 정도의 약간의 돈을 받았을 뿐이었다. 절망한 박문기가 한참을 마음을 잡지 못하고 떠돌아다닐 때 그의 어머니는 박문기에게 한양 나들이를 권했다.

"문기야, 한양에 가서 세상을 두루 보면 좋을 것 같구나."

이렇게 하여 한양에 처음 가본 박문기는 청계천 다리 밑의 거지들과 감영 앞에서 곤장 맞고 업혀나오는 사람, 옹기종기 모여서 물건을 사고 파는 점포의 상인, 숭례문 밖 움막촌에서 송장 같은 모습으로 앉아있던 병든 노인들을 비롯해서 세상에 사는 다양한 사람들을 만나보았다. 또 이때 친구의 소개로 만났던 박근원은 손위이면서 먼 친척뻘이었다. 그는 박문기의 손을 잡고 이렇게 따뜻한 말을 건넸다.

"자네는 서자라서 슬퍼하지만 보통의 사대부 양반들이 갖지 못한 것을 가졌고, 나는 그것을 부러워하네. 이 세상을 바꿀 수 있는 실력과 꿈이지. 그것을 잘 살려보게나."

"실력과 꿈이 있으면 세상을 바꿀 수 있나요?"

"조선을 만든 힘이 바로 당시의 실력과 꿈이었지. 지금은 실력도 형편없이 되었고 꿈도 사라졌지만……"

박윤이 박문현에게는 엄격하게 대하고 박문기를 가까이했던 것은 어쩌면 박문현에게 대대로 내려오는 가문의 사업과 재산을 지키라는 뜻에서 그리 한 것이고, 박문기에게는 별로 줄게 없었기 때문이었는지도 모른다. 어쨌든 박문기는 책에 파묻혀 지내는 것이 좋았지만, 이제는 먹고 살 궁리와 함께 세상을 바꿀 수 있는 일을 찾아야 했다. 한양을 다녀오는 길 내내 고민한 끝에 내린 결론은 다음과 같았다.

'집옆에 있던 공터에 별채를 두어 인쇄시설을 만들고 책을 만들자. 조선을 개혁하여 백성이 잘 살 수 있는 길을 제시한 학자들의 책을 인쇄하여 퍼트리자!'

박문기는 스스로 인쇄할 수 있는 능력을 갖추어 개혁적이었던 학자들의 책을 주로 인쇄하기로 결심했다. 그래서 이익이나 박지원과 같은 이들의 생각을 책으로 내어 퍼뜨리려 하였다. 조선은 약했고 백성은 가난했지만, 책을 좋아하는 마음만큼은 남달랐기 때문에 지식과 정보에 굶주렸던 사람들에게는 희소식이었을 것이고, 지금의 질서를 깨뜨리지 않기를 바라고 사람들이 정보를 갖는 것을 두려워

했던 사람들에게는 매우 언짢은 소식이었을지 모른다.

　인쇄소는 일을 하는 식솔들이 있고 운영을 위해서는 이문을 남겨야 했지만, 그보다는 책을 만들어 새로운 생각을 전파하려는 생각이 앞섰다. 실은 박문현이 청나라와의 무역에서 번 돈의 일할을 항상 주었기 때문에 인쇄소의 이문은 실제 문제가 되지는 않았다. 아마도 아버지가 박문현에게 유산을 남기면서 부탁한 것이었는지 모른다.

　내가 박문기를 만났던 첫 인상은 지식을 꽤나 갖춘 돈 많은 부잣집의 자제라는 느낌이었다. 그는 보통사람 보다 결코 큰 키는 아니었으나 어깨가 바르고 등이 곧아서 조금 더 커 보였고, 눈이 크고 맑으면서 다소 슬픔이 깃들어 있는 듯하기도 하고, 또 웃음기도 있는 눈매여서 누구를 속이거나 탐욕을 가진 사람이 아니라는 것이 저절로 드러나는 인상이었다. 사실 부유한 집안에서 편히 자라서 세상의 어려움을 모르고 또 한편으로는 욕심도 없어 보였다. 착한 사람이라는 느낌이었고, 특별히 비범해 보이지는 않았지만 지식과 인격을 갖춘 사람이라는 인상을 주기에는 충분했다. 그런데 이러한 인상은 사실 시간이 지나면서 조금씩 변해갔다. 그는 자신을 투명하게 드러내어 보이려고 노력하지만, 실은 그 내면의 깊이를 헤아리기가 어려워서 아직도 그를 다 이해하였나 하는 의문이 생긴다. 솔직한 진심을 드러내면서 매사에 임하는 듯하지만 더 깊은 속마음이 있는 것인지, 아니면 그 진심을 내가 이해하지 못하고 있었는 것인지 모를 때가 종종 있었다.

하루는 우리가 다시(茶時) 모임이라고 이름을 붙인 차모임을 마치고 박문기의 집으로 간 일이 있었다. 박문기의 집은 아주 큰 집은 아니었지만 소문대로 잘사는 부잣집의 풍모를 갖고 있었다. 우리는 마루를 지나 사랑방에서 차를 마시면서 이야기를 나누었다. 하루는 사랑방의 병풍을 제친 후 자세히 보지 않으면 알 수 없는 미닫이 문을 열고 그 옆방 서재로 가서 이야기를 나눈 적이 있었다. 그방은 사방이 책으로 둘러싸여 있었고, 지구의나 돋보기 안경 등 진귀한 물건이 보기 좋게 자리를 차지하고 있었다.

"이 방에 있으면 행복하고 기분이 좋아진다네. 한번 둘러보게나."

박문기는 그의 말대로 그 방에 어울렸고 또 행복해보였다.

"아무나 이 방에 들어올 수 있는 건 아니네. 이 방은 치우지도 말라고 하고 나 혼자 사용하는 방이지."

이후 나는 그 방의 단골 손님이 되었다. 때때로 박문기는 그 방으로 나를 불러서 대화를 나누곤 하였다. 어떻게 보면 그는 나에게 자신의 생각을 말하면서 스스로 생각을 정리할 요량이었던 것 같다. 그렇게 그와의 긴긴 대화가 시작되었다. 대화는 지난 이백년간에 걸쳐 집안에 내려왔던 여러가지 이야기며 최근에 일어나고 있던 크고 작은 일까지 그의 기억과 생각을 말하고, 다시 내 생각을 묻는 방식이라 다양했지만, 시간을 거슬러 올라가면 대략 6대조 할아버지 때의 일 부터다.

청나라는 명나라와는 달리 아담샬과 같은 선교사를 통하여 천주교뿐만 아니라 화포와 망원경과 같은 서양의 근대 과학기술을 적극 수용하고 있었다. 병자호란이 끝나고 인조가 삼전도에 설치한 수항단에서 청 태종에게 삼궤구고두례라는 수치스러운 항복의 예를 올린 후 청나라로 끌려갔던 소현세자는 아담샬과의 만남을 통해 조선에도 이러한 서구의 과학문명이 필요함을 절감하였다. 그는 처음에는 청나라에 대한 적개심으로 마음이 끓었지만, 얼마간 시간이 지나자 서구 문명 수용에 개방적인 청나라 조정과도 우호적인 관계를 유지하려고 하였다.

한편, 예수회 선교사 신부로서 해박한 과학지식을 바탕으로 명나라 조정에서 인정받았던 아담샬은 청나라가 북경을 점령한 이후에는 청나라를 위해서 일하면서 청나라의 과학기술 발전에도 크게 공헌하였다. 소현세자는 북경 남문에 있는 남천주당에 머물고 있던 아담샬과 자주 만나면서 새로운 서양 문명과 천주교를 접할 수 있는 기회를 가지면서 조선도 변화해야 한다는 생각을 굳혀가고 있었다. 소현세자가 청나라에서의 오랜 볼모 생활을 끝내고 귀국하면서 화포와 천리경 등을 가져온 것도 이러한 의식을 실천하고자 하는 의지였을 것이다. 그리고 소현세자가 북경에서 귀국할 때 선교사 아담샬은 천주교 서적을 포함하여 몇 가지 책을 세자에게 주었다.

소현세자는 아담샬에게 청나라를 떠나면서 다음과 같이 감사의 편지를 보냈다.

"일전에 귀하로부터 천주상, 천구의, 천문서, 그리고 그밖에 몇 권의 책을 받았습니다. 어찌 감사를 표해야 할지, 어찌 그 빚을 갚아야 할지 참으로 모르겠습니다. 천주상은 참으로 위대합니다. 벽에 걸어 놓고 보노라면 보는 이의 마음을 지극히 평온하게 해줍니다. 보내주신 책 가운데 몇권의 책들을 훑어보았습니다. 책들이 마음을 깨끗하게 정화하고 덕을 닦는데 가장 적합한 가르침을 담고 있음을 깨닫게 되었습니다. 조선에 돌아갈 때 나는 이 책들을 왕실로 가져갈 뿐 아니라, 이를 인쇄하고 책으로 찍어 학자들과 의견을 나눌 것입니다. 그들은 이 책들로 말미암아 자신들이 황무지와 같은 곳에서 학문의 궁전으로 옮겨지게 된 운명의 변화에 대해 놀랄 것입니다."

소현세자는 삼전도에서 청나라에 굴욕적인 항복을 한 이후 볼모로 구년간 청나라에 잡혀 있었지만 청나라에서 세계 각지의 문물을 접하면서 세상에 대한 새로운 눈을 떴다. 하지만 조선은 그 사이 변화하지 않았고 오히려 굴욕적인 항복을 가슴에 새기면서 과거의 질서로 회귀하기를 원하고 있었다. 어쩌면 명나라 시대를 문명의 시대로 보고 청나라가 그 문명을 약탈하였다고 생각하여 변화를 이루기 원치 않았는지도 모른다. 오히려 청나라에 대한 굴욕을 가슴에 그대로 간직하면서 복수를 꿈꾸고 있었을지도 모른다.

소현세자가 조선에 돌아왔을 때 아직도 명나라를 우러르면서 떠받치고 있었던 성리학자 사대부들과 청나라에 대한 분노를 갖고 있던 인조는 소현세자를 반기지 않았다. 소현세자가 청나라에 기울었다고 생각한 것이다. 소현세자는 조선에 돌아온 후 그래도 자신을 이해하면서 돕고 따랐던 이익 등에게 아담샬에게서 받은 서적 중 일부를 선물로 주었다. 그리고는 몇 달 뒤 의문의 죽음을 맞았는데 그의 주검은 까맣게 그을린 모습이었다. 이때 소현세자가 남긴 책자 중 한 권을 박문기의 조부가 소장하게 되었고 이는 다시 박문기에게 내려오게 된 것이었다. 어쩌면 이 책과 함께 박문기에게는 소현세자의 마음이 깊이 새겨졌을지 모른다.

박문기는 혼인을 하지 않았다. 내가 박문기를 처음 만났을 때 이미 보통사람들의 혼인적령기를 넘겨있었다. 혼사를 위한 노력이 아예 없었던 것은 아니었던 듯했다. 왜냐하면 박문기를 사위로 삼고 싶어 하는 사대부 대감들이 적지 않게 있었기 때문이다. 그중에는 안동 김씨 성을 가진 대신이 있었는데 한양에서 성호 이익의 글을 읽고 토론하는 연독회에 참가한 박문기를 눈여겨보았다. 연독회에서 박문기는 성호의 글에 담긴 생각 중에서 학문이란 현실에 이용되어야 한다는 실용적 관점에 대해서 강조해서 이야기를 했다.

"성호 선생님은 우리에게 중요한 가르침을 주고 있습니다. 특히 지구가 둥글고 달보다 크며 해보다 작다는 생각은 놀랍지 않습니까? 서양의 기술이 대단히 정교하다는 인식, 그리고 생존이 어려운 하층민에게 실용적인 현실 구제책을 주장한 점 등은 우리가 적극적으로 배우고 따라야 할 생각입니다."

당시 연독회에 참가했던 사람들중 박문기를 보고는 이렇게 말한

이도 있었다.

"돌아가신 성호께서 학문을 더해 환생하셨구먼!"

박문기에 대한 소문을 들은 그 대신은 청나라에서 온 최고급 벼루와 먹을 박문기에게 선물로 주고는 한번 보자고 청한 적이 있었다.

"내 여식이 있는데 잘 배우고 참하네만. 자네 생각은 어떠한가?"

"대감님, 저는 아직 혼인에 대한 생각이 없습니다."

대신은 더 이상의 말을 하지 않고 한참 있더니 박문기에게 돌아가라고 하였다. 그리고는 그 대신이 박문기 혼사 이야기를 꺼냈다가 바로 거절당해 마음이 크게 상하였다는 이야기가 한참 돌았다. 어쩌면 그 상한 마음이 후일에 돌이켜보니 박문기에 대한 복수로 나타났던 것 같다. 왜냐하면 박문기의 형을 결정할 때 그가 하필 형조판서였고, 그렇게 참수형이 신속하게 결정된 적은 없었기 때문이다. 사실 아무리 상대집안이 부유하다 하더라도 세도가인 안동 김씨로 조정에 있는 대신이 서얼 출신에게 혼사를 청하는 경우는 거의 없고, 또 거절당하는 경우란 상상하기 어려운 일이었기 때문에 그러한 거절은 후일에 어떤 결과라도 내었을 일이었다.

나 역시 궁금하여 하루는 박문기에게 왜 아직 혼인을 안했느냐고 가볍게 물어본 적이 있었다.

"나으리께서는 언제 혼인을 하시려 하나요?"

"왜 내 혼사에 관심이 있느냐?"

"주변에서 사람들이 나으리는 혼인을 안하려한다는 이야기를 들어서요."

"내 혼사보다 중요한 일들이 많이 있지 않느냐? 지금은 혼사를 이야기할 때가 아닌 듯하다."

그의 답변은 간결했고, 대화는 더 이상 진행되지 않았다. 박문기가 혼사 이야기를 피하고 싶어하는 기색이 역력했기 때문이다.

하루는 점심을 먹고 그의 서재에 들어가서 함께 차를 마시면서 당파 싸움에 대한 이야기를 나눈 적이 있었다.

"자네는 과거에 왜 조선의 사림이 당파로 나뉘어서 서로 그렇게 미워하며 싸웠는 지 아시나?"

"서로 무리를 이루어 이득을 얻으려 하였기 때문이겠지요."

"그렇다면 그들은 어떤 이득을 얻으려 했을까?"

"그것은 권력을 가짐으로써 얻는 이득이겠지요. 물론 실제 이득의 근원은 대개 농사에서 오는 것이지만요. 아무래도 쌀농사로 나오는 양이 뻔한데 이익을 모두가 나누어 가지면 돌아오는 몫이 적어지기 때문에 권력을 이용하여 조금이라도 더 많이 가지려고 했던 것이 근본적인 이유가 아니겠습니까?"

"당파 싸움이 벌어진 이유가 그냥 정치적인 권력싸움이 아니라 농민수탈로 이익을 얻으려 했다는 이야기이군. 그런데 당파 싸움을 했던 이들은 성리학자들인 사림이고, 이들은 모두 농민을 받들어야 한다고 주장하는 자들인데 어찌 이들이 앞장서서 농민을 수탈하려 했다는 말이냐? 이들이 정녕 농민을 수탈하려 했다면 앞뒤가 안맞는 것 아닌가?"

나는 잠시 생각이 잘 정리되지 않으면서 무엇인가 가슴에 치밀어 오르는 것이 있었다.

"저는 성리학을 잘 모릅니다만 성리학자라는 자들은 모두 표리부동한 자들이라고 생각합니다."

"그렇게 성리학자들을 모두 한묶음으로 나쁘다고 한다면 안 되지 않을까 하네. 그런데 자네 말이 맞는다고 할 때 정말 성리학자가 문제이면 그들 생각의 근본을 이루는 성리학의 가르침이 문제일 수 있는 것이지. 어찌보면 조선은 성리학을 받들어 세운 나라이고 백성을 잘 살도록 다스리는 철학을 가지고 시작한 나라인데, 자네 이야기대로 성리학자들이 농민을 수탈한다는 것은 앞뒤가 서로 안맞는 이야기가 되는 것일세. 그 자체로 근본적인 모순이 있다는 이야기일세."

나는 그의 말을 잘 알아들을 수 없었다.

'나의 이야기가 맞다면 성리학으로 세운 조선은 근원적으로 모순을 안고 있는 나라라니….'

언젠가는 당파 싸움이 누구의 잘못인가에 대해서 이야기를 나눈 적이 있었다.

"노론과 소론, 남인과 서인중 누구의 잘못이 가장 크고 누가 가장 옳다고 할 것이냐?"

"저로서는 잘 모르겠습니다. 모두 자기의 이득을 취하고 상대방을 죽이려 했으므로 그들 중에 옳은 이는 없다고 생각합니다."

"만일 이들이 자기가 믿는 신념을 지키기 위해 죽기를 각오하고 또 그 신념에 반하는 자를 모든 노력을 기울여 없애려 했다면 신념에 충실한 자들로 본받을 면이 있는 것이 아닌가?"

"저는 사실 노론과 소론, 남인과 서인중 어느 신념이 옳은지 모르겠고, 아무리 옳다고 하여도 자기 신념을 지키겠다고 남을 해치는 일은 나쁜 일이 아닐까 합니다."

"나도 사실 이들의 주장중 어느 편이 옳다고 하기 어려울 것 같네. 하지만 이들이 자신의 신념이 옳다고 믿고 그 신념을 위해 자신의 목숨을 포함하여 모든 것을 바치려 했던 것만은 사실인 것 같네. 그렇다면 신념을 위해 목숨을 거는 일을 나쁜 일이라고 할 수 있을까?"

"신념이 옳다면 모든 것을 희생해서라도 그 신념을 지키라고 한 가르침이 나쁜 것 같습니다."

"그래? 네가 진주 농민 봉기 때 앞장섰던 일은 너의 신념 때문이 아니었느냐? 그리고 그 일로 많은 사람들이 죽지 않았느냐? 그러면 그것도 나쁜 일이라고 할 수 있느냐?"

"진주 농민이 일어섰을 때 제가 농민들과 같이 나섰던 것은 학정과 폭압에 더 이상 견디기 어려워서였지 어떤 신념을 위해서 나섰던 것이 아닙니다. 저희들에게는 무슨 신념이 있었던 것이 아니라 도저히 살기가 어려워서였던 것이었지요."

"그렇지만 그 경우도 학정과 폭압에 반대하고 백성을 위한 제도가 필요하다는 신념 때문이었다고 볼 수도 있지 않을까? 나는 신념을 위해 모든 것을 바친다는 가르침을 어찌 잘못되었다고 할 수 있는지 모르겠구나."

"사람들의 생각은 조금씩 다른데 자신의 신념을 지키기 위해서 남을 해칠수 있다는 것이 진정 성리학의 가르침이라면 다른 사람을 인정하지 말라는 가르침이 되므로 이는 잘못된 것 같습니다."

"겉으로 나타난 것만 보고 판단하는 것은 성급한 일일 수도 있네. 성리학은 도덕정치의 기치를 내세웠지. 특히 도덕 수양을 함양하는 수기(修己)에 그 바탕이 있으니 인간의 본성을 철학적으로 깊게 탐구하지 않았겠느냐? 따라서 성리학의 가르침은 그 탐구 위에 있는 것이 아니겠느냐?"

"도덕 수양을 강조한 것은 저도 알지만 왜 사람을 해치는 가장 비도덕적인 행위를 거리낌 없이 했는지는 잘 모르겠습니다."

긴 대화가 이어졌지만 박문기는 자기의 생각을 다음과 같이 설명했다. 조선 왕조가 들어서면서 시행한 여러가지 제도개혁은 성리학의 이론적 기반 중 치인(治人)에 초점을 두고 이루어졌으나 조선 왕조를 세우는데 공이 컸던 훈구파가 저지른 비리를 경험하면서 도덕적 자기완성을 목표로 하는 수기(修己)의 방향으로 이론적 방향 전환이 이루어졌다는 것이다. 그런데 이는 개인의 도덕 수양에 강조를 두었고 한편으로는 의리를 강조하고 붕당을 형성시켜가는 역할을 하기도 했다. 특히 도덕 수양에 대한 강조가 향촌을 중심으로 위계질서를 만들면서 무리를 모아 세력을 만드는 역할을 하고 서로 다른 세력 간에 알력이 생기면서 오히려 다른 무리를 해치는 역할을 하게 되었다는 것이었다. 더욱이 그런 역할을 앞장서서 하게 되는 경우 자신이 속한 무리에서 지도자나 공로자처럼 높게 받들여지면서 다른 무리를 해치는 것에 대한 반성은 전혀 하지 않는 세태를 만들어내었다는 것이다.

당파 싸움에 대해 내가 아직도 충분히 알지 못하고 있다고 생각하였는지 하루는 차를 같이 마시면서 이렇게 말을 꺼냈다.
"당파 싸움이 언제부터 시작되었는지 아느냐?"
"아니요. 누가 먼저, 그리고 언제 시작되었는지 잘 모르겠습니다."
"실은 성리학을 따르는 사람이 권력을 잡게 되면서 서로 분열하여 싸우기 시작한 것이지. 권력을 갖고 있던 과거의 훈구파 세력, 즉 조선을 세우는데 공이 컸던 세력을 몰아내고 사림들이 세상의 권력을 잡게 되니 이제는 자기들끼리 분열이 생긴 것이라네. 선조 때 일이라네. 인사권을 가진 이조전랑이라는 자리에 대한 패권싸움이 시작이었지. 조정 대신의 주요 인사를 자기의 뜻대로 뽑을 수 있는 중요한 자리라 이 자리를 차지하는 세력이 패권을 갖게 되는 것이었어."
박문기는 어디인가를 응시하는 듯하면서 생각에 빠져들어 말을 이어갔다. 그의 눈동자가 움직이지 않았다. 이는 그가 깊게 간직하고 있던 자신의 생각을 꺼낼 때 가끔씩 볼 수 있는 모습이었다.
"스승의 생각과 뜻을 따라 학풍이 생기고 인맥이 형성되는 것은 어찌 보면 당연하지. 그런데 이황과 이이의 제자들이 동인과 서인으로 나뉘어져 권력 갈등을 하게 되는 꼴은 이황과 이이의 이기론에 대한 차이와는 실은 관계가 없는 것이라네. 이(理)를 기(氣)보다 중요하게 생각한 이황과 기 역시 중요하다고 본 이이로부터 비롯된 생각의 차이가 붕당을 만들었지만, 그 붕당의 실체는 이러한 생각의 차이가 아니라네. 물론 아예 관계가 없다고는 할 수 없지만 그것은 그냥 같은 생각을 가진 세력 혹은 같은 스승을 가진 세력의 이해관계와 알력 때문이라네. 이후에 동인이 북인과 남인으로 나뉘어서 싸우는 것도 성리학의 이론과는 관계가 없고 인맥을 기반으로 권력을 잡으려 투쟁했던 것이라고 봐야 하는 것이지."

"그럼 권력을 얻으려는 싸움에 성리학의 학파가 사용된 것뿐이군요. 성리학이 갖고 있는 문제 자체가 나쁜 것이 아니라 성리학을 이용하여 권력을 얻으려 한 자들이 나쁜 것이군요."

"권력이란 그 만큼 무서운 것이지. 그런데 성리학은 사회의 변화를 추구하는 학문이라기 보다는 세상의 질서에 대한 학문이니 질서와 권력은 어떤 연관성이 있지 않겠나? 그렇게 본다면 성리학 속에는 권력에 대한 욕망이 들어있었다고 볼 수도 있네만."

"그렇다면 질서를 강조하는 학풍과 얼마 안 되는 벼슬자리라는 현실이 권력 투쟁을 가져온 것으로 볼 수 있군요."

"그렇네. 신념과 현실이 합쳐지면서 거리낌없이 권력에 대한 투쟁을 하게 되었다고 볼 수 있지. 심지어 반대되는 당파의 지도자를 사문난적이라며 성리학의 공적으로 지탄하기도 했다네. 사실 이를 주장하는 사람이나 지탄을 받는 사람이나 모두 스스로는 성리학을 내세우는 사대부들이었는데도 말일세. 그 뿐 아니라, 벼슬도 모두 빼앗고 사당도 헐어버리고 문집까지 불태우는 일까지 했지. 그렇게 반대파에 대한 지독한 탄압과 보복이 난무했던 것이네. 성리학의 이름으로 상대 성리학자를 무자비하게 공격한 거지."

"결국 그렇게 무자비하게 진행된 성리학자들의 당파 싸움이 오늘 이렇게 조선을 망쳐놓은 거군요."

"음, 그렇다네. 그렇게 볼 수 있지."

한동안의 무거운 침묵이 흐르고 박문기는 이렇게 이어서 말했다.

"그런데 더욱 묘한 것은 오늘날 조선이 피폐하고 백성이 굶주리게 된 것은 당파 싸움이 끝나고 왕의 외척 세력이 권력을 독점하고 나서야. 놀랍게도 외척 세력이 붕당 정치 즉 당파 싸움을 없애겠다고 나서면서부터지. 이들은 먼저 이조전랑이 스스로 후임자를 정하는 제도를 없애서 사림 세력이 당파를 만들어 운영하는 시발점을 없앴지. 당파 싸움을 근본부터 없애겠다고 한 것이네. 그런데 당파 싸움의 시기에는 누가 무엇을 잘못하고 있는지 서로 눈을 부릅뜨고 보았다네. 그렇지 않았겠나? 하지만 이제는 그런 감시와 견제가 없어지니 권력을 가진 이들이 마음놓고 분탕질해서 나라를 망쳐간 것으로 볼 수도 있네."

"그럼, 당파 싸움이 조선이 썩지 않게 하는 역할을 했다는 말씀인가요?"

"그렇게도 볼 수 있지만 반드시 그렇다는 말은 아닐세. 당파 싸움이 탕평책으로 끝나면서 조정이 바로서기를 기대했지만 이후에 외척 세력에 의한 권력이 독점되면서 부패는 더욱 심해지고 그 피해는 고스란히 백성들에게 돌아간 것이네. 백성들 또한 가만히 있었겠나? 못살겠다고 민란으로 끊임없이 들고 일어나게 된 것이지. 당파 싸움이 빌미가 되어 더 나쁜 권력의 독점이 생기고 그렇게 백성들의 삶은 희망을 가질 수 없는 상태가 된 것이네. 자네 집의 경우도 그렇지 않은가?"

박문기는 성리학과 당파 싸움이나 외척 세력을 민란의 원인으로 이야기하였지만, 사실 나는 환곡법이 좀더 직접적인 민란의 원인이라고 생각하고 있었다. 환곡법은 봄에 곡식을 나눠주고 가을에 거두는 제도로 곡식이 떨어지는 봄에 백성이 주리지 않게 하고, 나눠준 곡식을 가을 수확기에 돌려받는 제도여서 겉으로 보기에는 백성을 위한 제도라고 할 수 있다. 물론 한편으로는 그중의 일부를 나라의 경비에 보태려는 목적도 갖고 있었다. 그런데 관아의 아전들이 농간질하여 환곡법은 이미 백성을 위하거나 나라에 보탬이 되거나 하지 않고 대부분이 장사속으로 제도를 운영하여 이득을 취하고 있었다. 그 아전들위에 세법이나 곳간의 관리에 대해서 일언반구도 공부한 적이 없는 이를 수령으로 뽑아 이 일을 책임지게 하니 온나라에 환곡법의 폐단이 횡행하고 있었다.

환곡을 나누어주지 않았지만 문서 상으로는 나누어준 것으로 되어 있고, 실제 이는 돈으로 바뀌어 아전과 수령, 그리고 그 위의 목사와 절도사가 함께 나누어 먹는 경우도 비일비재했다. 심한 곳은 한

톨의 양곡도 나누어준 적이 없는데도 해마다 한 호당 열 섬씩을 거저 바치게 하는 일도 있었다. 나라에 도움이 되기는커녕 나랏돈을 도둑질하는 하는 형국이었다. 이러한 환곡의 폐단에 대해서 사대부들이 백성의 억울함을 논하지 않는 것은 아니나 어떻게 보면 그들 역시 이렇게 백성을 수탈하는 환곡의 덕을 보고 있었다.

심지어 조정에서 환곡법의 폐지에 대한 상소문이 올라오자 어떤 대신은 이렇게 목소리를 높였다.

"환곡법은 일찍이 중국에서 홍수나 가뭄에 대비하여 곡식을 저장하는 의창법에서 비롯된 것이고 거기에다 주자가 이를 가다듬어 만든 사창으로부터 이어지는 법입니다. 이렇게 백성을 긍휼히 여겨 만들어진 어진 법이 어디 또 있다고 환곡을 폐지하라고 한다는 말입니까?"

박문기가 민란에 대한 내 생각을 물었을 때도 나는 환곡 제도가 문제라고 말한 적이 있었다.

"자네는 민란이 왜 일어난다고 생각하나?"

"환곡이 민란이 일어나게 하는 가장 중요한 이유 아닌가 합니다."

"그런데 본디 환곡은 풍년에 걷은 쌀을 흉년에 빌려주고 이듬해 가을에 갚게 해서 백성을 굶주림에서 벗어나게 하려는 좋은 제도 아니냐?"

박문기는 환곡의 문제를 잘 알고 있으면서 짐짓 모른 채 내가 어떻게 생각하는지 떠보는 것 같았다.

"말은 그렇지만 실제로는 관청에서 쌀을 돌려받을 때 이자를 쳐서 받을 뿐 아니라 빌려줄 때는 작은 말을 쓰고 돌려받을 때는 큰 말을 써서 백성들 곡식을 빼앗는 것이지요. 결국 민란은 환곡을 갚을 길이 없는 농민들이 정처없이 고향을 떠나게 되면서 무리를 지어 관가와 부자들을 공격하면서 일어나는 거라고 생각합니다."

"나도 민란이 일어나는 원인 중에 환곡의 문제가 크게 있다고 생각하네. 하지만 권력이 부패하면서 그 문제가 더욱 드러난 것이지. 말하자면 권력의 독점과 정치의 부패로 인하여 뇌물이 필요하게 되고 비단이나 비싼 특산물을 얻기 위하여 갖은 방법을 동원해서 농민들을 쥐어짜는 것 아니겠나? 환곡도 원래 좋은 제도로 시작했으나 이 제도를 이용해서 농민을 쥐어짜니 문제가 되는 것이 아니냐?"

"그런 것 같습니다."

"그러면 민란의 원인은 결국 환곡이 아니라 부패한 정치가 아니겠느냐?"

"그렇게 볼 수도 있을 것 같습니다."

박문기의 말이 보다 논리적이라는 생각이 들었다. 그의 말을 수긍하면서 나는 속으로 백성의 생계를 유지할 수 있는 터전을 마련해 주는 것이 나라를 어질게 다스리는 정치의 근본인데 부패한 정치가 민란의 원인이라면 조선 땅에는 희망이 없는 것 같다는 생각이 들면서 가슴이 답답해져 옴을 느꼈다.

"사실 정치가 부패하지 않도록 나라의 근본적인 철학이 잘 세워져야 하지 않겠느냐? 유교나 성리학은 처음에 모두 백성을 어질게 보살피는 정신에서 나온 것인데 요즘은 그 정신이 그냥 사문화된 경전이 되었고 경전의 해석도 주자와 조금도 달라서는 안 되는 것으로 생각하니 문제가 되는 것이지.”

"어째서 경전이 사문화되었고, 또 경전을 열심히 공부해서 등용되는 관리들이 자신의 이익만을 도모하고 백성은 보살피지 않는 것인지요?"

"경전의 의미를 되새기는 것보다 경전의 해석을 암기하는 능력을 보는 시험으로 관리를 뽑으니 문제인 것이네. 실제 필요한 지식과 기술을 가진 자를 관리로 뽑아야 하고 사대부 만이 아니라 누구라도 능력이 출중하면 뽑아야 하는데 그렇게 관리를 뽑지 않는 것 같구나.”

만남

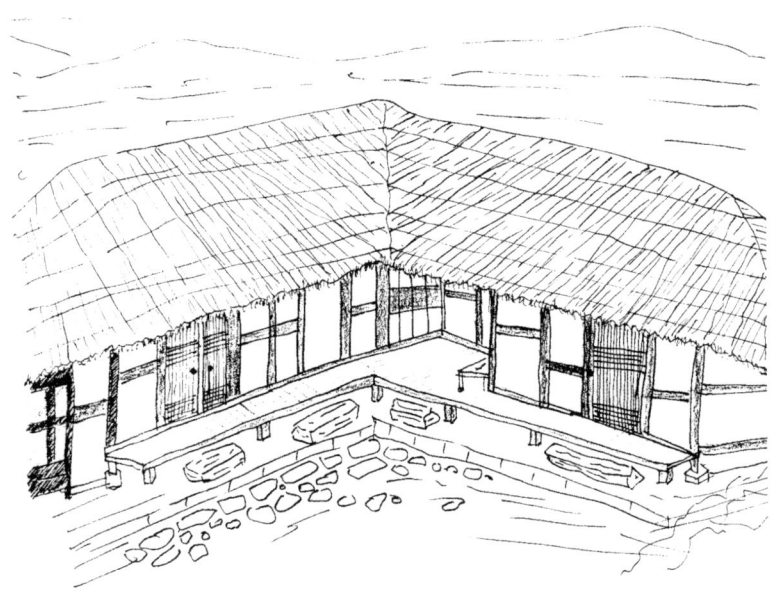

실은 나와 우리 가족이 겪은 일도 이와 연관이 없다고 볼 수 없다. 아니, 민초들의 삶이 피폐해지고 민란으로 인해 나도 여기까지 온 것이니 나 역시 당파 싸움이나 외척 세력의 권력독점이 만들어 낸 피해자 중의 하나라고 할 수 있다.

　나 김욱의 고향은 전라도 곡성의 작은 마을이다. 우리 집은 과거에는 나름 잘사는 사대부 집안이었다고 들었으나 할아버지 때에 노름에 빠져 땅을 다 팔아먹고, 이후에는 가진 땅 하나 없이 남의 땅에 소작을 부쳐서 살아왔다. 그래도 다행히 아버님이 타고난 농사꾼이라 남들보다 소출이 좋아 입에 풀칠은 할 수 있었다. 어머니는 자식들이 소작농으로 살지 않고 작은 벼슬이라도 했으면 하는 바람으로 맏아들인 내가 여섯 살이 되자 서당으로 나를 데려갔다. 서당은 집에서 가려면 한참을 가야 했고 처음에는 서당에 다니는 아이들이 모두 나보다 손위였을 뿐 아니라 가난한 소작농의 아들이라고 나를 업신여겼기 때문에 서당 다니는 것이 무척이나 싫었지만, 어머니는 내가 불평하는 것을 참지 못하셨다. 게다가 서당에 다녀오면 꼭 동생을 가르치게 하셨다.

"욱이야, 너는 커서 우리 집안을 책임져야 한다. 우리처럼 살지 말고 고을 아전이라도 해서 입에 풀칠 걱정은 안했으면 좋겠구나."

"어머니, 서당 공부 열심히 하면 잘 살게 되는 건가요?"

"글을 읽고 많이 배우면 출세하게 된단다. 그러니 너는 서당의 동무들보다 더 열심히 해야 한다."

사실 공부를 열심히 하면 어떻게 출세하고 잘 살게 되는지 알 수 없었기에 다만 어머니의 기대에 맞추어 주느라 그러겠다고 대답은 했지만 나는 썩 확신이 없었다. 다만 이제 와서 돌이켜 보면 그때의 공부가 내 삶의 밑천이 된 것 만은 분명했다.

그러던 어느 날, 소문으로만 듣던 호열자란 역병이 이웃 마을들을 돌다가 우리 마을에까지 들어왔다. 호열자에 걸린 사람들은 설사를 해댔고 목이 타서 물을 마시면, 마신 물보다 더 많은 설사를 하면서 죽어갔다. 호열자에 걸린 사람중 사경을 헤매다 산 사람도 있었지만 태반은 목숨을 건지지 못하고 마을에는 죽은 송장을 제대로 묻지도 못해 거적으로 덮은 채 며칠을 그냥 지내는 일도 드물지 않게 벌어졌다.

우리 집도 예외는 아니었다. 호열자는 아버지와 어머니 두분의 목숨을 차례로 빼앗아 갔다. 나름 병치레하지 않고 사시던 분들이었는데 그야말로 순식간에 벌어진 일이었다. 그렇게 부모님이 모두 돌아가시고 동생과 나, 이렇게 둘만 살아남았다. 우리는 아직 어려서 집에서는 더 이상 농사를 지으며 살 수 없었고, 우리를 받아주었던 친척집에 몇 년을 붙어살 수밖에 없었다. 그러다가 어려운 살림의 친척집도 우리 때문에 힘들어 하는 것을 보면서 동생만 부탁한다고 하고 나는 지리산 자락 아무데다 터를 잡고 살겠다고 무작정 집을 나섰다.

그렇게 나선 길에서 나는 많은 사람들을 마주칠 수 있었다. 굶주리고 떠돌아다니다 죽어가는 사람들을 수태 만났고, 그중에는 아이가 굶주려 숨을 헐떡이며 우는데 눈물 한 방울 흘리지 않고 그냥 쳐다만 보던 어미도 있었다. 그리고 도적떼가 마을을 약탈하자 뿔뿔이 흩어지면서 개천에 버려진 아이들도 있었고, 군역을 피하려 했다는 누명을 쓰고 60대의 곤장을 맞은 환갑이 지난 노인도 있었다. 한편으로는 식솔과 하인들을 여럿 데리고 멋진 행장에 말을 타고 수령으로 부임해가는 관리와 기생을 끼고 광대를 불러 하루밤을 즐기던 사람들도 볼 수 있었다.

달리 먹고 살 방도가 없어서 나는 지리산 자락에 움막을 짓고 나뭇꾼들을 도우면서 나무를 베서 시장에 갖다 파는 일을 배웠다. 나뭇꾼 중에는 나와 같은 처지로 해서 일을 시작한 사람들도 꽤 있었는데 그중에 나를 측은하게 여겨 나뭇꾼 일을 가르쳐 주려는 이들을 어렵지 않게 찾을 수 있었다. 이들은 산과 마을, 시장을 돌아다니면서 살았으므로 세상 돌아가는 일에 대해 꽤 잘 알고 있었다.

그중 박남귀라는 사람을 만날 수 있었던 것은 어쩌면 불행중 다행이었다. 처음 움막을 겨우 만들어서 버섯이나 산나물, 그리고 칡뿌리 같은 것을 찾아서 먹고 살아갈 때 그래도 불이 있어야 가끔씩 따뜻한 산나물국을 해먹을 수 있을 뿐 아니라, 무엇보다 밤의 추위를 견딜 수 있었다. 그래서 주변의 나무를 베서 재목으로 사용하다가 산 모퉁이를 돌아 좀 더 깊은 숲으로 들어갔더니 누군가가 남기고 간 듯한 재목이 있어서 그것을 갖다가 썼는데 며칠 뒤에 가보니 또 재목이 쌓여 있어 이번에도 가져와서 요긴하게 사용했다. 왠지 임자가 있고 어디엔가 쓰려고 쌓아 놓았을 것이라고 짐작은 하면서도 또다시 가지러 갔는데 역시 재목이 쌓여 있어서 집으려는 순간, 수염이 까맣고 짙은 눈썹에 부리부리한 눈을 가진 이가 도끼를 들고 내 앞을 가로막았다.

"어느 놈인가 했더니. 네놈이었구나. 에잇, 도둑놈아! 이 나무는 내가 베서 시장에 팔려고 쌓아둔 것인데 도둑질할게 없어서 이것을 도둑질하느냐? 도대체 너는 어디서 온 놈이냐?"

그는 손에 침을 튀기면서 도끼를 휘두를 태세였다.

"나는 도둑이 아니오. 그저 밤에 불을 때려 여기 있는 나무를 좀 가져가서 쓴 것뿐이오."

"야 이놈아. 그러니까 도둑이지. 남의 물건을 허락없이 가져다가 쓴 것이 아니더냐?"

그렇게 해서 나는 박남귀를 알게 되었다. 그는 원래 강원도 사람이었는데 피폐한 살림에 군역을 지거나 아니면 군포를 내라는 영을 받고 차라리 산으로 도망을 가는 것이 낫겠다고 생각하고는 멀리 지리산까지 내려와 나뭇꾼이 되었는데, 산에 대해서는 모르는 것이 없었을 뿐 아니라 읍내에서 일어나는 일들도 꿰뚫고 있었다.

박남귀에게 나무 베는 법을 배워서 나무를 베어 내고, 이를 다시 쪼개어 재목으로 만든 다음 날라다 시장에 파는 일들이 익숙해질 무렵, 나를 찾아온 박남귀는 조금 진지한 표정으로 말을 꺼냈다.

"세상이 온통 어지럽고 관아의 수령이나 아전이나 모두 자기 배를 채우려 하는 것을 자네도 잘 알지 않는가?"

"그러게요. 살아가기 참 어려운 세상이지요."

"그런데 저 아래에 있는 진주에서 말일세. 그곳에서 홍병원이라는 진주 목사와 백낙신이라는 경상 우병사가 있는데 이들이 백성들을 쥐어짜는데 혈안이 되었다는구먼. 그래서 몇몇 사람들이 모여서 이같이 부패한 관료들에게 백성들의 뜻을 분명히 전달하고 학정을 멈추게 하자고 뜻을 같이 했네. 농민뿐만 아니라 우리 나뭇꾼들도 함께 하기로 했다네."

"그리하였군요. 참으로 잘 나선 것 같습니다."

박남귀는 뭔가 생각하는 듯이 잠시 말을 멈춘 후에 이렇게 말했다.

"자네는 글도 잘 알고 명석한 것 같으니 진주에 있는 유계춘을 한번 만나보지 않겠나? 이번 일에 유계춘이 앞장서고 있고, 아마도 자네와 같은 사람이 필요할 걸세."

진주는 농산물 산출이 많아 원래는 상당히 부유한 곳이었으나, 진주목과 경상도 우병영이 있어서 이들을 유지하기 위하여 백성들이 쌀과 재물 등을 바쳐야 했기 때문에 백성들은 잘 살기는커녕 오히려 상당히 많은 공출의 부담을 짊어지면서 힘든 삶을 이어가고 있었다. 그런데 홍병원과 백낙신이 각기 진주목사와 경상도 우병사로 부임한 이후에는 이들이 백성들을 쥐어짜는데 혈안이 되어서 백성들의 삶은 말할 수 없는 상태로 피폐해졌다. 그래서 불만들이 조금씩 드러나다가 농민들을 중심으로 폭정에 저항하려는 움직임이 시작되었고, 그 저항의 한가운데에 유계춘이 있었다. 이때 나는 박남귀의 소개로 지도자였던 유계춘을 만나게 되었고, 그의 눈에 들어 문서와 영을 정리하는 일을 하게 되었다.

　유계춘은 호사가로 평소 사람 만나는 것을 즐겼는데, 한편으로는 어떤 문제가 있으면 가만히 있지를 못하고 관청에 상소도 많이 하는 적극적인 사람이었다. 그러던 중 어느 해 가을, 홍병원과 백낙신의 탐학과 수탈 문제로 백성들의 불만이 극에 달하자 장터에서 뜻을 같이 하는 사람들과 모임을 가졌다. 그는 글을 잘 썼는데 모임에서 나온 의견들을 정리해서 회문과 통문 형식으로 사람들에게 돌렸다. 사람들은 가슴을 끓게 만드는 유계춘의 말과 문장을 듣고 보면서 그를 따르기 시작했다.

　"나라에서 환곡을 만든 뜻의 반은 백성의 생계를 돕는 것이었고 반은 나라의 경비에 보태기 위함이지 않았겠는가? 어찌 이를 만들 때 백성을 착취하고 못살게 만들려는 것이었겠는가? 그런데 백성은 한톨의 곡식도 구경조차 못했음에도 가져다 바쳐야 하는 쌀이 천만을 헤아리고, 그중 나라의 경비에 보탬이 되는 것은 기껏 열에 하나요, 나머지는 수령과 아전들이 농간질하여 죄다 해먹으니 이는 억지로 백성의 것을 빼앗는 도적질이 아닌가?"

　나는 유계춘을 만난 이후에는 그의 집에 기거하면서 그를 따라다녔는데, 처음 난을 일으키자고 모의한 것은 그 다음해인 임술년 1월 박수익의 사랑방에서였다. 이곳에서 농민을 불러일으킬 방법과 동원된 민중을 효과적으로 이끌어나갈 행동 지침도 세웠다. 그 다음달 2월 중순에는 수곡 장터에서 농민군을 모이게 하는 문제 등 농민 봉기에 대한 구체적인 계획을 세웠다. 그로부터 며칠 뒤 수백명의 농민을 모은 후 환곡을 개선할 것과 도결과 통환을 철폐할 것을 외치면서 한편으로는 사람들로부터 돈을 얻어내기도 하고 봉기에 반대하는 사람의 집은 부수기도 하면서 수곡 장터를 휩쓸고 다녔다. 그리고는 좀 더 많은 농민을 일시에 모으기 위해서 서쪽의 덕산 장터로 몰려갔다. 이렇게 해서 이 날 해질 무렵에 유계춘이 이끈 농민군은 수천 명으로 불어났다. 이들은 머리에 흰 두건을 두르고, 손에는 농기구나 죽창을 들고 있었다.

　유계춘은 각 고을의 대표자들로 구성된 회의를 이끌었는데, 대다수의 대표들이 호소문을 감영에 보내는 것으로 결론짓자고 했지만, 유계춘은 그런 소극적 태도가 만족스럽지가 않았다. 그래서 호소문 정도로는 효과가 없으니 직접 행동으로 보여주어야 한다고 강하게 주장하였다. 유계춘은 이렇게 적극적인 행동주의자였고 또한 사람들을 선동하는 자질이 있었다. 한번은 그가 장터 중심에 자리를 잡고 서서 큰 소리로 말하였는데, 목소리가 굵고 낮아서 멀리 있는 사람도 그의 말을 또렷이 들을 수 있었다.

"여러분! 오늘 우리가 행동으로 우리의 의지를 보여주지 않으면 저들은 수탈을 멈추지 않을 것입니다. 우리 모두 함께 나서서 수탈과 학정을 멈추라고 외쳐야 합니다. 그리고 우리의 몫을 돌려달라고 주장해야 합니다. 그래도 듣지 않으면 낫과 죽창을 들어야 합니다. 여러분, 저들에게 우리의 힘을 보여줍시다!"

비록 다수 대표들의 뜻에 따라 감영에 호소문을 보내는 정도로 하자고 결론이 났으나 유계춘의 주장은 군중들 사이에 커다란 반향을 일으켰고, 직접적인 호응을 보인 사람들도 많았다. 시장에 모였던 사람들은 두손을 흔들면서 유계춘의 연설이 끝나자 이렇게 외쳐댔다.

"수탈을 멈추라!"

"도결을 혁파하라!"

"유계춘! 유계춘!"

한편, 장터에서의 연설로 유계춘이 농민을 선동하는 지도자로 알려지자 관영에서는 그를 위험스러운 인물로 보고 행방을 수소문한 후 동지의 집에 잠깐 머물고 있던 유계춘을 관졸들을 풀어 체포하였다. 하지만 이것이 오히려 역효과를 불러왔다. 유계춘의 체포 이후 수청가에 모인 대중 집회에서는 농민과 나뭇꾼 등을 포함하여 초군이라고 불리었던 무리들이 대거 운집하여 유계춘을 석방할 것을 요구하기 시작한 것이다. 관영은 당황했고 이에 유계춘은 꾀를 내어 때 마침 아버지 제사일이 가까온 것을 이용해 제사에 잠시 다녀오겠다는 핑계를 대고 풀어달라고 했다. 관영에서는 제사로 유계춘을 멀리 보내면 해결될 것으로 생각하고 그를 석방하였는데, 대중 집회로 한껏 달아오른 상황에서 지도자인 유계춘이 풀려났으니 이제 민중이 다시 모여 봉기하는 것은 그리 어려운 일이 아니었다.

　유계춘은 풀려나자 마자 망설이지 않고 본격적인 행동에 나섰다. 마침내 며칠 뒤, 유계춘은 농민들을 중심으로 하여 초군을 다시 모아 읍내를 공격하기로 결정했고 본격적인 항쟁이 벌어졌다. 진주 내 각 지역의 농민들은 장시를 중심으로 세력을 규합했고, 주변 지역을 돌아다니면서 동조자를 모았다. 그렇게 형성된 수천의 군중은 진주 전역을 돌아다니면서 탐관오리, 향리, 부자, 그리고 관에 협조적인 인물들의 집을 파괴하고 불을 질렀다. 그런 농민들에게 일반 백성들은 음식과 마실 것을 제공하며 한편으로 봉기를 지원하기도 했다. 시간이 흐를수록 더 많은 군중들이 봉기에 참여했고, 이웃 고을에서도 사람들이 몰려왔다. 이렇게 기세를 떨친 초군은 우선 토지세라 하여 지방의 수령이 과도하게 징수하는 도결을 혁파할 것을 요구하였다.

　결국 진주목사는 초군의 위세에 겁을 잔뜩 먹고는 도결 혁파를 약속하였다. 어려울 것 같았던 도결 문제를 해결하는 성과를 올린 초군들은 더욱 의기양양해져 이번에는 병영으로 향했다. 경상 우병영에 도착한 초군들은 그동안 못된 짓을 해왔던 향리들을 찾아내어 처단했는데, 대표적으로 농민들의 등을 치고 수탈을 일삼았던 이방 권준범은 그들의 손에 맞아 죽고 시신은 불태워졌다. 이렇게 진주 농민들의 대대적인 봉기는 열흘동안 계속되었고 백채가 넘는 집이 불에 탔다.

그러나 아주 잘 무장되고 훈련된 세력이 일으킨 봉기가 아닌 탓에 다른 지역으로 퍼져나가지는 못했고, 처음에 속수무책으로 당하던 관군이 다시 전열을 갖추자 봉기는 곧 사그라들었다. 봉기가 진정된 이후 조정에서는 이 봉기를 조정과 관에 대해 저항하는 심각한 사건으로 보고 안핵사를 파견하여 사건에 대해 조사를 진행했다. 조사과정에서 백낙신이 저지른 착취와 부정부패가 드러났지만, 처형되는 대신 재산을 몰수당하고 전라도 고금도로 유배되는 것으로 마무리되었다. 그러나 봉기의 주도자들은 큰 화를 면치 못하였다. 봉기의 중심에 있었던 유계춘은 관군에 잡혀서 문초를 심하게 받은 후 반역죄로 길거리에서 효수되고 말았으며, 그를 따르던 무리들 중 상당수도 매를 맞는 장형이나 유배형에 처해져서 봉기를 이끌던 세력은 완전히 와해되었다. 나 역시 잡혔으면 어떤 형이라도 받았을 것이지만 일정한 거처나 집이 없이 떠돌아다니던 형편이라 안핵사가 도착할 시점에 강경으로 향했기 때문에 가까스로 형을 피할 수 있었다.

유계춘이 효수될 때 많은 사람들이 나와서 지켜보았다고 하는데, 머리를 풀어헤친 유계춘은 눈을 뜬 채로 효수대에 매달려 죽었다는 소식을 후일에 전해 들었다. 나는 유계춘이 명석하면서도 말에 힘이 있어 많은 사람들이 따랐다고 생각한다. 기실 나도 그중 한 명이었다고 할 수 있는데, 주변에 서당에서 글을 공부한 자들이 없어 유계춘은 어렸을 때 서당깨나 다녔던 나를 신임하여 회문이나 통문을 돌릴 때는 늘 내 의견을 묻곤 했다. 아마도 나뭇꾼들을 조직하여 이끌었던 박남귀의 소개 덕분에 나를 처음부터 믿었던 듯했다.

"자네는 글을 볼 줄 아는 것 같으니 이 통문을 한번 보고 생각을 말 해 보시게나."

그가 보여준 통문에는 이렇게 쓰여 있었다.

'백성들은 배를 곯으면서도 나라에 세금을 내어 더 이상 낼 것도 없으나 도결이라 하고 통환이라 하여 없는 것마저 내라 하니 이제는 도저히 감내할 수 없는 지경에 이르렀다. 이러한 부당한 처사에 함께 일어나 도결과 통환을 철폐하기 위해 함께 행동할 것을 요구한다. 모월 모시에 수곡 장터에서 모여 다함께 궐기하자!'

통문을 보여주면서 의견을 묻는 유계춘에게서 나는 그에 대한 강한 신뢰를 느꼈다. 그는 사람들 앞에 나서기를 좋아하고 쉽게 사람들을 사귀는 성격이지만, 그렇다고 가볍게 마음을 정하는 사람은 아니었기에 나를 인정해주는 그의 진솔한 신뢰가 고마웠다. 그리고 나를 향한 그의 믿음은 나를 거처도 제대로 없이 떠돌아다니는 주제라고 업신여겼던 주변 사람들에게도 영향을 미쳤다. 대부분 나보다 나이가 많았지만 그 이후 나를 하대하는 경우는 거의 없었기 때문이다.

"제가 무엇을 알겠습니까? 다만 잘 지은 통문 같으나 그냥 모이자 하면 그다지 효과가 없을 것 같습니다. 수곡 장터에 모일 때 손에 낫이나 쟁기 혹은 죽창 같은 것을 들어야 결기 있는 행동으로 이어지고 저들이 두려워할 것 같습니다."

"음, 자네 말이 맞네. 그냥 모여서만 되겠는가? 반드시 행동으로 보여주어야 도결과 통환이 혁파될 걸세. 낫이나 칼 그리고 죽창을 들자고 하겠네."

꼭 내 말이 아니었서도 유계춘은 농민들, 그리고 뜻을 같이 하는 나뭇꾼들을 이끌고 진주목과 우병영으로 나아갔겠지만, 나는 그의 마음을 좀 더 부추긴 셈이었고 결과적으로는 그를 저잣거리에서 효수형당하게 했다고도 할 수 있다. 그렇게 그의 죽음은 내 마음 속에 커다란 빚을 남겨놓았다. 실제로 나는 유계춘의 죽음 이후 같은 꿈을 자주 꾸었다. 유계춘이 직접 꿈에 나타난 적은 없기에 그의 죽음이 이 꿈과 직접 관계가 있는 지는 모른다. 그리고 꿈은 꿀 때마다 조금씩 달랐는데 대강의 내용은 이렇다.

나는 서당의 훈장께서 내는 시험에 대한 준비를 전혀 못해서 백지에 아무것도 적지 못하고 있는데, 서당을 같이 다니는 동무들은 벌써 다쓰고 나서 훈장께 답지를 내고 왁자스럽게 마당으로 나가는 것이 아닌가? 그럴 때마다 나는 동무들만큼 학문을 할 만큼 준비되어 있지 않은 것 같은 부족함에 안달이 났다. 훈장이 내는 시험을 잘 보려면 사서삼경을 암송하듯이 외워야 하는데 나는 준비가 되어 있지 않았을 뿐 아니라 시험본다는 사실도 알고 있지 못하여 진땀을 빼면서 꿈에서 깨어났다. 사실 과거에 서당에 다닐 때 나는 동무들중 가장 학문을 잘 한다고 훈장께서 좋아하셨기에 왜 그런 꿈을 꾸는지 알 수 없었다.

똑같은 꿈을 왜 계속해서 꾸는지 이유는 잘 모르지만 실제 나는 사서삼경중 덕을 밝히는 학문이라는 대학에서 멈춰 그 이상 나가는 것이 어려웠다. 학문에서 얻는 지식과 내가 사는 현실에서 얻는 교훈은 너무나 달랐고 나는 학문을 한다는 것이 어떤 의미를 갖는 것인지 알기 어려웠다. 더욱이 집안 사정으로 보면 내가 계속 서당을 다닐 만한 형편이 되지도 못했다. 어쨌든 진주 농민 봉기에 가담했던 일과 유계춘과의 인연은 이 꿈의 내용과는 전혀 관련이 없어 보였지만, 유계춘의 죽음 이후 이 꿈은 계속해서 나를 괴롭혔다.

한편, 박문기의 집은 사대부 집안이었지만 6대 조부, 아니 그 이전부터 일찍이 명나라 청나라와 무역을 통하여 부를 축적해 왔다. 특히 명나라와 청나라에서 만든 동전을 무역에서 사용하였을 뿐 아니라 국내에서도 한양이나 개성과 거래할 때는 이 동전을 사용하였다. 조선에서 만든 상평통보 등도 사용하였지만 중국의 동전이 상거래에서 더 큰 가치를 갖고 있다고 믿었던 것 같다.

"쌀이나 베로 거래를 하면 정확하지도 않고 파는 사람이나 사는 사람이나 손해를 볼 때가 많을 뿐만 아니라 보관하거나 운반하는 것도 문제라네. 그래서 상평통보 같은 엽전이나 아니면 청나라 동전을 사용하는 걸세. 명나라 청나라에서는 일찍부터 동전이 상거래에 널리 사용되었는데 조선에서는 아직도 엽전이 대접을 못받고 있는 게 현실이지."

"세금을 쌀이나 특산물로 내게 하지 말고 엽전으로 내게 하면 상거래에도 엽전이 널리 쓰일 것 같기는 하네요."

"그러게 말이다. 엽전이 널리 쓰이면 모두에게 좋을 것 같지만 실은 백성들이 정확하게 세금을 내면 이익을 가로챌 수 없어 손해보는 세력이 있으니 그렇게 되지 않는 게지."

지방의 수령이나 수령 밑에서 세금을 걷는 일을 맡은 이들이 쌀이나 특산물로 세금을 내면 일부를 빼돌리거나 질이 나쁜 물건으로 바꿔치기 한다는 이야기는 이미 널리 알려져 있었기에 나는 더 이상 물어보지 않았다.

박문기는 이처럼 상거래에 대해서 잘 아는 사대부였을 뿐 아니라 세상의 어느 분야에 대해서도 모르는 것이 없는 것 같았다. 아마도 내가 만나 본 사람중 가장 박식한 사람이었다. 중국의 서적을 많이 갖고 있었고 대개의 서적은 몇 번이나 통독해서 거의 외우다시피 한 듯했다. 그렇다고 그 내용을 모두 받들거나 추종하는 것 같지는 않았다. 그리고 최근에는 청나라가 아니라 저 건너편에 있는 서양이 그의 주된 관심사였다. 그런데 서양의 문물에 대한 경외심을 여러 번 표현하였지만 그렇다고 서양 문물이라고 무조건 받아들이자는 것이 아니었다. 한번은 서양의 사상에 대한 그의 비판적 견해를 강하게 이야기한 적이 있었는데, 요지는 서양에서는 모든 사물과 현상을 전체의 조화로 이해하는 것 보다는 쪼개고 나누어보면서 이해하려 하고 자연과 더불어 사는 것 보다 자연을 정복하는 것이 문명이라고 이야기 한다는 것이었다.

"서양에서는 인간의 이성이 세상을 이끌어가는 힘이라고 한다네. 자네의 생각은 어떤가? 나는 서양의 생각에서 배울점이 있기는 하지만 사람과 자연이 대립되는 것이 아니라 사람은 자연의 일부이고 대립되는 관계가 아니라고 생각한다네. 인간의 존재란 자연에 비하면 하잘 것이 없고 따라서 인간의 이성은 틀릴 수가 있지만 자연이 움직이는 경로는 틀릴 수가 없는 것이 아니겠나? 결국 이성이 아니라 자연이 세상을 이끌어가는 힘인 것이지. 인간의 이성과 자연은 대립되는 것이 아니라 이성이 자연에 순응해야 하는 것 아니겠나?"

그리고는 이렇게 이어갔다.

"조선을 세운 공신인 정도전이 이런 말을 한 적이 있지. 일월성신은 하늘의 모습이고 산천초목은 땅의 모습이고 시서예악은 사람의 모습이다. 도를 얻으면 시서예악의 교훈이 세상에 밝게 드러나고 일월성신의 운행도 순조롭고 만물도 조화롭게 질서를 이루니라."

그리고는 잠시 허공을 바라보다가 다음과 같이 말을 이었다.

"정도전은 그렇게 인간의 삶은 우주 그리고 자연과의 조화가 되어야 온전해진다고 한 것이야. 인간이 자연과 대립해서는 안 된다는 것이지."

박문기가 정도전을 좋게 평가하면서 그의 말을 인용한 것은 나에게는 뜻밖이었다. 정도전은 고려를 망하게 하고 조선을 세운 공신 중 한 명이었지만 성리학 이론을 받드는 사림파들과는 거리가 있었다. 박문기도 성리학 사림파와는 거리를 많이 두고 있었기에 현실에 대한 개혁에 나섰던 정도전에 대해 좋게 이야기하는 것 같았지만, 나로서는 두 사람이 여러 면에서 서로 어울릴 수 있는 사람은 아니라고 생각했다. 세상의 풍문은 정도전을 권력을 위해서는 어떤 것도 가리지 않는 모략가로 전하고 있었고, 내가 보기에 박문기는 중상과 모략과는 거리가 먼 사람이었기 때문이다. 나중에 정도전이 조선 건국 초기에 국가가 토지를 몰수한 다음 이를 무상으로 경작을 담당하는 백성들에게 나누어주는 정책을 주장했었다는 것을 박문기로부터 듣고 나서야 정도전에 대한 박문기의 생각을 조금은 이해할 수 있었다.

또 박문기는 이러한 말을 한 적도 있었다.
"나도 이전에는 세상의 중심이 명나라나 청나라라고 생각했지만 이제는 세상에 두개의 중심이 있고 또 다른 하나는 서양이 아닐까 하네. 조선은 현재 청나라를 중심으로하는 동양 세계에 속하기 때문에 청나라와 원만한 관계를 이루는 것이 중요하지만 이제는 서양이라는 새로운 중심에 대해서도 공부하고 관계를 만들어가야 조선이 살아나갈 수 있지 않을까 하네."
그러면서 청나라를 경계해야 한다는 말도 잊지 않았다. 청나라는 조선을 제후국이라 하여 주종의 관계로 생각하고 있고 독립된 국가로 인정하지 않고 완전한 속국으로 삼으려는 속셈을 끊임없이 갖고 있을 지 모른다고도 하였다.
이처럼 박문기는 청나라를 경계해야 한다는 말을 기회있을 때마다 나에게 몇 차례 했다.
"청나라를 제대로 알지 못하면 청나라와 조선의 관계는 점점 더 조선이 힘을 잃는 방향으로 갈 것이네."

따라서 박문기가 유럽을 새로운 중심이라 하고 유럽과 관계를 맺어야 한다는 말 속에는 유럽과의 관계를 통하여 청나라의 압박에서 벗어나야 한다는 의미가 담겨 있는 것 같았다.

"청나라는 대국이지만 아편전쟁에서 유럽에 패한 것을 보면 힘을 잃어가고 있는 것 아닐까요?"

"아편전쟁에서 졌다고 청나라가 망하지는 않을 걸세. 패한 전쟁에서 교훈을 얻으면 더 강한 청나라가 될 수도 있지. 청나라에서는 지금 산업 부흥과 대외정책에 밝은 이들이 나서고 있기 때문에 더욱 조심해야 하네. 앞으로 조선은 지금 보다 더 큰 어려움에 빠지게 될 지도 모르네."

"청나라가 전쟁에서 졌는데 더 강한 나라가 된다는 것은 무슨 뜻인지요?"

"청나라가 과거를 반성하고 상업과 산업을 발전시키고 무력을 강화하면 지금보다 훨씬 강한 나라가 될 수 있다는 말일세. 만일 그리 된다면 조선을 어떻게 할 것 같은가? 실제 청나라는 그렇게 되고 있네."

"그렇군요. 아무런 반성도 준비도 하지 않고 있는 조선은 청나라에 완전히 속국이 될 수도 있겠군요."

"그렇네. 내가 걱정하는 점이네. 우리도 아편전쟁을 교훈 삼아야 하는데 이 땅에는 아편전쟁이 일어났었는지도 모르는 사람이 대다수니 문제일세. 사대부들도 조선 밖의 일에는 아예 관심이 없네. 그들은 오로지 성리학의 가르침만이 세상을 바르게 한다고 외치는데 도대체 그 가르침이라는 것이 어떻게 백성의 삶을 나아지게 할 수 있는지 나는 모르겠네."

아편전쟁은 이렇게 박문기에게 깊은 생각을 하도록 만들어가기도 했지만 생각뿐 아니라 삶 자체를 크게 바꾼 계기가 되었다. 그는 북경의 다구포대를 무너뜨린 두번째 아편전쟁 소식을 들은 이후 실학자 특히 이제는 거의 잊혀 갈 만큼 세력이 사라진 북학파 사람들을 찾아서 친분을 유지하려 애썼고 서책을 서로 소개도 하고 교환도 하였다. 그리고 조정의 움직임과 임금의 생각에 관심을 갖고 늘 새로운 소식을 들으려 했다.

박문기는 언젠가 차를 마시면서 우리 집안 사람에 대한 이야기를 듣다가 호열자로 부모님이 모두 죽었다는 대목에서 갑자기 자리에서 일어나 이렇게 말했다.

"책을 만들어야 해. 두창과 호열자를 낫게 하고, 굶주림에서 벗어나게 하고, 모두가 잘 살 수 있는 방법을 기록한 책 말이야. 그러한 책을 써야만 이 세상에 다녀간 보람이 있지 않겠나?"

그는 방안을 두세번 서성거리면서 무엇인가에 흥분된 어조로 이야기하고는 다시 앉아 이야기를 이어갔다.

박문기는 그런 사람이었다. 그는 나나 보통 세상사람들이 겪고 있는 생활의 어려움을 겪지는 않았지만 세상을 올바로 보기를 원했고 그 문제를 해결하고 싶어 했다. 특히 백성들이 기본적인 생활을 하고 농촌을 떠나지 않도록 일정 규모의 토지를 나눠주어야 한다는 영업전에 대한 주장을 할 때면 신념을 지키기 위해 어떠한 행동도 불사하겠다는 의지를 비치기도 하였다. 영업전은 성호 선생이 제안한 토지제도 개혁안을 말한다.

"성호 선생은 백성이 부유해야 나라도 흥성하는데 농민 가운데 토지를 소유하지 못하고 지주의 토지를 빌려 경작하는 소작농들이 늘어나면서, 지주의 권한은 점차 강화되고 토지를 빌린 소작농들은 점점 더 살기 어려운 상황에 처하고 있는 상황을 몹시 안타까워 했다네. 소작농들은 한 해 동안 농사를 짓더라도 대부분 겨우 사분지 일 정도의 소출만 차지할 수 있다 보니 점점 부의 축적은 권세가와 호강하는 자들에게 집중되고 백성들은 점점 더 굶주리게 되는 것이라네. 그래서 이를 해결하는 방안으로 영업전을 제안하셨지. 그러나 지주들이 가만히 있었겠는가? 성호 선생은 결국 뜻을 펼칠 수 없었네. 아무리 좋은 제도도 지주들과 사대부들이 반대하는 한 쉽게 이루어지기 어려운 것이지. 그렇다고 지금의 제도를 그냥 내버려두면 세상은 점점 더 살기 어려운 나락에 빠지게 될 걸세."

성호 선생이 제안한 영업전은 한 가족이 평균적인 삶을 영위할 수 있는 경제력을 계산하여 그에 상응하는 일정한 규모의 토지를 분배하고는 이를 매매할 수 없도록 하자는 것이다. 특히 관에서 문서를 보관하여 사고팔지 못하게 하여 소농들이 안정적으로 농업에 종사할 수 있도록 하고자 했던 것이다.

말하자면 어려운 백성들에게 농사를 짓고 살 수 있을 만큼의 토지를 제도적으로 나누어주고 그 권리를 나라에서 보장해주자는 것이다. 실제 이미 소작농들이 농사를 짓더라도 연명할 수 없는 지경에 이르렀기 때문에 성호 선생의 주장을 이어받아 영업전을 시행하여 백성의 고통을 덜어주자는 생각은 나와 박문기를 동지적으로 연결하는 끈이었을 지 모른다. 처음 영업전에 대한 이야기를 들었을 때 나는 성호 선생이나 박문기의 생각에 감격하지 않을 수 없었다. 아마도 소작농의 고통을 겪었던 우리 가족의 모습이 떠올라서였는지도 모른다. 이런 부분들은 박문기와는 여러면에서 처지가 다른 내가 박문기에게 그토록 끌렸던 이유이기도 했다.

박문기는 최근 들어 나를 포함한 네 명의 지인들과 한 달에 한 번 정도 만나는 차모임인 다시(茶時)를 가지면서 특별한 관계를 만들어갔다. 그렇게 다섯 명이 매달 만났지만 사실 이들을 하나의 뜻을 가진 동지라고 할 수 있을지는 아직도 잘 모르겠다. 박문기 외에 천주교 신자가 한명 있었고, 또 한사람은 중국에 사신으로 갔다가 낙향한 자이고, 또 다른 사람은 의원으로 조정까지 나아가 진맥을 보다가 좌천되었던 자였으며, 끝으로 내가 있었다.

다섯 명 중에서 가장 어렸던 나는 진주에서 봉기에 나선 유계춘을 따라 나섰다가 관군에 쫓기는 신세가 되어 무작정 북쪽으로 가던 중에 강경 근처에서 배가 고파서 마을에서 먹을 것을 훔치다가 사람들에게 잡혔었다. 마침 지나가던 박문기가 돈을 내어 그들에게서 풀려나게 되었고 박문기와의 인연은 그렇게 우연히 시작되었다.

진주에서 봉기가 사그라들고 관에서 봉기 주동 세력에 대한 조사를 하러 나온다는 소문을 듣고는 진주에서 도망치면서 무조건 한양 쪽으로 향하던 나는 이름도 모르는 어떤 마을에 당도했다. 그렇지 않아도 먹을 것이 넉넉하지 않은 살림에 내가 부엌에 들어가 몰래 누룽지를 훔쳐먹고 달아나자 이웃들까지 몰려나와 나를 잡았다. 이들은 흥분하여 나를 도적이라며 관아에 넘길 요량이었다. 나는 양쪽 팔을 잡힌 채 관아로 끌려가던 도중 박문기와 마주쳤다. 그때 박문기는 남루한 백성들이 볼품없어 보이는 청년 한명을 두팔을 잡고 끌고 가는 것을 보고는 그 연유를 물었다.

"어인 일로 청년을 그렇게 끌고가는가?"

박문기는 부잣집 양반 차림을 한 형색이어서 나를 잡아가던 이들도 무시하지 못하고 예를 갖추어 대답했다.

"예, 나으리. 이 쌍놈의 자식이 부엌에 들어가 먹을 것을 죄다 훔쳐먹고 달아나는 것을 잡아 관아에 넘기려는 참입니다."

"쯧쯧…… 그런데 보아하니 이 청년은 그냥 도둑은 아닌 것 같은데, 내가 변상할 터이니 나에게 넘기는게 어떤가?" 하면서 엽전 몇 잎을 이들에게 주었다.

그렇게 해서 나는 박문기와 인연을 맺게 되었다. 당시 박문기에 대한 나의 첫인상은 풍류를 즐기는 어느 부자 나으리였다. 그러나 박문기의 집으로 같이 걸어가면서 그런 첫인상은 조금씩 변하여 갔다.

"가난한 백성의 집에서 먹을 것을 훔치다니 그 죄가 큰 것을 너는 아느냐? 어떤 연유로 그리 되었는지 차근히 말해보아라."

나는 호열자로 집안이 풍비박산이 났던 일과 유계춘을 만나 농민 봉기에 가담했던 일, 그리고 지금 도망치고 있는 중이라는 것을 대략적으로 말하였다. 사실 이런 사실을 처음 만난 사람에게 그대로 터 놓을 수는 없는 내용이었고, 십중팔구는 그가 관아로 다시 나를 데려가 처벌을 받게 할 내용이었지만 나는 일어났던 일들을 사실대로 이야기했다. 박문기의 첫인상은 딱히 어떻다고 설명할 수는 없지만 그만큼 나에게 믿음을 주는 인상이었다. 한편으로는 나는 이제 의지할 곳도 없고 이 세상에서 더 무엇을 하면서 살 욕심도 없어서 자포자기의 심정이기도 하였기에 그렇게 다 털어놓았는 지도 모른다.

듣고 있던 박문기는 걸음을 멈추고 서서 나를 자세히 쳐다보았다. 그리고는 내 눈을 정면으로 바라보았다. 잠시후 다시 걸으면서 한 걸음 뒤에 따라가던 나에게 그는 갑작스러운 제안을 했다.

"자네는 나와 함께 일을 할 생각이 있는가?"

"어떤 일을 말씀이십니까?"

"내가 인쇄소를 시작하려는데 글을 읽고 이해하는 사람이 필요하네."

"글을 읽고 이해하는 사람들은 많을 텐데 도둑질하다 끌려갔던 제가 할 수 있는 일인지 모르겠습니다."

그는 망설이지 않았다.

"그것은 두고 보세나."

의관인 조인홍은 왕실의 내의원에서 일하면서 중국으로부터 들여온 의서를 정리하고 조선의 실정에 맞게 편집해서 새로운 서책을 만드는 작업을 책임지고 있었다. 어명을 받아 의서를 음양오행설에 맞게 정리하는 작업을 했지만 그 일이 쉽지 않았을 뿐 아니라 두창이나 호열자와 같은 역병을 치료할 때 어떻게 음양오행설을 적용해야 할 지 막막하게만 느껴졌다. 그런데 하루는 이조판서의 맏아들이 고열과 발진이 생겼다는 소식을 듣고 왕진을 가서 새로 만든 의서에 기반하여 처방하였는데 약효는 나타나지 않고 오히려 다음날 사망하는 사건이 생겼다. 이조판서는 맏아들이 사망한데 대하여 분을 못참고 조인홍을 즉시 파직시켰고, 더 이상 한양에 있을 수가 없었던 그는 식구들을 이끌고 강경에서 멀지 않은 시골로 내려왔다. 그리고 얼마 후 내의원에서 일한 의관이 내려와 있다는 소문을 들은 박문기가 조인홍의 집으로 찾아가 따뜻한 위로를 건네면서 두 사람의 우정이 시작되었다.

"내의원 의관께서 내려와서 계신다고 하여 찾아뵙게 되었습니다. 호열자와 같은 역병에 대해서 배울 수 있으면 좋을 것 같습니다"

조인홍은 박문기에 대해서는 잘 모르고 있었지만 그가 강경포구의 큰 선주였던 박윤의 둘째 아들이며 자신을 만나보고 싶다는 전갈을 받고는 박문기를 반갑게 맞았다.

"역병에 관심을 가지신 분을 이 시골에서 만나게 될 줄은 몰랐습니다. 그런데 내의원에서 여러 질병을 다루고 처방도 정했지만 호열자에 대해서는 저도 어떤 처방이 효험이 있을지 잘 모릅니다."

조인홍은 가난한 선비의 집에서 태어나 부모가 농사를 직접 지으며 살아갔다. 다행히 가난한 가운데서도 글을 놓지 않은 아버지는 조인홍이 어렸을 때에 직접 글을 지도하고 책을 많이 읽게 하였다. 그러던중 마을에 두창이 유행하면서 부모와 아래의 동생 셋을 모두 떠나보내고 위에 있는 형과 단둘이 살아남을 수 있었다. 그때는 조인홍이 아홉 살이고 형은 열한 살이었을 때다. 이후 건너마을에 있는 큰 아버지 집에 겨우 기거할 수 있었는데 자라면서 부모님과 동생들을 잃게 만든 두창과 같은 역병을 치료할 수 있는 방법을 찾기 위해 의관이 되기로 결심하였다.

집안에 의원이나 병을 고치는 일을 했던 사람도 없었고, 사정이 여의치 못해서 남들보다 배로 노력해야 했던 조인홍은 결국 의학교육을 담당하였던 전의감의 의생을 거쳐 의관이 되었고, 동의보감을 편찬한 허준을 자신의 삶의 교사로 삼았다. 동의보감은 당시에 출판된 조선과 중국의 의서중 확보할 수 있는 최대한의 책을 참고하고 여기에 내의원의 연구가 더해져 완성된 일종의 의학 백과사전이었다. 동의보감은 이와 같이 허준이 여러 명의들과 함께 왕실 서고와 민간에 떠돌던 수많은 의서들을 참고하여 음양오행설을 바탕으로 좋은 내용을 추려낸 다음 자신들의 의학관과 경험을 더하여 편찬하였던 책으로서 체계적이고 짜임새 있게 만들어졌다.

하지만 과거의 의학적 경험을 바탕으로 하였기 때문에 최근에 마을들을 휩쓸면서 유행하고 있는 두창이나 호열자에 대해서는 이렇다 할 처방이 담겨있지 않았다. 이러한 역병을 고치겠다고 의관이 되었으나 정작 동의보감으로도 역병에 대처할 방법이 없기에 조인홍은 낙담하지 않을 수 없었는데 거기에다 이조판서의 맏아들이 자신의 처방에도 불구하고 죽게되자 그 사유로 파직되어 더욱 낙담한 채 낙향해 있던 참이었다.

 봄기운도 물러가고 점차 여름으로 넘어가면서 한낮에는 이미 더위가 시작되어 사람들은 여름철 베옷을 꺼내입었고 오월 대지의 산뜻한 초록은 벌써 여름을 머금어 뜨거운 햇볕을 견디어낼 준비를 하는 것 같았다. 계절은 이처럼 작년 그리고 그 이전과 같이 마을을 어김없이 찾아왔지만 전라도의 마을들은 예년과는 아주 다른 참혹한 상황을 마주해야 했다. 호열자가 기승을 부리면서 호열자가 들어온 마을은 걷잡을 수 없이 초토화되었던 것이다. 특히 가난한 일반 농민들의 피해가 커서 대부분의 가족이 몰사하고 한두 명만 살아남는 집안이 속출하였다. 이유는 알 수 없지만 양반 사대부의 집들은 피해가 적었다. 사람들은 호열자를 물리치기 위해 약초를 통한 의술 행위나 대문에 문신을 붙이는 무속 행위, 또는 민간에 떠도는 여러 가지 토속 행위 등 다양한 방법을 사용하였지만 어느 것 하나 효과적인 방법은 없었다. 어디를 가나 죽음이요, 약이란 약은 아무런 소용이 없었다. 호열자가 기승을 부린 마을에서는 어떤 가정이든지 초상이 나고 주검을 묻어야 했으며, 가끔 행길에 송장이 즐비한 경우도 있었다.
 어떤 마을에서는 호열자라는 병이 돌기 시작한 것을 알게된 서당의 훈장이 마을의 가장들을 한자리에 모아놓고 호열자라는 병에 대해서 설명하면서 이 병의 전염을 막기 위한 대책을 마련해야 한다고 주장하였다가 그 자리에 모였던 대부분의 사람들이 호열자에 걸려 죽은 일도 있었다. 어떤 이들은 호열자는 쥐가 물어서 생긴 병이기 때문에 고양이를 부적에 그려 붙이면 물리칠 수 있다거나, 돼지머리를 대문 앞에 두면 전염병을 일으키는 귀신이 두려워하면서 도망간다는 해결책을 내놓았다. 또 어떤 동네에서는 무당이 조상의 영과 호열자 환자 사이의 신령한 중개인으로 자처하기도 하였다. 심지어 신령하다고 소문난 어떤 무당은 호열자에 걸린 집에 자주 불려 갔는데 그러다 자신도 호열자에 걸려 죽은 웃지 못할 이야기도 있었다.

박문기 역시 호열자 역병의 원인을 찾아서 해결책을 내놔야 백성들의 고통을 덜 수 있을 것으로 생각하여 호열자에 대해 가르쳐줄 의원을 찾고 있었던 차에 조정에서 실력있는 의관으로 알려진 조인홍이 파직되어 이웃 마을에 돌아왔다는 이야기를 듣고 만나기 위해 찾아갔던 것이다. 첫 만남이었지만 조인홍 역시 호열자에 대한 관심이 많았던 터라 이야기는 자연스럽게 호열자에 대한 증상과 처방으로 쉽게 이어졌다.

"호열자에 걸리면 쌀뜻물 같은 설사를 심하게 하는데 설사로 인해서 목이 타게 되고, 이를 해갈하고자 물을 마시면 마신 물보다 더 많은 양의 설사를 하게 되어 결국 탈수가 되어 사망을 하지요. 그렇다고 물을 안마시면 못견디어 또 사망하게 되니 이러지도 저러지도 못한 채 며칠 안가 죽는 사람이 태반입니다."

박문기는 의학 지식은 거의 없었지만 그동안 청나라의 서적을 통해 전해얻은 처방을 조인홍에게 소개하였다.

"제가 듣기에 서양에서는 호열자에 걸렸을 때 아편을 쓰면 목숨을 살릴 수 있다고도 하는데 어떻게 생각하십니까?"

"아편이라면 청나라에서 금지해서 영국이라는 나라와 큰 전쟁을 일으킨 그 아편 말씀입니까?"

"네, 그렇습니다. 아편이 나라를 망하게 한다고 하여 청나라에서 다 불태웠던 적도 있지요. 그 아편 말입니다."

"동의보감이나 의서에 나와있지 않고 또 청나라도 위태롭게 되어 금한 적이 있는데 조선에서야 구하거나 쓸수가 없지 않겠습니까?"

"그 말씀이 맞지요. 그런데 아편이라는 것이 이치와 현실에 맞지는 않는 것 같지만 서양에서는 효험을 보았다는 이야기도 있어 청나라에서도 일부 사용하는 경우가 있는 것 같습니다."

조인홍과 박문기는 아편 처방을 포함해서 호열자에 관한 의서나 정보를 서로 좀 더 알아보기로 하였다. 그로부터 한달이 안되어 다시 조인홍을 찾아간 박문기는 청나라에서 가져온 문건에 호열자 치료에 대한 내용이 간단하게 소개된 부분을 소개했다. 조인홍이 보기에 신빙성이 그렇게 있어 보이지는 않아 다소간 회의가 들었지만 호열자로 죽어가는 이들에게 혹시라도 도움이 된다면 사용해볼 수 있을 것 같았다.

"이 문건에 자세한 내용이 담겨 있지는 않으나 효험이 있는 경우가 있다고 하니 호열자로 죽어가는 이들에게 한번 써볼 수는 있을 것 같습니다."

이렇게 해서 박문기로부터 받은 아편환을 잘게 쪼개서 아편으로 인한 환몽이 생기지 않을 정도의 양으로 호열자에 걸려 심한 설사를 한다는 건너 마을의 박참봉집 아들에게 시험적으로 주었다. 다음 날 아침에 다시 찾아간 그 집에서 시체로 나갈 것으로 생각했던 박참봉집 아들이 멀쩡하게 살아있었을 뿐 아니라 기력을 회복중이었다. 그렇게 몇 사람을 치료하고 나니 소문이 차차 나서 조인홍의 집에는 서로 모시고 가려는 사람들이 끊이지 않았다. 아편은 환몽으로 인한 중독이 생겨서 끊기가 어렵고, 그 파괴력이 청나라를 삼킬 만큼 컸기 때문에 아편환을 잘게 나누는 것과 함께 삼일 이상 사용하지 않는 것을 원칙으로 하면서 이 비방이 남에게 알려지지 않게 철저히 비밀을 지키기로 하였다.

하지만 몇 명을 치료했다고 하더라도 호열자가 마을을 휩쓰는 기세는 조금도 수그러들지 않았다. 그러던 어느 날, 기골이 장대하고 눈이 부리부리한 젊은이가 한밤중에 찾아와 문을 두들겨 깨웠다.

"의원 어르신, 한밤중에 쉬시는데 찾아와 소란스럽게하여 죄송합니다. 사정이 급하여 이렇게 왔으니 용서하소서. 지금 저희 마을 사람들의 태반이 호열자로 죽었는데, 제 어머니도 지금 호열자에 걸려 곧 무슨 일이 날 것 같아 이렇게 결례를 무릅쓰고 오게 되었습니다.

어머니가 호열자에 걸린지 이틀이 되었는데 설사가 심하여 의식이 혼미해지고 있다고 급히 자신과 함께 어머니를 치료하러 가자는 것이었다. 칼과 같은 무기를 소지하지는 않았지만 젊은이는 함께 가지 않으면 무슨 일이라도 벌일 것 같은 태세였다. 그 마을까지는 십리길이었다. 한밤중에 거의 강제로 젊은이와 동행하여 그 길을 걸어가 마을에 닿으니 어느덧 어두움이 걷히고 동이 조금씩 트는 새벽이었다. 이른 새벽이었지만 마을 전체가 초상을 치르는 듯 곡소리가 간간히 들려왔다.

무너져가는 초가집에 들어서니 젊은이의 어머니는 의식은 다소 혼미했지만 어느 정도 말귀는 알아들을 수 있는 상태였다. 하지만 집안에는 온통 똥냄새가 진동하였고 설사는 이미 살뜨물처럼 나오고 있었다. 대개 이 정도가 되면 목숨은 이승을 떠나고 있다고 할 수 있다. 젊은이는 피눈물을 흘리며 제발 어머니를 살려달라고 그 큰 덩치를 엎드려 조인홍의 바지를 잡고 애원하였다.

"우리 어머니를 살려주시면 무슨 일이라도 해서 그 은혜를 갚겠습니다."

"호열자가 이 상태에 이르면 대개 목숨이 위태로우니 내가 살릴 수 있을지 모르겠네. 그러나 자네의 정성을 보아 최선을 다해봄세. 자네는 따뜻한 보리차를 준비해주게나."

다행히 아편환 치료는 효과가 있어서 환한 대낮이 되었을 무렵에는 설사가 멈추고 따뜻한 보리차를 마실 수 있게 되었다. 차츰 정신을 되찾고 보리차와 함께 미음을 먹게 될 때까지 그 초가집에 머물렀지만, 너무 늦기전에 다시 십리길을 돌아가야 했기 때문에 젊은이에게는 어머니를 어떻게 돌보아야 하는지를 이야기하고 집으로 돌아왔다. 젊은이는 고마움의 표시로 은반지 하나를 주려했으나 받을 수 없었다. 아마도 그 은반지는 이 집에서 가장 값나가는 보물이었을 듯한데, 그것을 받으면 마음이 편치 않을 듯해 이렇게 말했다.

"자네의 마음은 받았으니 은반지는 갖고 있다 더 요긴한 일에 쓰게나."

한 달쯤 지나 그 젊은이가 다시 찾아왔다.

"의원님 덕분에 모친이 살아나셨습니다. 이 은혜를 잊지 않겠습니다."

마당에서 머리를 조아리면서 인사를 하고는 그리 오래 머무르지 않고 이내 돌아갔고, 일년 동안 그 일을 완전히 잊고 지냈는데 이듬해 더운 여름날 젊은이가 다시 찾아왔다. 지난번에 만났을 때 보다는 훨씬 더 성숙한 모습이었고 가난해보였지만 어딘가 품위가 느껴지는 분위기를 지닌 채 다시 마주하였다.

"작년 호열자가 마을을 덮칠 때 의원님 덕분에 모친이 살아나셨지만 완전히 회복하지는 못하고 주섬주섬 앓으시다가 지난달에 돌아가셨습니다. 그래도 돌아가실 때까지 제가 돌봐드릴 수 있어서 자식의 도리를 어느 정도 한 것 같습니다. 의원님 덕분입니다."

"자네의 정성이 그 효력을 본것이네. 내가 한 일이야 별일이었겠는가?"

젊은이가 찾아온 이유는 이제 부모를 모두 여의고 홀로 되었으며 더 이상 집에서 농사짓고 살 수 없어서 무봉산으로 들어가기 전에 인사라도 드리려고 들렸다는 것이었다. 하루를 빠른 걸음으로 종일 걸어야 다을 수 있는 무봉산에는 백성들을 괴롭히는 전정이나 군정, 그리고 환곡과 같은 행정의 문란이 없고 서로 공동으로 경작하고 수확한 곡물을 공평하게 나누는 마을이 있다는 것이었다. 그곳에서는 스스로 무장하고 있어 군졸을 무서워하지 않고 자체로 계율을 정하여 살고 있다는 설명과 함께 자신도 그곳에 들어가 살고싶다고 했다.

조인홍은 이 젊은이를 예사롭게 보지 않고 박문기에게 소개하는 것이 좋을 것 같아 아래에 있는 하인을 불러 박문기에게 바삐가서 여쭤보라 하니 얼마있다 전갈이 오기를 마침 채비를 하고 나가는 일인데 가는 길에 들르겠다는 회신이 왔다. 그 사이 조인홍은 젊은이에게 차를 내놓았고 젊은이는 자신의 집안 내력을 담담하게 이야기하였다. 사대부 양반의 집안이었으나 병인재란 때 기골이 장대하였던 조부가 민병을 이끌고 싸우다 죽은 후 가세가 크게 기울어 농사로 겨우 연명할 정도였고 부친은 젊은이가 세 살 때 온 몸에 종기가 생기는 병으로 사망하였다는 이야기를 하였다. 이후 줄곧 모친이 농사지으면서 생계를 이어왔다는 이야기와 그런 어려움속에서도 모친은 젊은이에게 글을 깨치고 책을 가까이하도록 많은 노력을 하였다는 이야기를 이어갔다. 가난한 가운데서도 모친은 끼니를 거르지 않게 무진 애를 쓰셨고 조부를 닮아 자신은 키뿐 아니라 체격이 보통 사람보다 훨씬 크게 되었다고 하였다.

그러던 중 마치 이 젊은이를 만나려고 기다렸다는 듯이 대문에 들어선 박문기에게 조인홍은 젊은이를 소개하면서 그간의 자초지종과 젊은이 집안사에 대해서 다시 간단하게 이야기하였다.

마당에 서서 이야기를 듣고난 박문기는 무엇인가를 생각하는 듯 싶더니 젊은이를 바로 쳐다보면서 이렇게 말하였다.

"자네가 가고자 하는 곳에 대해 잘 모르나 삼정의 문란이 없다고 하여도 조선의 법을 따르지 않는 곳은 무법한 곳이어서 매우 위험할 수 있다는 것을 알고 있는가?"

실은 많은 생각을 하고 마음을 정한 듯하여 굳이 할 필요가 없는 말이었지만, 박문기는 어명이 미치지 않는 지역은 반역지일 수밖에 없다는 생각에 다시 한번 확인하고 싶었다.

"알고 있습니다. 제가 그곳에 가고자 하는 이유는 삼정의 문란을 피하기 위해서 만이 아닙니다. 이제 저는 어머니가 돌아가시고 홀로 되어 어떠한 학정도 큰 의미가 없습니다. 다만 새로운 방식으로 살아가는 마을이 있다고 하여 저도 그곳에서 살고 싶어 가는 것입니다."

"자네의 뜻이 그러하다니 그 생각을 존중하네. 혹시 가는 길에 노자가 필요할 테니 내가 갖고 있는 이것을 받게나."

박문기는 갖고 있던 은화 몇 개를 선뜻 주었고 젊은이는 거절하지 않고 받았다. 그리고 이렇게 말했다.

"인연이 되면 다시 만날세. 그때까지 잘 지내고 혹시 내가 도와줄 일이 있으면 연락을 주게나."

"처음 본 저에게 이렇게 호의를 베풀어주셔서 감사합니다. 저는 이름마저 고향에 놓고 떠납니다. 저를 이제부터 신민으로 기억해주십시오."

대문을 열고 떠나는 젊은이의 뒷모습은 흡사 위용있는 대장의 모습이었다.

북학파와 천주교

조선의 사대부들, 특히 사림파는 자신들이 숭상하던 중화 문명의 담지자인 명나라를 무너뜨리고 중원을 점령한 오랑캐 국가인 청나라에 대해 강한 적개심을 품고 있었다. 더군다나 병자호란에서 패하면서 조선의 국왕이 오랑캐에게 머리를 땅에 두드리며 절을 하는 씻을 수 없는 치욕을 겪었기 때문에 그 적개심은 사대부들의 뇌리에 강렬하게 박혀 있을 수밖에 없었다. 그렇기에 청나라에 볼모로 잡혀갔던 소현세자가 돌아와서는 청나라에 우호적인 태도를 취한다는 이야기를 듣자 이를 받아들이기 어려웠을 것이다. 어쩌면 소현세자가 귀국한지 얼마 지나지 않아 운명을 달리한 것도 이와 관련이 없지 않을 것이다. 청나라와의 관계는 마음으로부터 우러난 진정한 우호적 관계가 되기는 어려웠고, 결국 보이지 않는 갈등이 터져서 누군가의 희생으로 나타날 조짐을 보였는데 소현세자가 그 희생의 대상자가 되었을 지 모른다. 그리고 부인이었던 강빈과 그녀의 집안도 이를 피하기 어려웠을 것이다.

하지만 청나라와의 보이지 않는 갈등 속에서도 몇몇 식자들은 청나라와 서양으로부터 문물을 수입하여 조선을 발전시키려는 노력을 게을리하지 않았다. 그 결과, 서양의 천문학과 역학 지식을 반영한 청나라의 시헌력 체계를 조선에 도입하기도 하였다. 물론 이들이 명나라를 숭상하는 다수의 사대부들 사이에서 큰 세력을 형성하기는 어려웠다. 다행히 조정에 실권을 미치고 있었던 노론파에 속하였던 박지원이 청나라에 견문을 다녀온 이후 크게 깨달을 바가 있어 견문록인 열하일기를 쓰고 청나라로부터 문물과 학술을 도입하여 조선의 낙후된 현실을 개혁해야한다고 주장하였기에 그 명맥을 이어갈 수 있었다. 이후 이에 동조하였던 사람들이 등장하였는데 사람들은 이들을 일러 북학파라고 불렀다.

  한때 북학파가 조선의 정치와 사상적 지도력에서 핵심적인 위치를 차지하고 있었던 적이 잠시 있기는 하였지만, 근본적으로 명나라를 숭상하고 오랑캐 나라인 청나라를 적대시하는 조선의 정서가 바뀌기는 어려웠다. 그리하여 북학파 역시 시간이 지나면서 세력을 잃어갔고, 더불어 청나라 유럽과 같은 외부의 문물을 받아들여 조선의 개혁을 꾀하자는 주장도 함께 힘을 잃어갔다.

  오규봉은 청나라에 사신으로 갔었을 뿐 아니라 청나라에서 들여온 서양에 대한 문서를 다수 읽은 몇 안 되는 사람일지 모른다. 박문기는 오규봉을 강위 삼촌을 통하여 그 이름을 알게 되었는데 서양에 대한 관심이 크다는 이야기를 듣고는 통하는 바가 있을 것으로 생각하고 있었다. 오규봉은 북경에서 서양의 과학과 문물의 발전상, 군사력에 대한 이야기를 보고 들으면서 조선도 빨리 서양과 문호를 트고 새로운 문물을 받아들여야 한다는 신념을 갖고 있었지만 뜻을 펼치지 못하고 고향인 완주에 낙향해 머무르고 있었다. 청나라에서 얻은 책들을 읽으면서 은인자중 하고 있던 중에 하루는 박문기라는 사람에게서 만나고 싶다는 전갈이 온 것이다.

'박문기 대감이라……'

청나라와 오랫 동안 상거래를 해왔던 집안의 둘째 아들이고 서양에 대한 관심이 매우 크며, 몇 해 전에 천주교 박해에 반대하는 상소문으로 위험에 처한적이 있다는 이야기 정도는 알고 있었지만 자세히 아는 사이는 아니었다. 북경에 있을 때 오래전부터 집안에서 서신을 교환하면서 알고 지냈던 청나라 지인의 소개로 만난 강위라는 조선 무역상으로부터 조선에 돌아가면 박문기를 한번 만나면 좋을 것 같다는 이야기를 들은 것이 인연의 전부였다. 그런데 박문기로부터 전갈이 왔을 때 무엇인가 자신과 아주 오래전부터 연결되어 있다는 느낌이 들었다.

오규봉과의 만남은 박문기의 방문으로 이루어진 것이지만, 사실 돌이켜보면 잠자는 북학파를 깨운 셈이고 그 북학파를 이끄는 새로운 세력이 만들어진 셈이라고도 할 수 있을 것이다. 박문기는 이렇게 해서 북학파와 손이 닿았고, 오규봉과 박문기의 만남은 어떻게 보면 북학파의 상속자와 청나라와의 통상으로 청나라와 그 너머의 서양을 잘 아는 무역상인 자손의 만남이었다. 그만큼 두 사람은 통하는 것이 많았고 첫 만남부터 밤을 지새면서 많은 이야기를 나눌 수 있었다.

박문기는 이렇게 말문을 열었다.

"오규봉 대감, 유럽의 군사력이 어느 정도이길래 일전의 전투에서 다구포대가 힘도 못쓰고 청나라가 무너져버린 것인가요?"

오규봉은 이십여 년 전에 광저우에서 아편 밀매를 금지한 것과 관련하여 영국과 청나라가 바다와 육지에서 전쟁을 했고 영국 군함의 위력에 청나라가 항복을 했다는 사실을 들어서 잘 알고 있었다. 영국 군함은 목재선이 아니라 철갑선이고 포를 사방으로 쏠 수 있을 뿐 아니라 포의 위력이 대단해서 귀신함이라고 하는 것도 들었다. 청나라 수군은 영국 군함을 모조리 격침시켜 승전할 것을 장담하였지만, 겨우 삼일 만에 영국 군함의 위력에 청나라 군선 수십 척이 침몰당하는 것을 보더니 완전히 혼이 나갔고, 특히 영국 함선의 화포가 풍랑이 이는 와중에도 목표물을 명중시키는 광경을 보고는 기절초풍했다는 이야기도 익히 들어 알고 있었다.

해전에서 겨우 살아남은 청나라 수병이 돌아와서 이렇게 말했다는 것이다.

"우리 배는 모두 목선인데 영국 배는 쇠로 만든 철갑선이야. 서로 부딪히면 열중 열은 우리 배만 부서지는 거지."

옆에 있던 또 다른 수병도 이렇게 거들었다.

"우리 배의 포신은 배 옆에 붙어 있어서 적 배를 맞추기 위해서는 배의 방향을 틀어야 하고 포 사거리도 짧은데 그 놈의 철갑선은 포가 어디에 있는지 배를 돌리지 않고도 포를 쏘는데 사거리가 길어서 우리 배는 속수무책으로 당하기만 하는 거지."

청나라의 배는 모두 목선이었고 포가 있어도 배에 고정되어 있었기 때문에 청나라의 수군은 철갑선을 가진 영국 해군에 상대가 되지 않았던 것이다.

그런데 그로부터 이십여년이 흐른 시점인 얼마전에 영국과 불란서가 합세하여 연합군을 만든 후 육군을 지상에 상륙시켜서 막강한 청나라의 다구포대까지 완전히 무너뜨리고 북경까지 쳐들어온 것이다. 다구포대는 청나라의 군사적 보루였고 누구도 쉽게 무너지리라고 생각하지 않았지만 영국과 불란서 연합군에는 상대가 되지 않았다.

당시 북경에 머물고 있었던 오규봉의 눈에 멀리서 황제의 별궁인 원명원이 불타는 것이 보였다.

"청나라 군대가 이렇게 쉽게 유럽 연합군에 무너지다니…"

원명원 안에 있던 각종 보화와 함께 청나라의 명운이 쇠하여감이 느껴졌다. 황제는 이미 멀리 북쪽으로 피신했다는 소문이다.

"청나라가 유럽국에 무너지면 조선은 어떻게 되는 것일까? 청나라는 세상에서 가장 힘이 세고 큰 나라가 아니었던가? 청나라에 조공을 바치고 청나라와의 관계를 잘 유지하여 왔듯이 이제는 유럽국을 알고 그들과 가까이 지내야 조선이라는 나라가 살아갈 수 있는 것이 아닐까?"

오규봉의 마음은 복잡해졌다.

전투에 패한 청나라의 공친왕과 영국 불란서 연합군의 협상에 의하여 전쟁은 일단락되었고, 북경 조약이 체결되었다. 조약의 결과 중국인의 생활을 파멸로 이끌었던 아편의 거래는 다시 합법화되었고, 여기에 추가로 외국공사의 북경 주재와 천진을 포함한 11개 항구의 개항, 양자강 및 통상항으로의 군함 진입권, 영국과 불란서에 전쟁배상금으로 은 800만 냥, 그리고 영국에 홍콩을 포함하여 인접한 구룡반도를 할양 조차하는 내용을 포함하여 청나라는 영국과 불란서의 요구를 대부분 들어줄 수밖에 없었고 막대한 손해를 입게 되었다. 이러한 손해보다 더욱 중국인에게 미친 영향은 이것이 단순한 전쟁의 패배가 아니라 중국인의 머리 속에 박혀있던 중화사상, 즉 중국이 세상의 중심이라는 생각을 그 뿌리부터 뒤흔들게 되었다는 점이었다. 그렇게 아편전쟁은 청나라 사람들이 갖고 있던 생각을 바꾸게 했고 결국 청나라는 문호를 열지 않을 수 없었다.

청나라는 서양에 문을 열게되었지만, 이러한 사태를 바라보는 조선의 조정에 있던 대신들의 생각은 달랐다.

"조선의 빗장을 더 단단히 걸고 유럽국이 들어오지 못하도록 경계를 철저히 해야 조선을 지켜낼 수 있소이다."

"조선의 문호를 열어 유럽과 통상과 교류를 해야한다는 자들이 있는데 이들의 주장은 조선의 운명을 외부세력에 맡기자는 것에 다름아니니 엄히 다스려야 합니다."

그로부터 얼마 지나지 않아 청나라에 나가있던 관리중 조선의 문호를 유럽국에 개방하고 교류해야 한다고 의견을 내었던 자들은 모두 조선으로 소환되고 파직당하는 일이 생겼다. 그렇게 파직되었던 관리중에 오규봉도 포함되었던 것이다.

오규봉이 조선으로 돌아오던 길은 청나라로 부임되어 떠날 때와는 너무도 달랐다.

'칠대 조부인 오성록 대감도 이러한 길을 갔으리라.'

이렇게 생각이 미치니 정신이 아득해지고 무엇을 어떻게 해야 할지 도무지 갈피를 잡을 수 없었다.

압록강을 건너 조선에 들어오니 조선은 확실히 시대에 뒤떨어져 있다는 현실이 느껴졌다. 그러나 어쩔 도리가 없었다. 나설 수도 없었고 과거에 뜻을 같이 했던 친구들도 이제는 뿔뿔이 헤어져 서로 연락도 잘 안 되는 사이가 되어버렸다. 하지만 그렇다고 가만히 있다가는 조선의 운명이 어떤 나락으로 떨어질지 모르는 세월이라 그래도 개혁을 꿈꾸는 세력을 모아야겠다는 생각을 굳혔다.

박문기와 함께 오규봉의 집에 찾아갔을 때 두사람은 처음 보자마자 환하게 웃는 얼굴로 만났다. 마치 서로를 잘 아는 사람들의 만남처럼 보였다. 특히 오규봉은 깊은 생각을 지닌듯한 눈을 가진 박문기를 바라보면서 자신의 집안에 비밀처럼 내려오는 가슴에 묻어두었던 이야기를 나누고 싶다는 생각이 들었을 지 모른다.

두사람의 대화가 깊어지면서 이야기는 소현세자로 이어졌다. 나는 두사람이 왜 소현세자의 뜻을 받들자고 하는지 충분히 알 수는 없었지만 두사람이 서로의 눈을 보면서 무엇인가 결의를 다지고 있다는 것이 느껴졌다.

"오규봉 대감, 소현세자께서 안타깝게도 뜻을 펼치지 못하고 돌아가셨지만 그래도 이렇게 그 뜻을 받드는 분이 있다니 놀랍고도 기쁘외다."

"아니외다. 실은 박문기 대감이야말로 소현세자의 뜻을 이어갈 수 있는 분이 아닌가 싶소."

오규봉은 소현세자가 청나라에 볼모로 잡혀있을 때 거처인 심양관소에서 재무를 담당하였던 오성록의 칠대 손이다. 오성록은 소현세자가 왕위를 계승할 원자일 때부터 인조의 신임을 얻어 소현세자를 교육하던 보양관의 역할을 담당했고 청나라에서 돌아올 때까지 소현세자의 옆을 지켰다. 그런데 소현세자가 귀국 후 갑자기 죽자 더 이상 벼슬에 뜻을 두지 않고 고향인 완주로 내려갔으나 소현세자의 처인 강빈이 역모를 꾸몄다 하여 인조가 그녀와 그 집안을 멸족시킬 때 오성록도 연루되었다는 죄를 쓰고 먼 귀양길에 올라 그곳에서 죽었다.

사실 오성록은 이를 피할 수도 있었으나 강빈의 억울함을 상소하면서 인조와 조정의 미움을 받게 되었던 것이다.

"성상께서는 하늘과 같은 덕을 가지시고 바람과 비에 흔들리지 않는 심성을 가지신 분이십니다. 저는 성상의 높은 뜻을 받들어 소현세자를 모셔왔으나 소신의 부덕으로 일찍 돌아가시게 되어 더 이상 성상을 뵈올 낯이 없어 낙향하였습니다…… 소현세자의 비 강빈은 천성이 곧고 사리에 밝아 성상을 해나거나 왕실의 권좌를 탐하실 분이 아니십니다. 성상께서는 부디 노여움을 거두시고 강빈을 원복시켜주시기를 간곡히 청합니다."

그러나 오성록의 탄원은 소용이 없었고, 소현세자의 처 강빈은 시아버지인 인조를 독살하려고 했다는 의혹을 받은 채 사약을 받고 죽었다. 사정이 어렵게 돌아가는 것을 본 오성록은 강빈의 집안이 큰 참화를 겪게 될 것을 예상하여 북경에 있을 때 절친하게 지냈던 청나라 친구에게 강빈 남동생의 아들 한 명을 잘 돌봐달라고 부탁하면서 맡겼다.

결국 역모에 가담하였다는 죄를 뒤집어쓴 채 오성록은 귀양가서 죽었고 기울어진 가세를 이어받고 지켜왔던 오규봉의 집안에는 이러한 오성록에 대한 이야기가 비밀스럽게 전해졌고, 오성록이 당시에 청나라에서 갖고 들어왔던 책들이 가보처럼 간수되었다. 청나라로 갔던 강빈의 조카도 청나라에서 집안을 이루면서 오규봉의 집안과는 비밀스러운 서신 교환을 통하여 인연을 이어갔다.

오규봉은 어렸을 적부터 남들보다 일찍 글을 깨치고 문장이 남달랐는데 과거에 급제하고 돌아왔을 때 오규봉의 부는 오규봉에게 이렇게 이야기하였다.

"이제는 네가 집안에 내려오는 책들을 맡아서 간수하거라."

그 책중에는 서양의 월력을 소개하는 책도 있었는데 그 책은 오성록이 청나라에서 가져온 것으로 아담 샬이 소현세자에게 전했던 책이라는 이야기도 들었다.

오성록의 죽음과 함께 가문에서는 삼대에 걸쳐 벼슬에 오를 수가 없었다. 뿐만 아니라 역모를 꾸몄던 집안이라는 이유로 누구 하나 가까이하려는 자들이 없었다. 가세는 형편없이 기울어 처음에는 산골의 툇밭을 일구며 살다가 겨우 논마지기를 조금 얻어 식구들 입에 풀칠을 할 정도가 되었다. 그러나 이 역경에도 책을 멀리하지 않고 오성록을 존경하고 모시는 집안의 전통을 이어갔다. 오규봉의 할아버지 때가 되어서야 집안이 먹고살만 해지고 노비들을 포함해 식구들이 늘어났다. 그러면서 북학파의 계보를 겨우 유지하고 있던 몇 명과 서신 교환을 하면서 실학자들의 서책과 청나라에서 들어오는 서책을 구하여 보곤했다.

특히 당시 출간되었던 오익겸의 책 청계수록을 구하여 돌려보며 읽고 토론하면서 큰 감명을 받았다. 오규봉의 조부는 청계수록을 읽고 감격하여 이렇게 말했다.

"돌아가신 오익겸 대감이 우리를 옳은 길로 인도하시는구나!"

오익겸은 오성록의 사촌으로 절친한 친구이자 동지였고 백성이 잘 살고 나라가 융성하기 위해서는 제도적인 개혁이 이루어져야 한다는 생각을 갖고 있었다. 그러나 오성록의 죽음과 가문의 몰락을 겪으면서 그리고 붕당 정치에 대한 실망을 느끼면서 청계수록을 집필하고는 어디론가 떠나 그 소식이 끊겼다. 이후 청계수록은 출판될 수 없었지만 북학파의 젊은 사대부들이 필사본을 돌려보면서 오익겸의 생각을 받아들였고 그러면서 그를 따르는 이들이 점차 늘어가기 시작했다.

청계수록의 내용은 이러하다.

나라를 부강하게 하고 농민들의 생활을 안정시키기 위해서는 토지 제도를 개혁해서 농민들에게 최소한의 경작지를 분배할 수 있어야 한다. 그리하여 자영농민을 육성해 민생의 안정과 국가 경제를 바로잡자는 것이었다. 또한, 국가 재정을 확립시키기 위해 세제와 녹봉제의 정비도 주장하였다. 아울러 세제는 조(租)와 공물(貢物)을 합쳐 경세라는 이름으로 불러야 하며, 경세는 수확량의 이십분의 일로 제한해야 한다는 주장도 하였다. 그리고 과거제의 폐지와 공거제의 실시, 신분제와 직업 세습제의 개혁, 학제와 관료제의 개선 등 다방면에 걸쳐서 국운을 건 과감한 실천을 강조하였다. 이처럼 모든 제도의 개혁이 이루어지면 천덕과 왕도가 일치되어 이상 국가가 실현될 수 있다는 것이었다.

사실 이러한 주장은 당시로서는 왕과 조정의 대신들이 받아들이기에는 너무나 혁신적이었을 것이다. 사물과 현상에 대한 이기론이나 윤리에 대한 법도인 예전을 갖고 당파 싸움 하기에도 바빠서 이러한 개혁 사상은 현실에 뿌리를 내리기가 무척 어려웠을 것이다. 다만 실학을 주장하는 이들과 북학파들 사이에서는 오익겸의 주장이 커다란 반향을 일으키면서 회자되었다.

하지만 세월이 지나면서 오익겸과 함께 청계수록 또한 거의 잊혀 갔다. 그리고 백년이 지난 뒤 그의 필사본에 대한 소식을 듣고 구해서 읽던 경상도 관찰사가 그 내용에 감탄하여 임금이었던 영조에게 필사본을 바치면서 잊혔던 오익겸이라는 이름이 다시 살아난 것이다. 제도 개혁에 관심을 갖고 이를 이루려고 했던 영조는 그 내용에 공감하는 부분이 많다고 하면서 책의 출판을 지시하였고, 그리하여 오익겸의 생각은 인쇄본으로 나와 세상에 다시 알려지게 되었다.

오규봉의 조부 또한 청계수록을 얻어 읽을 수 있게 되었다. 읽으면서 집안에 회자되던 오성록의 생각과 겹쳐지는 부분이 많음을 보면서 눈물이 앞을 가렸다. 한 장 한 장 읽으면서 거의 모든 내용이 낯설지 않게 느껴졌다. 집안의 몰락과 오성록 그리고 오익겸이 하나로 엮어졌다.

'내가 이제 할 수 있는 만큼 이들이 못한 일들을 하리라. 하지만 당장 나설 수도 없고 또 따르는 이들도 없으니 내 자식과 또 그 자손이 이 일을 감당하도록 키우리라.'

오규봉의 조부 오경석은 굳은 결심을 하였다. 그리고 그 결심은 그의 아들에서는 빛을 보지 못하고 손자인 오규봉이 과거에 급제하면서 드디어 다시 관직으로 나갈 수 있는 기반을 마련하는데 이르렀다.

이렇게 집안의 기대를 받으면서 한양으로 떠난 오규봉은 조부가 알려준대로 한양에 잠시 내려와 있던 평안도 관찰사인 박기봉을 만날 수 있었다. 박기봉은 평안도 지방의 부패하고 무능한 수령들을 찾아내어 처벌하고 지방 행정을 바로잡은 강직한 자로 알려졌고, 그의 조부인 박서가는 한때 북학파를 이끌면서 상당한 정치적 영향력을 가진바 있었다. 박기봉에게 큰 영향을 미친 박서가는 과거에 청계수록을 읽고 크게 감명받은 바 있어 오익겸의 자손들을 만나려 수소문하였으나 직계자손은 만나지 못하고 가난한 시골에서 손바닥

만한 논밭에서 농사를 짓고 살아가는 오규봉의 조부 오경석을 겨우 찾아내어 만날 수 있었다. 박서가는 오경석의 집안이 과거에 강빈과 관련된 역모죄로 몰락하였다는 이야기를 듣고는 그를 돕겠다고 논 열 마지기와 노비를 대주었다. 이로 인해 오규봉 집안의 살림살이가 폈고 오규봉 역시 제대로 공부할 수 있게 되었던 것이다.

조부의 영향을 많이 받은 박기봉 역시 나라의 발전을 위해서는 부정부패를 척결하는 한편 대외 문호를 개방하여 해외 문물을 받아들여야 한다는 생각을 갖고 있었다. 오규봉을 만나 그의 생각을 들은 박기봉은 두손으로 무릎을 치면서 오규봉에게 이렇게 말했다.

"자네는 청나라에서 어떤 일들이 벌어지고 있는지 자세히 보고오시게. 아마 큰 쓰임이 있을 것이네. 내가 자네를 조정에 천거하여 청나라 조공사신에 포함되도록 해보겠네."

이런 연유로 오규봉은 청나라 사절에 포함되어 북경에 가게 되었던 것이다.

박문기를 만난 오규봉은 세력을 잃은 북학파의 재건을 이야기했고 박문기는 문장으로 세상을 바꾸자고 화답하였다.

"박문기 대감, 조선 밖에서는 열강들이 실력을 키우고 세력을 확대하려 치열하게 경쟁하고 있는데 이 나라 안에서는 밖에서 무슨 일이 일어나는 지도 모르고 그저 나라 문을 걸어 잠그는 것이 상책인 줄 만 알고 있으며, 한편으로는 조정이나 지방의 관료들이 제 이권만 챙기겠다고 하니 이 나라 백성의 앞날은 참으로 캄캄하외다."

"그러게 말입니다. 그런데 오규봉 대감, 듣자 하니 북학파라고 할 수 있는 식자들이 대감과 가깝다고 하는데 아직도 서로 왕래를 하는지요?"

오규봉은 박문기가 북학파 이야기를 꺼내자 얼굴이 밝아지면서 이렇게 대답하였다.

"과거의 북학파라고는 할 수 없지만 그래도 청나라의 사정에 밝고 서양의 앞선 문물을 받아들여야 한다고 생각하는 사람들과 교류를 하고 있습니다. 제 생각에는 이들과 함께 개혁을 도모하면 어떨까 합니다. 이를 테면 북학파를 재건하는 것이지요."

박문기는 이에 화답하면서 자신이 하려는 일을 밝혔다.

"나는 조선이 어떻게 개혁되어야 할지 문장으로 정리하려고 하오. 그리고는 제 인쇄소에서 책자로 만들어 나누어드리겠오. 오대감께는 미리 드릴 테니 읽어보시고 부족한 점을 꾸짖어주시오."

나는 이 두사람이 나누는 대화를 들으며 이상한 현기증이 느껴졌다. 마치 그 자리가 세상에 속한 자리가 아닌 것 같았다. 마치 구름 위에 지어진 정자에서 신선과 같은 두 사람이 차를 마시면서 오랜 벗 같이 선문선답을 하면서 시공간을 초월해 있는 듯한 느낌이었다. 사실 대화의 내용은 조선의 현실을 바꾸어 개혁을 이루고자 하는 세상사에 대한 것이었지만, 두사람 역시 세상 사람들이 아닌 듯 느껴졌다. 두사람은 밤을 지새며 이야기를 나누면서 박문기는 조선을 개혁하는 책을 써서 출판하기로 했고 오규봉은 이를 계기로 북학파를 세상을 바꾸는 개혁 세력으로 다시 만들어보기로 의기투합하였다.

 긴 대화를 마치고 박문기와 내가 오규봉의 집을 나섰을 때는 이미 암흑같던 밤도 세력을 잃고 슬금슬금 물어나는 새벽이었다. 마당에 있던 나무에 감이 지천으로 달려있는 것이 서서히 눈에 들어왔다. 우리를 마중하기 위해 함께 마당으로 내려온 오규봉은 이렇게 말했다.

 "이 감나무는 조부께서 이 집으로 이사오시면서 심은 것인데 한 번도 감이 열리지 않더니 이번에 이렇게 한꺼번에 열렸지 말입니다. 감나무도 박문기 대감이 오실 줄 알았던 모양인가 봅니다."

 박문기는 책에 담길 내용에 대해 오규봉과 긴밀하게 논의하기로 했다. 그리고 두사람 사이의 서한 교환은 나를 통해 하기로 정했다. 돌아오는 길에 박문기는 내게 조용하면서도 단호한 목소리로 이야기를 건넸다.

 "이는 매우 중요한 일이네. 자네의 역할이 아주 중요해."

 나는 서신 전달만 맡았기 때문에 내 역할이 어떤 부분에서 중요한지 알 수 없었지만, 그의 얼굴은 마치 내가 없으면 일이 될 수 없는 것처럼 매우 진지한 표정이었다. 어쩌면 이번 일의 파장은 매우 클지도 모른다는 걱정과 이런 큰일에서 중요한 역할을 맡게 되었다는 자부심이 동시에 생기기는 했지만 도무지 갈피가 잡히지 않았다.

 박문기는 마음 속에 있는 깊은 생각을 끄집어내듯 나에게 이렇게 물었다.

"소현세자가 돌아가신 이유를 자네는 아는가?"

"인조 때 청나라에 볼모로 잡혀갔다가 지병을 얻어 돌아오셔서 그렇게 되신 것 아닙니까?"

"당시 삼전도 굴욕을 씻지 못할 수치로 생각하고 이를 잊을 수 없었던 성리학 사림파는 청나라에 우호적이 되었을 뿐 아니라 청나라와 서양의 앞선 문물을 배워야 한다고 생각하는 소현세자를 도저히 받아들일 수 없었네."

"그럼 그들이 소현세자를 시해하였다는 말인가요?"

얼마간의 침묵 후에 박문기가 다시 나지막한 목소리로 말하였다.

"글쎄… 내 말은 지금도 그때와 그리 다르지 않다는 말일세."

나는 언젠가부터 박문기의 마음속에 소현세자가 깊이 자리하고 있다는 것을 느끼고 있었다. 북학파는 그러한 그리움을 소통할 수 있는 세력이라 오규봉과의 만남은 박문기에게는 어떤 중요한 의미가 있었을 것이다. 박문기의 서재에 소현세자가 남겼다는 책이 있고 박문기가 그 책을 어떠한 보물보다도 소중히 간수하고 있다는 이야기를 들은 적이 있지만 내 눈으로 그 책을 직접 보지는 못하였다.

차모임에 끝으로 합류한 이산은 어렸을 때 아버지가 천주교 박해로 순교하는 아픔을 겪었다. 이는 이산이 다섯 살 때 일어난 일이었다. 이산의 아버지는 중인 출신의 역관으로 조선에 들어온 불란서 선교사를 맞이하였던 사람이었는데, 이들이 거처할 자리를 마련하는 등 터전을 잡고 천주교를 전파하는데 큰 도움을 주었을 뿐만 아니라 나중에는 자신도 천주교인이 되었다. 이산 부친의 도움을 받았던 불란서 선교사들은 파리 외방전교회 소속이었고 파리 외방전교회는 다른 선교회와 다른 원칙을 하나 갖고 있었다. 새로 입교한 신자들이나 그 자녀들 가운데 합당한 사람들을 선발하여 성직에 올림으로써 각 지역 출신으로 성직자단을 구성하고 그 지역에 천주교를 뿌리내리게 한다는 원칙이었다. 그 길만이 단시일 내에 천주교를 지역 내에 자리잡게 하기 위한 최선의 방법이라고 믿었기 때문이다. 이 원칙에 따라 이산의 아버지도 성직의 길을 가도록 준비되고 있었으나 천주교의 교세가 커지자 천주교에 대한 박해도 따라서 커졌고 그 결과 자신을 성직자로 인도하려 한 샤를르 선교사가 처형을 당하게 되자 이를 피하지 못하고 같이 죽임을 당했다.

아버지가 처형을 당해 죽은 이후 이산의 가족은 계속되는 천주교 박해를 피해 충청도 당진으로 이주하였고 이산은 그 곳에서 성장하였다. 그런데 불란서 선교사들은 이산 가족과의 유대를 끊지 않고 자주 연락을 해왔고 이산이 성장하여 청년이 되었을 때 하루는 에밀이라는 이름의 선교사가 변복을 하고 조선사람의 안내를 받으며 어머니와 둘이 살고 있는 이산의 집을 찾아왔다.

"자네가 이산인가? 나는 에밀 선교사네."

"어인 일로 저를 찾아오신 것인지요?"

에밀 선교사는 성호를 긋고는 혼자 속삭이듯 말했다.

"오, 주여……"

그리고 이산을 마주하고는 한참을 아무 말도 하지 않더니 한발

다가서면서 이산을 끌어안았다. 이산도 그의 품이 낯설지 않았다. 분명하게 기억나지는 않지만 어렸을 적 아버지와 함께 있던 어떤 외국인이 자신을 끌어안았을 때의 느낌과 비슷했다. 에밀은 십수 년 전에 천주교를 포교한다고 붙잡혀 이산의 부친과 함께 처형을 당했던 샤를르 사제가 자신의 형이라고 자신을 소개하였다.

"형이 다 하지 못한 일을 하기 위해 나도 조선 선교사로 지원해서 왔네. 형과 함께 속죄양이 되어 순교한 자네 아버지의 가족이 어떻게 살고 있는지도 몹시 궁금했었다네."

에밀은 형인 샤를르와는 달리 본래 천주교 사제가 아니었고, 대학에서 교수가 되기 위한 과정을 밟고 있었으나 샤를르가 먼 조선땅에서 순교하였다는 이야기를 듣고는 파리에 있는 신학교에 들어가 사제 훈련을 받았다. 이후 오랜 훈련을 거쳐 선교사가 된 후 첫부임지로 형이 있었던 전주에 오게 된 것이다.

이산은 아버지를 죽음으로 이끌었던 샤를르 선교사에 대한 기억이 분명하지는 않았지만, 그에 대한 강한 원망과 한편으로는 뭔가 가슴을 뜨겁게 하는 감정을 같이 갖고 있었다. 어머니와 함께 울부짖으며 아버지의 주검을 묻던 일, 이웃 사람들의 동정어린 시선과 한편으로는 더러운 것이 묻은 듯이 대하는 태도로 혼란스러웠던 일, 그리고 알던 사람들이 모두 떠나가고 자신의 집도 멀리 이사가야 했던 일들이 머릿속을 떠나지 않고 있었지만 그런 중에도 어머니와 함께 천주상을 지키며 믿음을 키워왔었다. 어쩌면 선교사들이 보내주었던 서신들로 인하여 믿음을 간직하고 키워나갈 수 있었을 지 모른다.

에밀 선교사는 첫 방문 이후에도 몇 차례 이산의 집을 찾아갔고 어떤 때는 며칠씩 머무르기도 하였다. 에밀은 이산과 그만큼 가까워지고 싶었을 지도 모른다. 어쩌면 샤를르의 자취를 느끼고 그가 못한 일들을 이산과 같이 하고 싶어했는지도 모를 일이다. 그렇게하여 에밀과 이산은 가까워졌고, 에밀은 이산이 정식으로 천주교 신학교에 들어가 배움을 받고 사제가 되기를 바랬다.

하루는 이산의 집을 찾아와서 이렇게 말했다.

"나는 자네가 주님의 사제로 거듭나서 조선 땅을 밝히는 빛이 되기를 원한다네. 그 길이 쉽지는 않겠지만 자네가 뜻을 세운다면 마카오에 있는 신학교에 들어갈 수 있는지 알아보겠네."

그렇게 하여 에밀 선교사가 추천하여 이산은 마카오 신학교에 들어가서 불란서어, 라틴어, 신학, 그리고 서양 철학 등을 배우면서 천주교뿐 아니라 유럽의 문화와 사상에 대한 견문을 넓혔다. 조선에서는 제대로 배운 바가 없지만, 이산은 머리가 명석하여 얼마 지나지 않아 남들이 어려워하는 과목까지 뒤떨어지지 않고 따라갈 수 있었다.

이산은 이러한 배움이 좋았을 뿐 아니라 아버지의 뜻을 이어받는 것 같아서 열심히 학습에 매진하고 있었는데 하루는 마카오 신학교 주임이 주임실로 이산을 불렀다.

"네가 열심히 공부하고 있다는 이야기를 여러 신부들로부터 들었다. 그런 네가 자랑스럽구나."

그러나 그렇게 말하는 주임 신부의 얼굴 빛은 밝지 않았다. 주임 신부는 말을 한동안 잇지 못하고 망설이다가 다시 이야기를 이어갔다.

"조선에서 온 안타까운 소식을 전하게 되서 몹시 미안하구나. 너를 우리 신학교에 소개해준 에밀 신부가 천주교를 포교했다는 죄로 얼마 전에 처형당하였다고 한다. 에밀 신부는 너를 추천하면서 천주에 대한 사랑이 큰 사람이라고 했지. 신학교를 마치면 조선에 꼭 다시 보내달라고 하면서 말이야."

이산은 하늘이 무너지는 것 같았다. 아버지의 죽음 이후 갈피를 못잡고 있던 자신에게 살면서 해야할 일들의 의미를 가르쳐 주면서 자신을 마카오 신학교에 보내주고 후원자의 역할을 하였던 에밀 신부님 역시 천주교 박해를 피하지 못하고 순교했다는 이야기를 전해 듣고는 절망에 빠질 수밖에 없었다.

주임 신부로부터 청천벽력 같은 소식을 들은 이후 이산은 더 이상 공부를 제대로 못하면서 우울한 상태로 지내고 있었다. 그때 박문기의 천주교 상소문 사건이 생겼고, 이는 빠르게 청나라에 있던 천주교회와 마카오 신학교에 알려졌다. 조선에 깔려있던 정보망을 통하여 박문기의 상소사건을 접한 천주교측은 상소를 하였던 박문기가 천주교인이 아니라 사대부임에도 불구하고 위험을 무릅쓰고 천주교를 옹호하는 글을 써서 조정에 올렸다는 소식을 알게되었다. 이후 박문기의 상소사건은 청나라와 불란서의 천주교회에 커다란 반향을 일으켰다. 천주교 측에서는 박문기가 청나라와 무역업을 하는 집안의 사대부로 조선의 개방정책을 지지하는 실력있는 사람임을 알고는 마카오에 있던 천주교회를 통하여 박문기를 천주교인으로 만들거나 천주교를 지지하는 사람으로 만들 요량이었다. 박문기가 조선에 천주교를 전파하는데 큰 역할을 할 수 있을 것으로 보았던 것이다.

하루는 절망감속에서 하루하루를 지내던 이산에게 주임 신부가 만나자는 연락을 해왔다.

소파에 앉기를 권한 다음 주임 신부가 입을 열었다. 그의 눈꺼풀이 살짝 떨리고 있었다.

"에밀 신부의 일로 자네가 몹시 힘들어한다고 들었네. 마음이 얼마나 아프겠나. 그러나 다 주님의 뜻이라고 생각하네. 에밀 신부는 아마 지금 주님의 품에 안겨서 자네를 지켜보고 있을걸세."

"네 신부님, 저도 에밀 신부께서 주님 가까이 가셨을 것으로 생각합니다."

"그렇다네. 주님을 위하여 죽었으니 가장 가까이 있을거네. 어쩌면 가장 고귀한 삶을 산 것이 아니겠는가?"

"네, 에밀 신부 그리고 오래 전에 순교한 그의 형 샤를르 신부 모두 천국에 계실 것으로 생각합니다."

"두 신부 모두 주님을 위해 힘쓰다가 조선 땅에서 순교하였는데, 그 뒤를 이어갈 선교사가 당장 없어서 문제이긴 하네. 조선에 천주교를 널리 알려 많은 사람들을 주님안으로 들어오게 해야 하는데 여러가지 어려움이 있구나."

주임 신부는 두손으로 얼굴을 감싸면서 깊은 숨을 쉬었다.

이산은 자신에게 이러한 말을 하는 주임 신부의 의중을 살피면서 조심스럽게 말을 건넸다.

"제가 아직 공부가 부족하고 학업을 마치지도 못하여 자격은 부족하지만 혹시 제가 조선땅에 들어가 할 수 있는 일이 있을지요?"

주임 신부의 입가에 살짝 미소가 실리더니 정색을 하고 말하였다.

"실은 조선에 선교사가 들어가 활동을 하는 것은 매우 위험해 보이고 파리에 있는 외방전교회에서도 선교활동을 자제하라는 문서가 왔다네. 하지만 우리가 주님의 일을 어찌 안할 수가 있겠나? 그런데 마침 강경이라는 곳에 사는 박문기라는 사람이 천주교인이 아닌데도 조선 국왕에게 천주교 박해를 하지 말라고 상소문을 올렸다고 하네. 듣자하니 양반 사대부라고 하는데 천주교인이 아닌데도 천주교를 위해 위험을 무릅쓰고 나섰으니 어떤 연유가 있는지 알아보고 필요하면 그를 도왔으면 하네. 자네가 이 일을 할 수 있겠나?"

이산은 처음 듣는 이야기라 다소 어리둥절 하였지만 지금처럼 아무것도 할 수 없는 처지를 벗어나 조선땅에서 무언가 주님을 위한 활동을 할 수 있으면 좋겠다는 생각이 들었다.

"신부님 생각에 제가 할 수 있는 일이라면 어떤 것도 마다않고 조선에 들어가겠습니다."

주임 신부는 이렇게 화답하였다.

"조선은 선교활동을 하기에 너무나 위험한 곳이지만 우리처럼 믿는 사람들에게는 주님을 위해 죽는 것이 영광이 아니겠는가? 자네가 조선에서 천주교를 널리 전파시키다면 그보다 귀한 일은 아마 없을걸세!"

마카오 선교회에서는 이렇게 해서 신학교에서 공부하다 상심하고 있던 이산을 박문기에게 보내기로 한 것이다. 이산 역시 신학교에서 마음의 갈피를 잡지 못하고 있느니 하루빨리 조선에 들어가서 천주교를 전파하는 일을 하는 것이 낫겠다고 생각하던 참이었다. 이렇게 해서 이산은 상해를 거쳐 강경포구로 들어와 박문기를 찾아오게 되었다.

사실 천주교는 처음부터 종교로 조선에 들어온 것은 아니다. 처음에는 유럽에서 온 천주학으로 알려져 들어왔으나 점차 천주학이 종교라는 것이 알려졌고, 성리학적 지배원리의 한계성을 깨닫고 새로운 원리를 추구한 개혁적인 사대부 일부와 부패하고 무능한 지배체제에 반발한 백성을 중심으로 퍼져나가면서 18세기 말 교세가 크게 확장되었던 것이다. 특히 경기도와 충청도 그리고 전라도에서 교세가 늘어났는데 그중에서도 전주를 중심으로 신도가 많이 증가하였다. 그러나 조선의 사회근간을 이루고 있는 신분제도의 철폐를 말하면서 가부장적 권위와 유교적 의례와 의식을 거부하는 천주교가 세력을 확대해나가자 성리학적 원리를 세상의 중심원리로 이해하고 있는 조선 사대부들은 이를 지배체제에 대한 커다란 위협으로 받아들였다.

조정에서도 천주교가 조선의 전통 문화의 근간을 흔드는 위험한 외래 종교라는 인식을 하게 되었는데 대신들은 이렇게들 주장하였다.

"관혼상제는 우리 조선의 전통있고 아름다운 문화이고, 그중 제례는 조상을 위한 것인데 제사를 우상숭배라고 가르치는 천주교를 어찌 가만히 두고 볼 수 있습니까? 이는 성리학의 가르침과도 크게 다르고 조선의 문화를 근본적으로 부정하는 것이 아니겠습니까?"

이처럼 전통과 조상에 대한 제사 등 장례문화를 매우 중시하고 이를 목숨처럼 지키려 했던 성리학 사대부들은 천주교를 도저히 받아들일 수 없었고, 서양에서 들어온 이방 종교가 조선에 뿌리내리지 못하도록 천주교인들을 박해하는데 앞장섰던 것이다.

이러한 갈등 속에서 천주교인이 아니었던 박문기가 당시에 쓴 상소문 내용은 이렇다.

"회오리 바람과 사나운 비가 언제 닥쳐올 지 모르니 위험에 처한 나라를 구하기 위해서는 문물의 발전을 장려하고 외국과의 통상을 늘려 나라의 기틀을 다지고 문화를 융성시켜야 하며 이를 통하여 백성들이 풍요로움을 누릴 수 있어야 하나, 작금의 시풍은 외국과의 교류와 통상은 이적이라 하고 문화의 융성 발전은 인륜의 근본을 저해한다고 하여 그 죄를 묻겠다 하니 이는 나라를 백척간두 위험에 빠뜨리고 백성들을 한없는 고통에 처하게 하는 일입니다. 근자의 천주교에 대한 박해는 나라를 우물안 개구리의 꼴에서 벗어나지 못하게 하는 우둔할 뿐 아니라 나라의 앞날을 어둡게 하는 조치이오니 부디 거두어주시기를 청합니다. 성상 폐하께서는 생각이 깊으시니 주변의 간계한 무리의 주장에 귀를 기울이지 마시고 문물의 발전과 외국과의 통상을 장려하시어 나라의 발전을 도모하시기를 청하옵니다."

천주교측에서는 유럽의 선교사를 조선에 보내어 천주교를 퍼뜨리려는 시도가 번번히 박해로 인하여 선교사들이 처형당하는 피해를 입게 되자 그러한 시도가 만만치 않음을 깨닫고 조선인들이 직접 천주교를 퍼뜨리도록 중국에 있는 조선인을 교육하여 조선에 몰래 잠입시키는 방법을 사용하고자 하였다. 이산은 그렇게 교육받은 조선인중 한 명인 셈이다. 이산은 마카오에서 신학교에 입교한 이후 유럽이 얼마나 발전되어 있는지를 배웠고, 한편으로는 천주교야말로 유럽의 정신이고 세상을 구원할 수 있는 빛이라는 믿음을 갖게 되었다. 이산은 또한 아편전쟁으로 청나라가 영국과 불란서에 무릎을 꿇고 유럽이 청나라에 대해 상당한 영향력을 가지는 것을 보면서 유럽에 문을 걸어잠그거나 대항하지 말고 하루 빨리 유럽의 문물을 받아들여 유럽의 영향력 안에 들어가야 세상의 평화가 오고 질서가 잡힌다고 생각한 듯했다.

"저는 하나님을 섬기는 철저한 천주교도가 되기로 굳게 결심했습니다."

이산이 차모임에서 자신의 과거를 이야기하면서 한 말이다. 그리고 이렇게 이어갔다.

"진정한 천주교도가 되기로 했다는 말은 제가 조선의 뒤떨어진 민속문화에 더 이상 속하지 않는다는 뜻입니다."

나는 조선에 살면서 조선에 속하지 않는다는 것이 무엇을 의미하는 것인지 분명히 알 수는 없었지만 이산의 말은 자신의 목숨까지도 바쳐서 천주교를 지키겠다는 뜻으로 이해되었다. 불현듯 무엇인가 무서운 결말이 다가올 것 같은 예감이 들었다. 그런데 나의 기분을 더욱 날서게 했던 것은 이산이 그러한 이야기를 보통의 대화를 하듯 아무렇지 않게 한다는 점이었다. 그가 차모임에서 종종 꺼낸 말은 다음과 같다.

"조선은 하나님의 은혜속으로 들어가 모든 백성이 천주교를 받아들이고 더 이상 제사와 주술적 신앙을 따르지 않으며 유럽의 군사와 과학을 받아들여야 합니다. 그리고 조선은 이제 성리학의 나라가 아니라 천주교의 나라가 되어야 합니다."

한번은 차모임을 마치고 이산과 같이 길을 걸으면서 이야기를 나눌 수 있는 기회가 있었는데 그는 나에게 이렇게 말했다.

"나의 부친은 천주교인이었으나 순교하였고 나를 마카오 신학교에 보내준 선교사도 죽음을 피하지 못했네. 실은 주님 역시 오래전에 그렇게 죽음을 맞이하시면서 모범을 보이셨던 것이지. 나도 역시 천주교를 위하는 것이라면 죽음도 피하지 않을 각오가 되어 있네."

그의 얼굴을 언뜻 보니 세상을 벗어나 있는 듯한 표정이었고, 나로서는 한편으로 이산이 이해가 가면서도 천주교가 무엇이길래 이렇게까지 목숨을 걸 생각을 하는지 당최 알 수 없었다.

천주교회의 아시아 선교를 예수회가 주도하던 과거에는 선교지역의 전통이나 예절도 어느 정도 존중해 주었지만, 청나라 선교를 둘러싸고 발생한 오랜 기간의 전례 논쟁의 결과, 교황청은 도미니코회의 주장을 받아들여 유교식 제사를 우상숭배로 보아 금지시켰다. 문제는 그 시기에 조선 천주교가 설립되었고 이 때문에 조선에 온 선교사들도 제사를 폐하도록 가르쳐야 했던 것이다. 하지만 조선 정부와 사대부들은 관혼상제를 중요하게 여겼기 때문에 천주교와의 갈등은 결국 피할 수 없는 일이 되었다. 이 즈음에 이러한 갈등에 불을 지르는 사건이 생겼다. 천주교를 받아들인 윤지충을 비롯하여 일부 양반 계층 천주교인들이 조상의 신주를 태우는 행동을 집단적으로 행한 것이다. 이 사실이 알려지면서 조정은 큰 충격에 빠졌다.

 이에 조정의 대신들은 분노에 휩싸였고 윤지충 처형에 앞장섰다.

 "윤지충이라는 자는 양반이 아닌가? 양반이 조선의 법도를 근본적으로 부정하고 자기 조상의 신주를 태워버리다니. 이런 자는 능지처참하고 응당 그 집안의 뿌리를 뽑아야 하는 것이 아니겠는가?"

 이와 같이 천주교는 조선의 법도를 근본적으로 부정하는 것으로 인식되었고, 윤지충과 그 가족들은 처형을 피하지 못하였다. 한편, 제사를 금지하는 교시는 천주교를 믿지 않는 일반 백성들의 반감도 자아내었다. 천주교를 서학이라고 반대하며 전통을 수호하면서 사회를 바꾸자는 동학이 등장한 이유 중의 하나도 천주교에 대한 이러한 반감 때문이었을 것이다.

 사실 조선에서는 이미 벌써부터 사회 동요가 일어나고 있었다.

조선왕조가 곧 망하고 계룡산에 정도령이라는 진인이 나타나 새로운 나라를 세운다는 정감록과 이와 유사한 말세 민간신앙 등이 득세하고 있는데다 천주교까지 들어오니, 조정에서는 이러한 사회 혼란을 부축이는 종교를 감시할 필요가 있었다. 그렇지만 민간신앙은 조선 이전부터 내려온 전통이었기 때문에 처벌 근거가 부족한데다, 왕실 내명부의 대비부터가 민간신앙과 불교를 믿었기 때문에 조정의 대신들도 도저히 어쩔 도리가 없었다.

조정에서는 대신들끼리 이렇게 수근거리곤 하였다.

"아니, 내명부의 대비 마마께서 그렇게 불심이 깊으신데 이를 어찌 하리오. 법도에도 맞지 않고 가족간의 인륜에도 어긋하는 불교를 왜 그리 따르는지 참으로 알 수 없는 일이오."

따라서 그나마 새로 들어온 데다가 교세 파악이 쉬운 천주교가 대상이 되는건 당연한 귀결이었을 지 모른다. 게다가 이러한 반감에 불을 지른 사건들이 연이어 생겼다. 중국인이었던 주문모 신부나 불란서 선교사들은 청나라 본국으로 귀환하면서 조선 내 포교 상황을 보고하고 있었고, 이와 함께 자연스럽게 알게 된 조선 내 정세와 사회 상황도 전달하였다. 천주교회 입장에서는 이상할 것이 없는 당연한 활동이지만, 조선에서는 이런 활동을 일종의 밀정 행위로 보았다. 실제 이렇게 얻은 정보는 천주교회 내에만 머물지 않고 각국에 보고되어 군사 활동에도 영향을 주었다. 불란서인이었던 펠릭스 클레르 리델 신부가 불란서 함대의 로즈 제독에게 천주교에 대한 박해 상황을 보고하고 구출을 요청한 적도 있었다.

　이러한 상황 속에서 교황 그레고리오 16세는 조선을 북경교구에서 분리하여 조선대목구를 설치케 함으로써 조선천주교회는 북경의 영향으로부터 독립된 교구가 되었고, 이후 천주교의 세력은 다시 급성장하게 되었다. 하지만 이런 교세 확장에 사대부들 역시 가만히 있을 리가 없었다. 조선대목구가 만들어진 지 몇 년 후에 천주교를 몹시 싫어했던 우의정 이지연이 천주교에 반대하는 상소를 올리면서 다시 한번 천주교 박해가 일어나게 되었다. 그런데 이때 처형당한 양반들 일부가 안동 김씨와 가까운 자들이었고, 박해에 적극 앞장섰던 사람들이 풍양 조씨 양반들이었기 때문에 풍양 조씨가 세도 정치의 중심으로 떠오르는 계기가 되기도 하였다.

　왕의 외척이 되어 세력을 키워 권력을 갖고자 했던 풍양 조씨 일가에서는 이를 기회로 보았다.

　"지금 권력을 누리고 있는 안동 김씨는 성리학을 받들어 조선의 풍속과 질서를 지킨다고 하면서 한편으로는 천주교인들과 내통하고 천주교가 조선에 퍼지도록 내버려두는 자들이 아니오? 이들에게 조정이 휘둘리게 해서는 안 될 일이오."

　"그렇다네. 조선은 지금 풍전등화의 위기에 있는데 자기들 세력을 지키고 권력을 누리는데에만 혈안이 되어있는 안동 김씨 세력을 이 참에 눌러야 하네."

　이처럼 풍양 조씨가 주도한 천주교 박해가 심해지자, 조선대목구장인 장 조제프 페레올은 조선인 신부가 직접 포교 활동을 하는 것이 좋겠다고 생각하고 조선인으로 사제가 된 김대건에게 육로 대신 상대적으로 안전한 해로로 통해 조선에 들어가 포교활동을 하라고 명했다. 이렇게 해서 김대건 신부는 라파엘호를 타고 금강 하구에서 내륙으로 들어오다 강경포구에 도착하였는데 그 역시 바로 붙잡히게 되어 지체없이 처형되었다. 그가 유럽인이나 중국인이 아니라 조선인 사제라는 것 때문에 조정은 이를 매우 심각하게 여겼기 때문이었다. 이보다 먼저 불란서 함대 사령관 장 밥티스트 세실 제독이 외연도에 군함 3척을 끌고 와서는 불란서 신부들의 순교를 가만히 보고 있지 않겠다면서 강압적으로 통상을 요구한 일이 있었기에 조정에서는 천주교에 대해서 거부감이 더욱 커졌던 때였다.

이와 같이 천주교 박해가 심해졌는데 그럴 만한 또 다른 이유로 황사영 백서 사건이 있었다. 황사영이 불란서 국왕에게 보내려고 쓴 백서에는 이렇게 쓰여 있었다.

"전함 수백 척과 군사 오만 정도를 이끌고 대포 등 날카로운 무기를 많이 실은 채 글 잘하고 사리에 밝은 중국 선비 서너 명을 데리고 조선 해변에 이르러 조선 국왕에게 글을 보내어 이렇게 말하소서. 서양으로 말하면 천주교의 본 고장으로 모든 나라에 천주교를 전파하여 귀화되지 않은 곳이 없는데 조그마한 이 나라만이 순종치 않을 뿐 아니라 도리어 완강히 대항하여 천주교를 잔인하게 박해하고 성직자를 학살하였기에 불란서 국왕으로서 그 죄를 문책하겠다고 하는 것이 옳지 않겠습니까?"

외세로 하여금 조선의 죄를 문책해달라고 하였으니 이는 대역죄 중에서도 대역죄에 해당하는 내용이었다. 이 백서에는 또한 중국에서 천주교 전파의 임무를 갖고 조선에 들어온 주문모 신부의 순교 사실과 조선 천주교인들에 대한 박해 상황을 적으면서 청나라 서양 군대의 무력을 통해서라도 신앙의 자유를 찾아달라는 요청 등이 담겨 있었다.

이 백서는 실제로 불란서 국왕에게 전달되지는 않았지만, 이로 인해 천주교는 더욱 매국의 종교라는 낙인이 찍혔다. 이처럼 조선을 없애고 청나라의 지방이 되기를 자청하거나, 그게 되지 않으면 외세를 끌어들여 신앙을 보장받겠다는 생각은 조정 안에서 천주교 자체가 매국적이고 위험한 사상인 것으로 인식되는 데 크게 기여했다. 황사영은 이 일로 붙잡혔고 바로 머리와 사지를 말에 묶인 채 온 몸을 찢어 죽이는 거열형을 당하며 비참한 최후를 맞았다.

그런데 이산은 황사영 백서 사건을 알게 된 후 황사영의 주장을 자신의 생각으로 받아들인 듯하였다. 왜냐하면 이산은 천주교를 통해 서양이 조선을 지배해야 조선이 발전하고 백성의 삶이 나아진다고 믿고 있었기 때문이다. 이산이 한 번은 다시 차모임을 끝내고 나와 같이 길을 걸으면서 이렇게 말한 적이 있었다.

"만일 황사영의 백서가 불란서에 도착해서 조선의 실정을 알리고 불란서 군대가 조선에 들어왔다면 오늘 조선의 백성은 하나님의 은혜 아래에서 잘 살고 있지 않았겠는가?"

나는 "불란서 군대가 조선에 들어온다면 우리 조선은 맞서 싸워야 하는 것 아닌가요?"라고 되묻고 싶었지만 그는 나보다 손위 연배이고 서로 대화가 될 것 같지 않아 이내 거두었다. 그러나 후일 이때의 기억은 나를 몹시도 괴롭혔다. 그의 그릇된 믿음이 돌이킬 수 없는 사건을 만들었기 때문이다. 그러나 당시 논쟁을 했어도 이산이 생각을 돌이켰을 것이라는 나의 생각도 헛된 것일 수 있다.

나는 박문기와 단둘이 있을 때 이산에 대한 박문기의 생각을 물어본 적이 있었다.

"이산 형님이 최근에는 조선이 유럽국의 지배를 받아야 한다는 등 좀 지나친 이야기를 하는 것 같습니다."

"걱정스러운 점이 없지는 않네만 그로부터 취할 부분도 상당히 있지 않겠나? 유럽의 앞선 문물을 우리가 받아들여야 한다는 점에 대해서 나도 동의하네. 다만 우리 조선을 유럽의 지배를 받는 나라로 만들 수는 없지. 아무리 유럽이 우리보다 우수한 문화와 군사력을 가졌다 하더라도 조선이 속국이 되어서는 안 되는데 그는 그렇게 되어야 우리 백성들이 지금의 곤경에서 벗어날 수 있다고 생각하는 것 같아 나도 크게 걱정이네. 게다가 그는 신앙심이 깊어 천주를 위해서라면 무엇이든 할 생각인 듯하네. 자네도 수많은 천주교인들이 신앙을 버리지 않고 대신 죽음을 택한 것을 아마 들어서 알걸세. 그의 부친도 박해를 당해 순교한 사람이라는 것을 자네도 알지 않는가?"

박문기의 말중에 죽음을 택한다는 말이 대화가 끝나고서도 머리에 맴돌았다. 어쩌면 이산에게는 천주교와 아버지, 그리고 선교사들의 순교가 자신의 삶을 이어가는 동력이었을지 모른다. 그리고 그 동력은 결국은 죽음으로 이산을 이끌고 가고 있었는지도 모른다.

우리가 다시(茶時) 모임이라고 불렀던 차모임은 박문기가 한달에 한 번 정도 오일장이 열리는 날에 맞추어 아침에 차를 같이 마시자며 우리 네 사람을 불러 모으면서 생겼다. 다시 모임은 박문기가 한양으로 가거나 서책을 얻을 기회와 겹치지 않으면 거의 거르지 않고 있었고, 박문기가 지은 책 해동운화가 완성되었을 때쯤 중단되었다. 다시 모임에 오는 다섯 사람의 관심사와 성장 배경은 무척이나 달랐고 일정한 주제를 이야기하려고 모인 것도 아니었지만 한 달에 한 번 있던 이 모임에는 모두 빠지지 않고 참여해야하는 것으로 생각하는 것 같았다. 박문기가 모임의 목적에 대해서 자세한 설명을 한 것도 아니었지만 또 어쩌면 박문기가 의도하였는지 아니면 자신도 잘 몰랐을 지 모르지만 이미 다섯 사람을 엮는 공통 관심사는 세상의 미래에 관한 관심이었고, 또 세상을 바꿀 수 있는 방법을 찾는 것이라고 할 수 있을 것이다. 어쩌면 다시 모임의 성격은 차 마시면서 건네는 환담이 아니라 세상을 바꾸려는 결의였는지도 모른다.

오규봉은 집이 가장 멀리 있었지만 늘 다시 모임에는 가장 먼저 와서 자리를 잡고는 이런 말을 자주하였다.

"옛 성현들께서 벗을 찾아 멀리서 오는 일처럼 귀한 일이 없다 하셨지요. 이처럼 귀한 일에 게으름을 피울 수가 없어 일찍 왔습니다."

자연스럽게 5인의 다시 차모임은 서양과 동양, 호열자, 천주교,

성리학과 실학 등에 관한 것이었다. 박문기는 모임에서 말을 많이 하지 않고 주로 듣는 쪽이었지만, 이기론에 대한 부분이나 조선의 경제 제도나 상거래에 대해서는 적극적으로 주장을 하는 편이었다. 특히 이윤을 추구하는 행위를 악한 행위라고 하는 사대부들이 많았으나 박문기는 이윤을 추구하는 행위는 정당할 뿐 아니라 경제가 발전하는 이유가 된다는 것을 여러 차례 말했다.

"사람들이 생산이나 상거래를 통해서 이윤을 얻어야 가난으로부터 벗어나고 조선이 잘살게 되는 길인데 사대부들이 이를 폄훼하면서 세상의 이치와 과거의 낡은 법도 만을 따지니 어찌 조선이 빈곤의 굴레에서 벗어날 수 있겠소?"

박문기 역시 사대부라고 할 수 있지만 청나라와 무역을 통해 경제적인 성공을 거둔 집안 출신이라 그런지 자본을 갖고 이윤을 얻는 행위에 대해서 이는 정당한 행위이고, 악이 아니라는 주장을 펼쳤다. 반면, 성리학자들은 대부분 경제적인 이윤을 추구하는 행위를 멸시하고 공익의 실현을 방해하는 행위로 폄하했고 또한 그러한 주장을 자랑스럽게 여기고 있었다. 한번은 박문기가 한양에서 사대부들과 만난 자리에서 이윤을 얻는 상업을 중시해야 한다고 주장한 적이 있었는데 그중 어떤 이는 얼굴이 벌겋게 되면서 박문기에게 삿대질하면서 대든 적도 있었다.

"이윤을 얻는 장사를 장려해야 한다니 성리학으로 세운 조선을 더럽힐 생각인 것이오? 사농공상의 위계도 모른단 말이오? 당신은 사대부를 욕보이고 있는 것이외다."

물론 박문기에게 이윤추구 행위가 정당한 경우는 사욕을 채우는 것이 아니라 부을 얻어 많은 이들을 이롭게 하기 위해 사용하는 경우였다고 할 수 있을 것이다. 사실 사익과 공익의 경계가 모호한 부분이 많이 있기도 하거니와 그는 엄격하게 사익과 공익을 나누는 태도에 대해서도 옳지 않다고 보았다. 나 역시 상거래를 통해 이윤을 추구하는 행위를 멸시하는 사대부들이 거슬렸다.

 '사익추구를 개인의 이익만을 탐하는 나쁜 행위라고 비판의 목소리를 높였던 성리학자들중 사실 관직으로 나아간 후 자기가 했던 말과는 달리 마을 주민을 속이고 수탈하면서 자신의 안위만을 위해 살고 있는 자들이 얼마나 많은가?'

 금강 하구에서 뱃길로 꽤 들어오는 곳에 자리 잡은 강경포구는 마치 세상과 경계를 진듯이 보통의 마을과는 어딘가 다른 모습이면서 바다를 통해 세상으로 나갈 수 있는 형상을 하고 있었다. 포구와 연해서 있는 마을의 집들은 근방의 어떤 집들보다도 컸고 낮은 담장으로 이어지며 늘어서 있는 기와집들은 묘하게도 딱딱하지만 정감이 가는 모습을 띠었다.
 강경 포구를 지나면 강물의 폭이 갑자기 줄어들어서 중국을 오가는 배는 들어가기 어려웠다. 즉 강경포구는 금강을 통하여 중국에서 들어올 수 있는 마지막 포구이며 중국으로 가는 내륙의 첫지점이라고 할 수 있었다. 한편으로는 삼남 지역과 연결되는 요충지이며 무봉산까지 빠른 걸음으로 하루면 갈 수 있는 거리에 위치했다. 사

방으로 연결될 수 있어서 감추기는 어렵고 드러내기가 쉬운 곳이었
다. 어찌보면 사람의 삶이란 그 사람이 살던 곳의 시대적인 그리고
지리적인 환경에 지배될 수밖에 없는 것이 아닌가하는 생각이 들었
다. 지난날들을 돌이켜 보면, 결국 박문기라는 사람도 강경포구와
떨어질 수 없고 강경포구가 처한 지리적 영향을 받았을 것이다.

　오인의 차모임이 처음 열리던 날 박문기는 이렇게 말했다.

　"먼 바다 건너에 있는 영국이라는 나라에서 백년 전부터 여러 사
람들이 같이 일하는 공장을 세우고 물건을 많이 만들어서 산업을 일
으켰다고 하지요. 한편으로는 큰 바다로 나가는 배도 만들고 군사력
도 키웠다고 합니다. 그래서 지금은 청나라보다도 힘이 더 센 나라
가 된 것입니다."

　이산이 그 말을 받아서 이렇게 말하였다.

　"영국에서 대양으로 나가는 배와 총포로 무장된 군사력을 갖춘
것은 사실 그보다도 훨씬 전입니다. 사람들은 청나라가 대국이고 가
장 힘이 센 나라라고 생각하지만 그렇지 않습니다. 영국은 이미 청
나라처럼 큰 나라였던 인도를 점령해서 속국으로 만들고 이번에는
청나라도 자신의 속국으로 만들 생각인 것입니다. 아편 전쟁은 그래
서 일어난 것이고 전쟁의 결과를 보면 알 수 있듯이 청나라 해군은
영국 해군에게 완전히 격멸되었는데 그것이 두나라 힘의 차이인 것
입니다. 청나라가 대국인 시대는 끝났고 이제는 영국 그리고 유럽
제국들이 대국인 것입니다. 이제 우리는 유럽을 따라야 합니다."

　천주교도인 이산은 이렇게 천주교를 넘어 유럽 중심론을 신봉하

었다. 국력이 다한 조선은 유럽의 지배하에 들어가야하고 천주교가 유교를 대신하여 국교가 되어야 한다는 신념을 굽히지 않았다.

박문기는 서양과 동양이 지배와 복종의 관계가 아니라 평화와 대동의 세계를 이루어야 한다고 주장하곤 하였다. 문명과 자연이 대립적이 아니라 서로 조화를 이루면서 합일되는 것이고 서양과 동양 역시 융화되어 하나의 세계를 이룬다는 것이다. 한 달에 한 번씩 열렸던 다시 모임에서 박문기가 이러한 주장을 할 때마다 이산은 서양이 세계를 이끌어가야 한다고 믿었기에 박문기와는 늘 생각의 차이를 드러내었다. 그리고 오규봉 역시 서양이 이제는 세계의 중심이라는 생각에 동의하는 모습을 보였다. 나는 사실 이들처럼 서양에 대해 아는 것이 별로 없었지만 그냥 박문기의 문명과 자연 융화론이 마음에 들었다.

그런데 우리들 사이에서 논쟁이 생길 때마다 내 마음 속에는 해결되지 않는 의문이 항상 자리하고 있어서 한 번은 이런 질문을 한 적이 있는데 나는 곧 말을 꺼낸 것을 후회했다.

"왜 우리 조선은 힘이 약해서 청나라든 서양이든 다른 나라의 영향을 받아야 하는 것이지요?"

그 이유를 너무나 잘 알고 있다는 듯 모두 나를 어이없다는 눈으로 쳐다보았다.

사실 나는 박문기가 세상을 실제로 바꾸려는 변혁운동에 얼마나 깊은 생각이 있었는지는 아직도 잘 모르겠다. 다만 그는 늘 세상의 갈등과 다양함을 융화로 해결해야 한다는 점을 강조했다. 내가 보기에는 좀 추상적이고 현실성이 떨어지는 것 같았다. 그러면서도 천주교 상소문 사건에서 보듯이 위험해 보이는 일도 몸을 사리지 않고 뛰어드는 과감한 면도 없지 않은 듯하였다. 무언가 바꾸어야 한다는 생각과 함께 변혁운동에 뛰어들 태세를 가졌던 이산과 오규봉은 이러한 박문기의 융화론에 늘 불만이었다. 이들은 융화론으로는 세상의 현실을 바꿀 수 없다는 이야기를 하곤 했다. 그렇게 박문기를 활용하거나 그의 생각을 바꾸려는 노력을 하면서 다시 모임에는 빠짐없이 나오곤 하였다.

나는 과거에 죽창과 칼을 들지 않고 어떻게 세상을 바꿀 수 있는 것인가라는 생각을 했었고, 따라서 나 역시 세상의 문제를 생각이나 논리만으로는 해결할 수 없다고 믿는 편이었다. 그래서 박문기가 세상을 바꿀 수 있는 좀 더 실제적인 역할을 해주었으면 하면서 만일 그런 날이 오게 되면 이전에 유계춘을 도왔듯이 박문기를 따라 나서리라는 생각을 종종 했다.

한편, 다시 모임에 조인홍도 빠지지 않고 나오기는 했으나 의원이어서인지 세상에 대한 개혁이나 변혁을 이야기할 때면 말을 아끼는 눈초리였다.

"다들 세상을 변화시키자는 큰 말씀들을 하시는데, 저는 그저 역병이 없는 세상이 되어 백성이 좀 편하게 살 수 있는 세상이 되었으면 하는 바람이외다."

그는 다른 사람이 이야기할 때에 끼어드는 것을 좋아하지 않는지 아니면 오가는 말을 조심해야 하는 의관 생활을 통해서 습득한 것인지는 모르겠지만 주로 이야기를 듣는 쪽이어서 나는 처음에 '조인홍은 말을 참 아끼는 사람이구나' 하고 생각했었다. 그런데 박문기와 둘이 있을 때는 주로 조인홍이 이야기를 하고 박문기가 듣는 편이라는 것을 새삼 깨달았다. 그는 궁궐에서 왕과 조정의 대신들을 가까이서 접하였고 또 대비를 포함하여 내명부의 여인들도 자주 접할 기회가 많아서 누가 누구와 가깝고 또 누구와 원수지듯이 지내는 관계인지에 대해서 훤히 알고 있는 듯했다.

하루는 박문기가 조인홍을 초대하여 서재에서 차를 마시면서 이야기하고 있었는데, 마침 박문기와 상의할 일이 있어 방에 들렀던 나에게도 같이 차를 마시자고 하여 세사람이 자리를 같이 한 적이 있었다.

조인홍이 궁중에서 벌어지는 일들에 대해서 뭔가 설명을 하고 있었다.

"조정의 대신들은 눈쌀을 찌푸리지만 대비께서는 작은 불상을 두고 정성을 드리고는 하는데 그게 소현세자의 빈인 강씨, 즉 강빈의 원귀가 아직 중전을 어른거린다는 소문이 내명부 사이에 떠돌아다니고 있어서라고들 합니다."

"원귀가 떠돌아다닌다니요? 그들이 무엇을 봤더란 말입니까?"

"저도 자세히는 모르지만 떠도는 이야기를 들어보면 강빈이 시아버지 인조 임금의 수라상에 독을 넣었다는 것이 실은 꾸며낸 이야기라는 것인데, 강빈이 억울하게 사약을 받아 죽었기에 그 원혼이 궁을 떠나지 못하고 있다는 것입니다."

"아니, 강빈은 이미 오래전에 돌아가셨는데 아직도 원혼이 궁궐에 남아있다는 말인가요?"

"내명부 부인들이나 궁녀들은 강빈의 원혼을 아직도 무서워하는 듯합니다. 몇 해 전에도 크게 가뭄이 들기전에 왕실에서 물길어 먹는 우물에 두꺼비들이 난데없이 나타나서 소란스러웠던 일이 있기도 했고, 강빈의 기일날 왕실 수라간 옆의 장독대에서 백사가 똬리를 틀고 있는 것이 발견되었는데 백사와 눈을 마주친 궁녀의 눈이 멀었다는 소문도 있습니다."

이렇듯 조인홍은 왕실 내부 사정을 자세히 알고 있는 듯하였고 박문기도 조정이 어떻게 돌아가고 있는지 알고 싶어서인지 조인홍의 이야기에 귀를 기울이는 듯이 보였다.

해동인쇄소

박문기가 언젠가 나에게 이렇게 말한 적이 있다.

"현실로 나타나는 많은 다양한 현상이 있지만, 세상의 본질은 하나이고 따라서 현상이 다양하게 나타난다고 하여도 결국은 대동으로 귀결되는 것일세. 즉 본질인 태극이 움직이면서 음양을 낳고 음양이 오행을 낳으며 만물을 만들게 되는 데 이는 결국 다시 조화를 이루게 된다는 말일세."

그리고는 이렇게 덧붙였다.

"태극이란 움직이지 않는 어떤 것이 아니라 움직임 자체라고도 할 수 있네."

나는 그가 이야기하는 본질이나 만물이 당연한 이야기 같기도 하고 한편으로는 심오하면서 매우 중요한 의미가 있는 말 같기도 했다. 그의 사상은 그의 표현에 따르면 기일분수론이라 할 수 있는데 기가 음양으로 비롯되어 만물로 현상한다는 것이다. 박문기는 자신의 생각이 주자가 본질이라고 생각한 리(理), 즉 근원적인 원리인 태극으로부터 사물 현상이 나타난다는 리일분수론의 모순을 극복한 새로운 가르침에서 왔다고 하였다. 그리고 이러한 움직임은 기(氣)에 의해서 운행되고, 그 속성은 본질적으로 화(和)에 있기 때문에 다시 합쳐진다는 것이다. 따라서 세상에서 나타나는 많은 갈등과 그로부터 유발되는 민란이나 전쟁과 같은 대결은 궁극적인 상태가 아니고 결국 조화를 이루는 평화로운 관계를 만들어가게 된다는 것이다.

나는 성리학이나 이기론에 대해 제대로 알지를 못하고 태극이나 주자에 대해서는 더욱 아는 것이 없었다. 그저 천자문 정도 외우고 논어와 맹자 정도를 서당에서 배운 수준이어서 그가 이야기하는 말을 제대로 이해할 수 없었다. 다양한 것은 원래 본질적인 것에서 나타났고, 이는 다시 하나로 합쳐진다는 말은 당연한 듯하면서도 무엇을 근거로 그런 이야기를 하는 것인지 잘 알 수 없었다.

박문기는 근원인 태극은 그 자체가 움직임이어서 기가 운행하는 시작점이라고 설명했지만, 나는 아무래도 리의 근원인 태극이 있고 이를 움직여서 세상에 나타나게 하는 것이 기라고 이해하고 있었기 때문에 이렇게 물어보았다.

"본질이 태극이고 태극에서 사물이 다양하게 나타난다고 했을 때 이러한 변화를 이끄는 것이 기라면 변화가 일어나기 시작하는 태극 자체는 기와 다른 것이 아닌가요?"

박문기는 나를 뚫어지게 보았다. 어쩌면 나의 눈을 보면서 자신의 생각 속으로 들어가는 것 같았다.

"사람들이 이기론을 이야기하면서 그렇게 정리를 하곤 하지. 리와 기는 각각 시작점과 운행을 일으키는 힘을 일컫는다고 말이지. 하지만 내 생각은 다르네. 리라고 하는 세상의 원리 또는 본질적인 시작점이라고 하는 것이 세상 이전에 존재하였다는 생각에 나는 동의하지 않네. 세상이 운행하면서 세상 만사가 생겼지 않았겠나? 결국 세상 만사를 설명하는 원리나 본질이나 하는 것은 세상의 운행 속에 있는 것이지 그 전에 존재하였다고 볼 수 없다는 말일세. 결국 리와 기는 서로 다른 것이 아니라 기를 통해 운행되어 나타나는 현상의 원리가 리이기 때문에 리가 기보다 먼저라고 할 수도 없고 또 서로 떨어져 있는 것도 아니라는 말이네."

나는 실은 박문기가 주장하는 기일분수론이나 기에 대한 관점에 대해서 큰 관심도 없었고 더 알고 싶은 생각도 없었다. 아직도 나는 박문기가 왜 그토록 기가 중요하다는 것을 내게 그렇게 인식시키려 노력했는지는 잘 모르겠다. 다만 내가 이해하기로는 박문기가 말하고 싶었던 점은 기가 리보다 중요하다거나 혹은 앞선다는 내용이었다기 보다는 기의 운행이 세상을 만들어가는 것이어서 기의 흐름을 이해하고 그것을 이용해야 좋은 세상을 만들 수 있다는 것이었다.

"국가간의 통상이나 무역, 나라의 법도나 통치제도, 그리고 우리의 문화와 윤리 같이 세상을 이루는 모든 것들에는 흐름이 있다네. 기의 흐름인 것이지. 그 흐름을 이해하고 좋은 방향으로 이끌게 되면 좋은 세상을 만들 수 있지 않겠나? 그렇기에 세상의 기를 아는 것이 중요한 것이라네."

박문기는 사림들의 당파 싸움이 이황과 이이를 따르는 사람이 대립하면서 본격화되었다고 생각하고 이 두사람에게 어느 정도 책임이 있다고 생각하면서도 그들이 도달한 성리학에 대한 이해에 대해서는 존경심을 갖고 있는 듯하였다. 박문기의 말을 빌리면 이황은 현재의 현실 정치가 어떠하든 올바른 정치적 이상을 갖는 것이 중요하다고 한 반면, 이이는 현실을 무시한 이상은 아무런 의미가 없으므로 현실 정치를 올바르게 구현하는 것이 중요하다고 하였다는 것이다. 즉 이황은 리에 천착하여 정치적 이상을 강조했고, 이이는 기의 중요성을 이야기하면서 현실 정치에 주안점을 두었다는 것이다.

박문기는 이황과 이이에 대해서 나에게 이렇게 이야기하였다.

"나는 이황과 이이 중에서 이이의 생각이 좀 더 옳다고 생각하네. 내 생각도 이이의 리기일체론을 토대로 정리한 셈이기도 하지."

그리고는 리기론에 대해서 자신의 생각을 이렇게 말했다.

"천지의 이치는 온갖 사물을 통하여 나타나는 것이지. 사물이 아니면 이치가 드러날 바가 없고, 도 역시 온갖 일에서 나타나니 일이 아니면 도가 행해질 바가 없다는 것이네. 천지사방에 이치가 없는 것이 아니고 세상에 도가 없는 것은 아니나, 이 모든 것들은 원래부터 있는 것이 아니라 사물과 일이 운행하면서 드러난 것이라는 뜻일세."

결국 이는 사람들이 이치를 논하고 도를 말하지만, 사물을 제대로 모르고 일을 제대로 행하지 못한다면 이치와 도란 헛된 것이 되고 만다는 뜻일 것이다. 리와 기가 하나라는 의미이고 기가 없으면리는 헛된 것이라는 뜻으로 이해가 되었다.

하루는 박문기의 서재에서 함께 차를 마시면서 이렇게 물어보았다.
"이치에 맞지 않으면 사물이 자기의 속성을 제대로 드러내지 못하기 때문에 이치가 먼저이고 사물이 나중이 아닙니까?"
박문기가 그렇지 않다고 이야기할 것을 뻔히 알면서도 그의 생각을 조금 더 알고자 하는 의도에서 한 질문이었다.
그는 자세를 바르게 고쳐 앉으면서 이렇게 대답하였다.
"내가 앉은 방석과 네가 앉아 있는 방석을 한번 보아라. 방석이라는 사물이 있고 서로 다르게 생겼지만 모두 방석이라고 하지 않느냐? 결국 다양한 사물의 현상을 통해서 방석라는 개념이 정립된 것이지 않았겠느냐? 따라서 방석이라는 개념은 원래부터 있던 이치에서 나온 것이 아니라 현실적이고 구체적인 사물의 현상을 통하여 나타난 추상적인 개념이 아니겠느냐? 그러니 어찌 이치에서 모든 것이 나왔다는 말이냐?"
그의 말은 매우 논리적이라고 생각이 되면서도 무엇인가 석연찮은 생각이 들었다.
나는 혼자 속으로 이렇게 스스로에게 물었다.
'그런데 실제 방석을 만들 때 앉을 수 있는 어떤 용도를 생각해서 그것에 합당한 모양에 따라 만드는 것이 아닌가? 따라서 사물이 현상하기 전에 이치에 맞게 만드는 것이기 때문에 이치가 사물의 현상

보다 먼저인 것이 아닌가?'

그런데 박문기가 이러한 내 생각을 읽었는지 이렇게 다시 설명을 이어갔다.

"우리가 무엇을 행할 때 생각을 먼저 하고 행함으로써 어떤 현상이 나타나기 때문에 행함을 위한 어떤 이상적인 개념이 있다고 생각하기가 쉽지. 그리고는 흔히 그것을 이치라 하기도 하고 도라 하기도 하면서 모든 사물의 근원이라고 하지. 그러나 그 생각이 어디에서 왔을까? 그 생각은 사물을 관찰하고 경험하면서 생긴 것이야. 그렇지 않고는 만들어질 수가 없지. 그러니 어찌 그 이상적인 개념이 근원적이라고 할 수 있겠는가?"

그러나 그의 말에도 나는 여전히 리와 기, 그리고 이치와 사물이라는 대립이 마음속에서 정리되지 않았고, 더욱이 그것이 왜 사람들의 편을 가르고 서로 죽이는 결과까지 이어졌는지는 도저히 알 수 없는 일이었다. 나에게는 리와 기중 무엇이 먼저이냐는 마치 닭이 먼저인지 달걀이 먼저인지와 같은 말씨름같았다.

'도대체 왜 이것이 그토록 중요한 논쟁인 것인가?'

이러한 궁금증이 머리를 어지럽혔을 뿐 아니라 박문기가 이 논쟁에 매우 깊은 관심을 갖고 있는 이유를 알 수 없었다. 무엇이 먼저인지를 밝혀낸다는 일이 나에게는 닭과 달걀이 무엇이 먼저든 백성의 삶과는 아무런 관계가 없기 때문에 그러한 논쟁 자체가 터무니없는 공론처럼 여겨졌기 때문이다.

박문기는 학문이란 본래 평화로운 일이어야 한다고 하면서 노론과 소론 등으로 나뉘어 붓끝으로 사람을 죽이는 일까지 자행되는 현실을 크게 통탄해마지 않았다. 그렇다고 사상의 차이를 그냥 애둘러 덮거나 논쟁을 피하지는 않았다. 특히 조선의 여러 성리학자들이 리를 기보다 중요시하면서 사람의 생각만으로 이상적인 사회를 만들어낼 수 있다고 주장하는 점에 대해서는 적극적인 논박에 나서곤 했다.

박문기는 이런 말들을 자주 했다.

"도대체 인간의 생각이 세상의 큰 흐름을 어떻게 앞선다는 것인가?"

"자신의 생각이 진리이고 세상의 움직임이 그 진리를 따라야 한다고 하는 주장이 가당키나 한것이냐?"

"더욱 나쁜 것은 어떤 진리라고 주장하는 생각이란 어떤 특정 무리들의 생각을 대변하는 것이고 이는 알고보면 그들이 이익을 취하고자 하는 어떤 의도가 들어있는 생각인 경우가 많다는 것이네. 그렇기 때문에 서로 다른 생각을 가진 무리들간에 비난하고 공격하고 배척하다가 급기야는 서로 해치기까지 하는 것이지."

박문기는 조선 성리학의 폐해가 나타나는 것은 결국 성리학의 리를 중시하는 논리에 있다고 보는 것 같았다. 그러면서 세상이 움직이는 데에 있어서 리보다 기가 중요하다고 하면서 기는 대립과 배척이 아니라 조화와 대동을 강조하는 것이라고 하였다. 이러한 주장을 할 때의 박문기는 평소의 조심하는 듯한 언행이 아니라 확신에 차서 대의를 위해서라면 무엇이든 할 듯한 기세였다.

"리가 기보다 중요하고 또 앞선다는 생각이 결국 오늘날 성리학의 폐해로 나타나는 이유는 이렇네. 리란 세상의 근본적인 사상이라고 말을 하는데 그 근본적인 사상이라는 것이 실은 성리학이 태동하여 세상에 나올 때 세상의 근본이 무엇인가를 생각하였던 사람들의 생각인 것일세. 특히 윤리적 가르침은 그 당시의 시대상을 반영하는 것일세. 그런데 몇백 년이 흐른 지금에도 그러한 생각이 과연 세상을 이끄는 근본적인 사상이 될 수 있을까? 십 년이면 강산도 변하는데 주자의 시대와 오늘날의 시대가 다른 것이 아닌가? 성리학을 만고의 진리로 생각하여 과거의 생각만을 고집하고 자신의 생각과 다른 생각을 가진 사람들에 대해서는 성리학이나 주자의 이름으로 벌하거나 죽이려고 한편으로는 세상이 변하여 가는 것에 무관심하거나 저항하니 이런 것들이 온갖 폐해로 나타나고 있는 것이네."

박문기의 말에 따르면 성리학은 본질적으로 생각이 같은 무리들이 집단을 만들어 자신들의 생각이 세상의 법도를 이룬다고 생각하는 붕당의 학문인 것 같았다. 특히 박문기는 이들이 정해 놓은 예(禮)가 세상의 질서라고 주장하는데에 대해서 몹시 못마땅하였다. 그는 당파 싸움에 대해 상세한 내용까지 알고 있는 듯했는데 예를 논하면서 정적을 죽이는 정치행태에 대해서는 예의 본질을 훼손하며 견강부회하는 행태라고 신랄하게 비판한 적도 있었다.

"효종 임금이 돌아가셨을 때 일이네. 효종이 인조의 적장자가 아니라는 이유로 복상기간에 대한 논쟁이 벌어졌지. 그리고는 첨예한 정치적 논쟁거리가 되어 서인과 남인의 당파 싸움으로 이어졌다네. 결국 서로 죽이고 죽고 하는 결과를 초래하였지. 사실 이들이 예를 논하였지만 사람을 죽이는 데에 사용하였으니 예에 대한 주장이 순수하지 못하다는 것이 드러난 셈이지. 결국은 자신들의 세력을 키우는데 예를 이용하면서 도덕적인 체했으니 얼마나 이율배반적인 것인지 알 수 있는 것이지."

그리고는 이어서 이렇게 덧붙였다.

"생각이 같다는 것만으로 그 생각이 옳다고 볼 수는 없는 일인데 같은 생각을 가진 무리들이 정치적 세력을 이루어서 서로가 옳다고 주장하면서 다투게 되면 결국은 자기 세력만을 위한 이익의 추구로 이어지는 것이라네."

박문기는 붕당을 세력으로 하여 만들어진 주장으로는 갈등과 분열을 극복할 수 없다고 강하게 이야기하면서 이와 같은 결과가 이루어진 이유가 리라고 하는 원리에 대한 자기들의 생각을 고집하기 때문이라는 것이고, 자신은 이들과 달리 사물과 그 변화를 기반으로 하는 기학을 주장하고 있으므로 조화를 강조하는 것이라고 설명하였다.

이러한 점은 천주교를 대하는 그의 태도에서도 같았다. 박문기는 천주교가 서양의 사상도 아니고 종교여서 그대로 받아들일 수는 없지만, 천주교는 서학이나 서방의 종교이므로 이를 배척해야 한다고 주장하면서 박해하는 행위에 대해서는 단호하게 반대하였다. 그래서 서양의 종교를 배척하거나 죄로 얽어매어 죽이는 일은 하지 말아야 한다는 것을 상소문을 통해서 주장하였던 것이다.

박문기가 천주교 상소문을 쓴 배경을 말하면서 이렇게 말한 적이 있다.

"자신이 옳지 않으면 도끼로 목을 쳐달라고 도끼를 메고 상소를 올렸던 우탁에는 한참 못 미치지만…"

박문기는 자신의 주장을 강하게 할 때에는 대개 생각을 정리하는 데 조금 시간이 필요하다는 듯이 잠시 뜸을 두고 말하는 특징이 있었다.

"천주교에 대해 박해를 하면 외국의 문물이 들어오는 것을 가로막아 조선의 문화발전에 저해되고 이로써 조선이 뒤떨어지면 되돌리기가 어려운 일이 아니겠느냐? 이를 나서서 말하는 이가 아무도 없으니 내 비록 천주교도는 아니나 천주교를 배척하거나 이를 죄삼아 처형하는 것은 타당하지 않음을 성상 폐하께 알려드리고자 한 것이었다네."

하지만 나는 천주교를 믿지도 않고 천주교도와 깊은 교류를 하지도 않으면서 임금에게 위험천만한 상소문을 올렸던 박문기가 잘 이해되지 않았다.

"천주교는 천주신을 믿는 종교인데 신을 믿지 않는 대감께서 천주교를 옹호하면서 배척하지 말아달라고 상소문을 올렸다는 게 잘 이해되지 않습니다."

"나는 천주신을 믿지 않네만 천주교는 그냥 하나의 종교가 아니라 유럽인들이 가지고 온 종교가 아니더냐? 유럽인들과 잘 지내고 서로 통상과 교역을 하려면 그들이 믿는 신을 인정하고 천주교도를 박해해서는 안 되지 않겠느냐?"

"조선은 성리학을 근본으로 하여 세운 나라여서 성리학의 기틀을 흔들고 조상에 대한 예를 어지럽히는 종교를 받아들이기 어려운 것인데 그것을 틀렸다고 할 수 있을지는 잘 모르겠습니다."

"잘 생각해보게. 세상은 기와 리가 조화를 이루면서 만들어졌고 그 조화됨이 어우러지고 변하면서 앞으로도 이어질터인데, 여기에 세상을 창조했고 영원불변하다는 천주신이 들어올 자리는 사실상 없는 것이네. 조선이 나라를 세우면서 불교가 인정받지 못한 것도 같은 이유일세. 그러니 내가 천주신을 믿을 까닭이 있겠는가? 다만 기와 리가 조화를 이루면서 변하는 세상에서 어떤 생각이나 믿음은 절대로 받아들일 수 없다는 것 역시 옳다고 볼 수 없네. 그래서 나는 천주교를 배척하지 말고 하나의 신앙이나 문화로 받아들여야 한다고 생각하는 것이네."

박문기가 단순히 박해받는 불쌍한 천주교인을 돕는다든가 좀 더 나아가 유럽인의 종교를 인정하고 유럽과 통상을 열라는 주장을 하려는 생각만으로 그렇게 위험을 무릅쓰고 상소문을 작성한 것은 아닐 것이다. 성리학의 나라에서 백성들은 피폐한 삶을 살고 성리학자들은 붕당을 만들거나 외척을 통한 권력 투쟁에만 관심이 있고 위선과 사기가 난무하는 조선의 현실에서 성리학만으로는 세상을 이끌어갈 수 없다는 절규였는지도 모른다. 어쩌면 그는 과거에 살았던 소현세자를 비롯하여 세자와 뜻을 같이 했던 이들이 말하려고 했던 것을 대신 말하고 싶었는지도 모른다.

그러나 박문기의 상소문은 찻잔 속의 태풍에도 미치지 않았고 한편으로는 천주교에 대한 박해 역시 천주교의 세력을 꺾지 못했다. 오히려 천주교는 세력을 크게 확장할 수 있었는데 그 이유는 사회의 온갖 폐해가 드러나고 사회질서의 근본이 흔들리고 있었기 때문이었다. 특히 호열자는 몇 차례의 박해로 힘을 잃었던 천주교가 다시 세력을 넓힐 수 있는 기회가 되었다. 통제할 수 없는 질병 앞에서 인간이 종교에 귀의하는 현상은 어쩌면 자연적인 현상일 것이다. 호열자가 수많은 목숨을 빼앗고 맹위를 떨칠 때 조선에 있던 종교와는 달리 유럽에서 전해진 종교라 새로운 능력을 보여줄 지 모른다는 생각 때문에 그 세력은 조금씩 커나갔다. 특히 박해로 인하여 천주교를 한때 떠났던 사람들도 호열자가 극성을 부리자 다른 사람들까지 데리고 와서 세례를 받고 입교했다.

그렇게 사람들의 입을 통해서 천주교의 능력에 대한 소문이 돌았다.

"호열자는 원래 서양에서 온 병이라네. 서양에서 천주신에 쫓겨서 왔다고 하는구먼. 그래서 서양에서 온 천주신이 호열자에 효험이 있다는 게야."

"호열자는 강력해서 조상신으로는 어림도 없네. 세상을 창조했다는 천주신 정도가 되어야 효력이 있을 것이네."

사람들은 역병과 빈곤에 시달리면서 자신들을 힘든 삶에서 꺼내

줄 새로운 힘을 원하였다. 사실 기존 질서를 지탱하는 성리학적 가르침에 도전을 하는 사상과 종교가 천주교만이 아니라 전국 도처에서 자생적으로 생기고 있었다. 예를 들어, 어떤 이는 축지법과 분신술을 쓰며 모든 백성이 잘 먹고 잘 사는 세상을 만들겠다고 나서기도 하고, 또 어떤 이는 자신이 하늘님이라고 속여 어리석은 백성을 등쳐먹기도 하였다. 그런데 박문기는 그러한 토속적 신생 종교나 혹세무민하는 사기꾼에 대해서는 이렇다할 의견을 갖고 있지 않은 것 같았다. 늘상 있었던 일들이 세상이 시끄러워지면서 좀 더 생기는 것이라고 생각하는 것 같았다. 다만 천주교에 대해서는 서방세계의 사상과 신앙이라는 점에서 적극적으로 의사 표현을 한 것이었다.

실제 박문기의 상소문은 나라의 근본을 흔들고 천주교를 옹호했다고 하여 목숨이 달린 처벌로 이어질 수도 있는 일이었다.

상소문을 본 어떤 대신은 임금에게 이렇게 이르렀다.

"박문기라는 자는 사대부라 하나 천주교를 옹호하고 유럽 세력에게 조선의 문을 열자고 하면서 천하질서를 어지르는 자입니다. 성상께서는 이 자를 속히 한양으로 압송하여 그 죄를 중히 물어주시옵소서."

이와 같이 건의한 후에 조정에서는 박문기와 그 상소문을 두고 많은 논란이 있었다. 겉으로는 천주교 옹호 행위에 대한 논의였지만 실은 박문기가 평소에 성리학자에 대한 신랄한 비판을 해왔고, 이에 대해서 젊은 사대부와 중인들 사이에 상당한 호응이 있었다는 점과 함께 한편으로는 홍문관장이었던 정지우 같은 대신이 박문기를 적극 지지했기 때문에 사실 조정에서의 논의는 매우 치열했다.

"전하, 홍문관장이옵니다. 신이 보기에 상소문에 천주교에 대한 박해를 거두어달라는 내용이 있지만 위기에 처한 조선의 앞날을 걱정하는 충정에 가득한 서신입니다. 게다가 상소를 올린 박문기는 천주교인도 아니고 천주교도와 어떤 관련도 없다고 들었습니다. 따라서 이 상소문은 천주교를 위한 것이 아니라 성상 폐하와 조선을 위한 사대부의 충심에서 나온 것으로 생각되옵니다. 선처하여 주시옵소서."

"아니되옵니다 전하. 상소문을 보니 박문기란 자는 사대부의 탈을 쓰고 미사여구를 구사하여 조정을 이간하고 천주교를 퍼트리려 하는 자로 판단되옵니다. 중죄를 내리시옵소서."

정지우는 성리학자들의 권세에 자신의 뜻을 펼치기 어려워하였던 임금이 매우 친애하는 대신이었는데, 결국 원로 대신들과 정지우는 조정에서 사안마다 의견이 갈리는 일이 많이 있었다. 그런데 박문기가 천주교를 옹호하는 상소문을 내고 그런 박문기를 정지우가 감싸는 듯싶으니 대신들은 이때다 싶어 박문기를 처벌하고 정지우의 힘을 누를 기회로 본 것이었다. 하지만 임금은 정지우의 편을 들었고, 결국 정지우의 의견대로 결정되어 박문기에게 은인자중하라는 경고를 하는 것으로 끝나게 되었던 것이다.

박문기는 천주교 상소문 사건 이후 개방과 개혁을 주장하는 이로 이름이 널리 알려지게 되었고, 중인들이 나섰던 상공업의 부흥

운동에도 어느덧 정신적 지주 역할을 하게 되었다. 박문기가 영리의 추구와 개인의 욕망에 대해서 지지하였고 이를 통하여 부가 증진되어 많은 사람들이 혜택을 볼 것이라고 이야기했기 때문이다. 중인계급을 두둔하는 주장을 해왔지만 그의 논리는 매우 정연하였기에 사대부와 조정에서도 박문기를 그냥 폄훼하여 이야기하지 못하고 실력자라는 이야기가 떠돌아다녔다. 그의 조상 때부터 쌓아온 부와 명성, 그리고 조정과 청나라에까지 이르는 친분 관계 역시 박문기의 서얼 출생성분을 따지지 않게 할 만큼 상당한 영향력이 있었던 것도 그 배경이 되었다.

박문기는 나에게 상공업의 중요성을 이야기하면서 자신이 한양에서 모임이 있을 때마다 상공업의 중요성을 빼놓지 않고 이야기한다고 하였다. 하지만 그의 주장이 퍼져나가지 못함을 아쉬워하면서 이렇게 말했다.

"사대부들 중에는 조선에 상공업이 필요하다고 이야기하면 고개를 돌리는 사람이 많다네. 이기론을 설명하면서 기의 중요성을 강조할 때는 관심을 갖는 이들이 적지 않은데 정작 기의 운행에 중요한 상공업은 외면하는 모습이라니. 대체 기의 의미에 대해서 알기나 하는 것인지 모르겠네."

박문기는 나에게 상공업을 통해 얻은 부는 공익적 목적을 위하여 사용될 때 정당성이 드러난다고 하였는데, 실은 이보다 상공업의 활동은 자연의 순리를 거스르지 않는 방향으로 이루어져야 한다는 것을 더 강조하곤 했다. 자연의 순리를 거스르지 않는 상공업 활동이 무엇인지에 대해서 이야기를 많이 주고받지 못하여서 아쉽지만 그의 주장속에는 자연의 흐름과 인간 역사의 흐름이 서로 조화를 이루어야 한다는 뜻이 들어있음을 짐작할 뿐이다.

박문기가 조정의 관심뿐 아니라 일부 젊은 사대부들의 지지를 받게 되었던 또 하나의 중요한 계기는 청나라에서 온 유명한 학자인 유건과 이기론에 대해서 논쟁할 때 전혀 밀리지 않았을 뿐 아니라 오히려 상대가 부족함을 인정하게 했기 때문이다. 박문기는 청나라의 여러 서적을 많은 비용을 치러서라도 가능한 구하고자 애썼고 이를 전부 통독하였기 때문에 성리학뿐 아니라 서양의 문명, 특히 군사나 과학에 대해서도 누구보다도 해박했기에 가능하였을 것이다.

유건은 청나라로 돌아가면서 다시 한번 박문기의 지식과 식견뿐 아니라 그의 품성을 높게 평가하는 말을 하였다.

"이번 방문에서 박문기와 같은 박식한 학자를 만날 수 있어서 개인적으로 큰 소득이었고 그는 저의 오만함과 부족함을 깨닫게 해주었습니다."

이와 같은 말은 청나라의 학자가 과거에 한 번도 하지 않았던 말이었고, 조정에 있던 대신들과 주변의 학자들에게는 놀라운 일이었다. 이후 박문기를 정2품 이상일 때 부르는 호칭인 대감으로 부르는 사람들이 생기기 시작하였다.

그러나 박문기가 좋은 평가만을 받았던 것은 아닌게 분명했다. 이황을 따르던 영남지방의 사림 중 일부는 박문기가 서얼 출신이라는 점과 리와 기를 구분하지 않거나 기를 앞세운다 하여 주자학을 잘 모르는 사람이라고 폄훼하는 이들도 있었다.

심지어 어떤 젊은 사대부는 박문기에게 도발적인 언행을 했다.

"주자의 글에 토씨 하나라도 다르게 해석을 붙이면 화를 모면할 수가 없을 것이오."

"주자라도 틀린 것은 틀렸다고 해야 하고 또 같은 것을 보더라도 여건에 따라 다르게 봐야 하는 경우도 있으니 주자의 글도 오늘날에는 새롭게 해석해야 할 여지가 있지 않겠소?"

"교묘한 말로 속이려 하지 마시고, 세상이 어지러우니 조심하시오."

박문기는 그 젊은이의 살기어린 눈을 보면서 뒷골이 서늘해짐을 느꼈다.

박문기를 흠모하고 따르는 이들도 많아졌지만, 한편으로는 박문기의 언행을 싫어하는 자들도 많아졌고 이처럼 은연중에 자중하라고 협박하는 자들도 생겨났다.

박문기가 인쇄소를 만들겠다고 생각한 것은 아버지가 책을 좋아했고 청나라에서 들여온 책으로부터 새로운 지식을 얻으면서 이러한 지식을 전파해야겠다는 생각을 어렸을 때부터 갖고 있었기 때문이다. 그런데 이러한 결정에 불을 붙인 것은 아버지 사망 이후 형은 아버지의 사업을 그대로 이어받았는데 자신은 한 채의 집과 다소의 돈만을 받는데 그쳤던 일이었다. 그 돈으로 할 수 있는 일이 별로 없다고 실망하고 있다가 한양에 다녀온 후 깨달음을 얻어 무엇이라도 신지식을 전파하는 일에 쓰겠다고 생각을 바꿨기 때문이다. 사실 인쇄소는 나라에서 운영하는 시설은 있었으나 민간에서 사업으로 한 경우는 없었는데 청나라에서는 민간 인쇄소가 활발하게 책을 만든다는 이야기를 강위 삼촌을 통해 자세히 전해들은 박문기는 조선에도 인쇄소가 있어야겠다고 생각하였던 것이다.

　인쇄소는 박문기의 집 안채에서 얼마 떨어지지 않은 곳에 세워졌고 이름을 해동인쇄소라 하였다. 인쇄소의 오른쪽에는 활자를 보관하는 상자들이 들어차 있고 당장은 아니지만 앞으로 주조를 직접할 수 있도록 한쪽 켠에 터를 마련하였다. 가운데에는 인쇄물들을 쌓아 놓는 선반과 너른 탁자를 두었다. 오른쪽 비교적 너른 공간은 다시 칸을 나누어 종이를 만드는 데 쓰이는 가마솥이 있었고, 그 옆에 문을 통하여 나가면 종이 건조대가 있었다. 인쇄소에서 일하는 직원은 나와 한길이가 전부였고 작업이 많을 때는 박문기의 집안일을 돕는 하인이 같이 작업하였다. 인쇄소 바깥에는 곡물을 넣어두는 광이 있었고 그 옆에는 호미며 낫과 지게 등 농사일에 사용하는 도구들을 넣어두는 창고 건물이 자리를 잡고 있었다. 한켠에는 채소밭이 있어 무나 야채를 캐어 먹을 수 있었다.

　조선의 인쇄술은 매우 일찍 등장하였지만 조선 초기에는 책자나 문건을 대량으로 만들어낼 수 있는 수준에 이르지 못하였다. 새로 건국한 조선 왕조는 제3대 왕인 태종 대에 들어와서야 비로소 사회가 안정되고 문물이 정비됨으로서 왕조로서의 기틀이 잡혔다. 이에 따라 학문을 연구하려는 유생들이 크게 늘어났으나 책이 절대 부족하여 어려움을 겪었다. 이를 본 태종은 활자를 만들어 내는 주자소를 설치하라고 명하고는 수십만 자의 동활자를 만들어 책을 만들어 내게 하였다.

당시의 인쇄 방식은 인쇄기판 바닥에 밀랍을 깔아 활자를 배열한 다음 열을 가해 밀랍을 녹이고 철판으로 활자를 고르게 누름으로써 활자면이 편편해지면 인쇄하는 방식이었다. 이렇게 밀랍을 이용한 방법을 쓰는 경우에 활자가 밀랍에 잘 꽂힐 수 있도록 해야 했기 때문에 활자의 뒤끝을 송곳처럼 뾰족하게 해야 했다. 그런데 밀랍은 녹으면 부드러워지는 특성 때문에 든든하게 활자를 붙들지 못한 탓에 활자가 움직일 수 있고 글자의 행이 일그러지는 결점이 있었다. 따라서 활자를 잘 고정하기 위해서 밀랍을 수시로 조금씩 녹여서 부어야 했으므로, 밀랍의 소비량이 많으면서도 하루에 찍어내는 인쇄량도 십여 장 이내에 불과했다.

사실 조선의 사대부들은 생산 활동에 종사하지는 않았지만, 책을 읽는 것을 취미이자 의무처럼 여겼기 때문에 서책에 대한 요구는 매우 컸고 따라서 좋은 책은 아주 귀한 선물이 되었다. 서책에 대한 요구가 많아지면서 세종 때는 인쇄술을 개선하여 보다 많은 인쇄를 할 수 있도록 활자의 모양을 끝이 송곳처럼 뾰족했던 이전의 활자와는 달리 네모 반듯한 입방체로 개선하였다. 인쇄 방식에 있어서도 밀납을 판에 녹여서 글자를 배열하던 방식을 개량해 글자 모양에 알맞게 인판을 만들고, 조그마한 대나무 조각으로 각 활자의 빈 공간을 메우는 방법을 활용했다. 이렇게 하여 밀랍을 사용하는 비용을 절감하면서도 인쇄량과 인쇄효과는 오히려 높일 수 있게 되었다. 글자 인쇄에 사용하는 먹물도 기름먹에 아교를 진하게 섞어서 글자가 한결 선명하고 깨끗해졌다.

이러한 인쇄기술이 민간에 알려지지는 않았지만 박문기는 금속활자 인쇄기가 그려진 그림을 얻어 인쇄기를 직접 만들어 사용하고자 하였다. 인쇄기를 만드는 작업은 왠만한 기술자도 하기 어려운 일이었지만 박문기는 마다하지 않고 달라붙어서 작업을 했다. 사실 박문기는 어렸을 때부터 무엇을 만드는 일에 열중이었다고 한다. 그래서 중인 계급 출신들과 가깝게 지냈고 집의 가구나 낫, 혹은 부채와 같은 물건을 제조하면서 살아가는 신분낮은 사람들과도 스스럼이 없었다. 특히 아버지가 중국에서 갖고 들어온 물건이나 책을 통해서 본 새로운 물건에 관심을 갖고 스스로 만들어보면서 며칠 밤낮을 집중하는 경우도 있었다고 한다.

하루는 아버지가 진귀한 물건이라며 청나라에서 가져온 지구의를 주자 한참을 바라보더니 이렇게 말했다.

"여기가 우리가 사는 조선인가요? 조선 옆에 있는 이 나라가 청나라이지요? 그리고 이곳이 일본이고요. 그런데 세상에는 또 다른 나라들도 엄청많고 바다는 조선땅의 백배도 더 되어보이네요."

그러면서 자신도 직접 동그랗게 생겨서 손으로 돌릴 수 있는 지구의를 만들어보겠다며 대나무와 한지로 둥근 모양을 만들어 지도를 그려넣은 적도 있었다.

실은 인쇄기를 직접 만들어 본 기술자를 구하기는 매우 어려웠고 그런 경험이 없으면 기술자라 하더라도 별 도움이 되지 않았다. 박문기는 박달나무를 잘라 틀을 만드는 일부터 거의 대부분의 작업을 직접 하였다. 물론 나와 한길이가 거들었지만 우리는 그저 심부름꾼 정도였다. 금속활자 인쇄기에서 가장 중요한 부분은 금속활자를 배열할 후 이를 틀에 잘 고정해야 하는 것이다. 우선 이를 위해서는 금속활자가 충분히 있어야 하고 금속활자는 주조해서 만들어야 하기 때문에 사실 나라의 관청이 아니고서는 현실적으로 가능한 일이 아니었다.

그런데 박문기가 수소문하여 얻은 정보에 의하면 주자도감에서 활자를 새로 주조하면서 이전의 활자들을 창고에 쌓아두었는데 처리방법을 고민하던차라는 소식이었다. 이를 듣고는 단박에 달려가서 당시에 매우 귀해져서 얻기 어려운 은 오십냥으로 이전에 쓰던 활자들을 얻었다. 은 오십냥이면 원래 쌀로 마흔석 정도였으나 은의 가치가 갑자기 높아져서 쌀 마흔석을 훨씬 넘게 쳐주었다. 당시 청나라가 일본과 상거래를 직접 트면서 청나라의 비단이 조선을 거치지 않고 일본으로 들어갈 수 있게 되고 이를 은으로 결재하자 그동안 조선에서 비단 중개업으로 생기던 은의 유입이 줄어들어 은의 가치가 크게 높아졌던 것이다. 박문기는 기회를 놓치지 않고 은 오십냥으로 주자도감에 더 이상 안쓰고 보관하고 있던 주조글자를 모두 얻었다. 사실 이 주조글자들은 주자도감에서 새로운 글자체로 교체하면서 더 이상 쓰지 않게된 활자들이었기 때문에 낡거나 못쓰게

된 것이 아니라 대부분 온전한 상태로 있는 활자들이었다.

하지만 인쇄기를 만드는 작업은 생각한 것 보다 훨씬 어려웠다. 청나라에서 들여온 책자에 그려져 있던 구텐베르그의 인쇄기는 설명이 있어서 금방 이해되었지만 주자도감의 인쇄기는 종이에 그려진 그림을 한 장 받아서 이해해야 했다. 구텐베르그 인쇄기는 활자의 역할을 하는 작은 금속 문자를 납을 녹여서 주조한 다음, 이들을 모아서 글줄을 조합하고 이러한 글줄을 여러 개 정렬하여 나무틀에 배치하는 방식이다. 이렇게 하여 한 인쇄면이 만들어지면 앞면이 위로 향하게 평평한 판위에 놓고, 이후 잉크가 묻은 공을 이용하여 활자가 모아진 글줄에 잉크를 고르게 묻힌다. 그런 다음 종이 한 장을 틀위에 올리고 고정한 후 압착기를 눌러 종이에 활자의 잉크가 찍히게 하는 방식이다. 이후 틀을 움직여서 잉크가 인쇄된 종이를 빼내고 다시 새로운 종이를 틀에 넣어 인쇄를 한다. 따라서 필요한 만큼 많은 양의 인쇄를 할 수 있었다.

그림으로 그려진 주자도감의 인쇄기도 구텐베르그 인쇄기의 설명을 놓고 보니 충분히 이해되었다. 사실 원리는 거의 같은 것이었다. 따라서 이 원리를 이용해 인쇄기를 만든 다음에는 종이와 먹물, 그리고 금속이나 나무로 된 활자가 있으면 인쇄를 할 수 있는 것이다. 그런데 조선에는 이미 닥나무로 만든 닥지부터 시작해서 질이 좋은 종이가 있었고, 오랜 시간 변하지 않는 먹물과 금속활자가 있지 않은가. 다만 오래전부터 인쇄와 제책이 교서관과 같은 관에서만 이루어져 왔기 때문에 책의 생산이 매우 제한되어 있었던 것뿐이었다. 따라서 많은 이들에게 새로운 지식을 전파하는 것이 무엇보다 중요한 일이라고 생각한 박문기는 이때가 인쇄소를 만들어 새로운 문물과 지식의 보급할 수 있는 적기라고 보았다.

박문기는 나와 한길이를 모아 놓고 인쇄소에 대한 대략적인 계획을 이야기하면서 이렇게 말하였다.

"책을 만들어 새로운 지식을 널리 알리는 것이야 말로 무엇보다 중요한 일이네. 세상은 변하고 있는데 조선만 우물안 개구리 같은 신세가 되면 백성들의 삶은 가난과 질곡에서 빠져나오지 못할 걸세. 이제 우리가 인쇄소를 만들어 새로운 문물과 지식을 전파하도록 하세나."

한길이는 박문기에 대한 존경심에 두손을 가슴에 모으고 넋놓고 들었지만 나는 인쇄소를 만들어 새로운 지식을 전파한다고 하여도 책을 읽는 이들은 주로 사대부들인데, 그들이 백성들의 삶을 가난과 질곡에서 벗어나게 할 수 있을 것인지에 대해서는 의문이 들었다. 그보다는 보다 직접적인 행동이 필요한 것이 아닌가 하는 생각이 떠올랐지만 그렇게 질문하지 못하고 엉뚱하게도 다음과 같이 말했다.

"우리가 몇권 정도의 책을 인쇄해야 조선이 우물안 개구리 신세를 벗어나게 할 수 있을까요?"

박문기가 가볍게 웃으면서 대답하였다.

"글쎄… 권수로 이야기할 수 있겠느냐? 새로운 지식을 전파하다 보면 새로운 세상이 열리지 않겠느냐?"

사실 박문기도 답을 할 수 없는 질문이었을 것이다.

그날 밤, 늦게까지 종이 만드는 작업을 한길이와 같이 하면서 한길이에게도 이렇게 물어보았다.

"너는 우리가 몇 권의 책을 인쇄할 수 있을 것 같니?"

"형님, 저는 이일이 좋아요. 죽을 때까지 적어도 만 권 정도는 인쇄할래요."

만 권이면 하루에 한 권은 인쇄해내야 하는 엄청난 분량이었지만, 한길이는 굳은 의지를 보이면서 눈을 크게 뜨고 말했다.

하지만 인쇄기를 제조한다고 하여도 종이의 공급과 먹물의 제조, 그리고 무엇보다 금속활자를 판에 고정시키는 방법을 모두 해결해야 했다. 금속활자는 주자도감에서 얻었지만 인쇄에 사용할 수 있는 종이를 얻는 일도 쉽지 않았다. 실은 덕유계라는 강경포구의 친목 모임이 없이는 가능하지 않았을 것이다. 덕유계는 포구의 상인과 지역의 유지와 양반 관료들로 구성된 친목 모임이었는데, 적어도 강경포구 일대에서는 상당한 힘을 갖고 있었다. 박문기의 아버지인 박윤이나 형 박문현이 덕유계의 상인과 유지 등과 좋은 관계를 갖고 있었기 때문에 박문기가 인쇄소를 시작한다고 했을 때 조금이나마 서로 도움을 주려고 했다.

인쇄 종이를 얻는 일도 덕유계 사람들이 서로 연락하고 알아봐 주었다. 그런데 인쇄 종이를 어디선가 공급받거나 직접 만들어야만 하였는데, 막상 부딪혀보니 인쇄에 사용할 수 있는 종이를 얻거나 만드는 일은 아무나 할 수 있는 일이 아니었다. 종이 공급은 거의 대부분 관에서 관장하고 있었기 때문에 종이 생산을 하는 민간 업자나 이 일을 중개하는 업자를 찾기가 어렵고, 겨우 찾아도 관이 방해하거나 뇌물을 요구하여서 원활하게 이루어지지 않았다. 덕유계 사람들이 도와주겠다고 나섰지만 인쇄 종이 자체를 공급받는 일은 쉽지를 않아서 포기할 수밖에 없었다. 그래도 닥나무 껍질과 점착제 등 종이 제조에 사용되는 재료 등의 공급처를 소개해주었기 때문에 다행히 인쇄 종이 문제가 해결될 수 있었다.

그렇게 해서 종이는 닥나무 껍질을 이용하여 만들었는데, 종이를 만드는 과정은 이러하였다. 우선 껍질을 큰 가마솥에 넣고 쪄서 건조시킨 후 표피를 제거하고 며칠 동안 햇볕에 바래서 표백시킨다. 이를 다시 큰 가마솥에서 몇시간 끓인 다음, 흐르는 물에 일주야를 담가 씻으면 종이를 만들 수 있는 재료가 된다. 이렇게 만든 종이 재료는 햇볕에 바래서 표백시키고 이를 방망이로 두드려 곱게 빻는다. 다음에 물을 부어 종이재료를 풀고 점착제를 섞어 잘 휘저어준 후 그것을 뜸틀발에 흔들면서 부어서 액체화된 종이재료가 얇게 골고루 퍼지게 한다. 이렇게 만들어진 종이를 떠서 한 장씩 옮긴후 포개 놓고 수분을 빼기 위해 다음날까지 눌러서 압착시킨 다음, 다시 종이를 한 장씩 떠서 건조판에 붙여 햇볕에 말려 완성시킨다. 결국 종이 한장을 만들기 위해 여러 단계를 거치고 많은 노력을 해야 했지만 어쩔 수 없이 해야만 하는 일이었다. 박문기는 나에게 종이 생산을 맡겼기 때문에 한길이와 나는 인쇄소의 한켠에 종이 작업장을 만들어 가마솥에 끓이고 뜸틀발에 붓고 건조판에서 말리는 작업을 쉬지 않고 해야 했다. 다행히 여름이 지나고 날씨가 추워졌기에 가마솥 작업을 큰 어려움 없이 해낼 수 있었다.

　이런 과정을 통해 인쇄기를 만들고 활자와 종이, 그리고 먹물을 준비하였다. 그리고 활자를 틀에 맞추어 배열한 후 먹물을 사용하여 종이에 인쇄하는 과정을 하나 하나 만들어 나갔다. 아교를 섞은 기름먹으로 먹물을 만들어 종이에 오래 동안 선명하게 인쇄되는 지를 보면서 먹물의 농도와 비율도 정하였다. 이러한 준비를 하나씩 해나가면서 활자와 종이를 얻는 데 쓰였던 기간을 빼고도 넉달 정도 밤낮의 시간을 쓰고 나서야 종이에 인쇄가 가능하였는데, 이와 같이 인쇄가 제대로 되기까지는 상당한 노력과 실패가 필요했다.

　박문기와 한길이 그리고 내가 만든 인쇄 과정은 이러했다. 활자들을 나무틀에 끼우고 대나무나 종잇조각을 사이에 넣어서 활자가 삐뚤어지지 않도록 균형을 잡았다. 이후 나무 망치로 활자들을 살살 쳐가면서 활자들의 높이가 일정하도록 맞추었다. 그후 먹을 갈아 만든 먹물을 내가 커다란 붓으로 활자들 위에 조심스럽게 바른다. 너무 많이 바르면 먹물이 번지고, 또 너무 적게 바르면 인쇄가 제대로 되지 않기 때문에 적당히 바르는게 아주 중요했다. 그후 한길이와 내가 종이를 펼쳐서 조심스럽게 활자들 위에 올려놓는다. 처음에는 박문기가 종이에 먹물이 잘 스며들도록 솜뭉치를 단단히 묶어서 만든 누르개를 이용하여 종이를 누르면서 인쇄를 했다. 나중에는 솜뭉치로 누르는 일도 내 일이 되었고 박문기는 인쇄물이 완성되면 검수를 하였다.

이렇게 인쇄에 대한 모든 준비가 끝나고 실제로 연습 삼아 인쇄를 해본 뒤에 박문기는 우리 둘에게 이렇게 말하면서 눈시울을 붉혔다.

 "이제 우리는 인쇄를 통하여 사람들에게 올바른 생각을 알리는 역할을 할 수 있게 되었네. 자네들 없이는 할 수 없었을 일이네. 진심으로 고맙게 생각하네."

 인쇄기를 완성한 날 하늘에서는 눈발이 내려 포구와 들이 눈으로 하얗게 덮였고 그날 밤 나는 꿈에서 눈발이 날리는 들판을 걷고 있었다. 들판은 하얗게 덮였고 나무들이 흰색 바탕의 들판 위에 줄을 지어 늘어서 있고, 나는 박문기와 한길이 그리고 얼굴이 익숙한 몇몇 사람들과 신나서 들판을 헤치며 걸어가고 있었다. 이산도 있었고 오규봉도 있는 것 같았다. 모두들 들떠서 걸어가고 있었는데 도중에 뭔가 새로운 길을 가고 싶었던 나는 무리를 떠나서 혼자서 다른 길을 찾았다. 그런데 가다가 산으로 막히거나 절벽이 나타나서 더 이상 못가겠다고 생각하고는 박문기의 무리로 다시 돌아가려 하였다. 하지만 가던 길을 돌아가면 쉽게 찾을 줄 알았던 박문기 일행을 만나지 못하고 헤매다가 눈속에서 혼자 길을 잃을까봐 조바심이 나서 외쳤다.

 "다들 어디 계세요? 거기 아무도 없어요?"

 그렇게 한참을 찾고 있는데 멀리서 희미하게 나를 찾는 한길이의 목소리가 들렸다.

 "욱이 형님, 어디 계세요?"

 반갑고 기뻐서 대답을 하려는 순간, 잠에서 깨어났는데 문풍지가 바람에 소리를 내면서 떨고 있었다.

해동인쇄소의 첫 인쇄물은 이익의 성호사설이었다. 이 사설은 이익이 평소 제자들과 문답을 나누었던 천문, 지리, 역사, 제도, 군사, 풍속, 문학 등의 방대한 분야에 걸쳐서 넓고 깊은 학식이 집대성되어 있는 엄청난 저술이었다. 이익이 그의 나이 마흔 전후부터 기록한 내용을 여든 무렵에 그의 집안 조카들이 엮어서 삼십권으로 펴낸 것이 바로 성호사설이다. 그런데 너무 방대한 양이라 이것을 그대로 인쇄할 수는 없었다. 박문기는 그 내용이 너무 많고 중복되어 사람들이 읽기가 쉽지 않다고 생각해서 이익의 제자였던 안정복이 다시 열권으로 간추려서 편찬했던 책을 인쇄하기로 하였다.

첫 번째 책을 고르는데 시간이 꽤 걸렸다. 박문기는 내게도 의견을 물었다.

나는 박지원이 청나라 건륭제의 칠순연을 축하하기 위해 사행하는 일행을 따라 연경과 황제의 피서지 열하를 여행하고 돌아와 기록한 열하일기가 재미있고 유용하다는 이야기를 이전에 몇 차례 들은 적이 있어서 이렇게 말했다.

"연암 박지원의 열하일기가 청나라에 대한 견문록이라 사람들이 재미있어 하고 또 읽기도 쉽지 않을까요? 박지원이 청조 치하의 북중국과 남만주 일대를 견문하고 그곳에서 접한 문물제도를 소상하게 기록한 내용이라고 세간에 널리 알려져 있어 인기가 꽤 있을 것 같습니다."

박문기도 연암의 열하일기를 마음속에 두고 고민하는 듯하였으나 결국은 성호사설을 택했다.

첫번째 책을 이익의 성호사설을 고른 이유는 아마도 박문기가 이익을 마음의 스승으로 여기고 있었기 때문이었을 것이다. 특히 이익은 첩에서 낳은 서얼에게도 길을 열어줄 것을 주장하였기에 자신의 처지에 대한 깊은 고뇌가 있었던 박문기가 이익에 대하여 남다른 존경심을 가졌을 것이라고 짐작되었다.

박문기는 한자로 되어 있는 책을 한글로 번역해서 출간한다는 또 다른 목표를 갖고 중국이나 조선에서 출간된 책을 한글로 번역하여 출판하고자 하였다. 그리고 한글 활자는 세종 때 사용된 곧은 직선형 서체인 인서체를 사용하기로 하였다. 그러나 문제는 한글 활자는 한자 활자와는 달리 어디서 구할데가 없다는 것이었다. 주자소에 활자 제조를 의뢰하여야 하나 주자소의 인력이 충분치를 않아서 민간 인쇄소에서 의뢰한 활자를 제조하기란 쉽지 않아 보였다. 게다가 민간에서 의뢰한 적이 없어 비용 또한 정해진 바가 없었다. 그리하여 기다리라는 답변 외에는 받지 못한 상태라 한글 활자를 이용한 인쇄가 이루어지기 까지는 시간이 꽤나 걸릴 모양이었다.

한편, 중국에서는 명나라 말기부터 책의 종류와 출판량이 폭발적으로 증가했고, 인쇄가 더욱 수월해지면서 인쇄 비용도 싸져서 책의 가격이 내려갔기 때문에 독자 계층이 크게 증가하였다. 특히 삼국지나 수호전 같이 일반 백성이 쉽게 읽을 수 있는 소설의 출판 수량이 급격히 증가했다. 이러한 소설이 유행한 배경에는 출판 기술이 개선된 면과 함께 책을 읽을 수 있는 일반 백성이 많아지고 또 새로운 지식을 얻으려는 사람들이 나타났기 때문이다. 특히 여성이 새로운 독자로 등장하면서 책에 대한 수요가 크게 증가하게 되었다. 이러한 영향은 조선에도 나타나기 시작하였다.

사실 조선에는 책인쇄는 모두 조정의 관할하에 있어서 주자소와 같은 관청에서만 이루어졌기 때문에 책에 대한 수요에 비하여 공급이 늘 모자랐다. 청나라와 같이 개인이 운영하는 인쇄소는 없었고, 따라서 책의 출판뿐 아니라 가격을 정하거나 거래하는 방식 등 정해진 것이 없었지만, 책에 대한 수요가 많기 때문에 출판되면 판매는 걱정이 없을 것으로 생각하였다. 박문기가 원래 이윤을 남기려는 목적으로 인쇄소를 시작하려 했던 일은 아니었지만 나중에 보니 실제로도 대부분의 책은 거래가 되어서 나름 안정적인 수익을 낼 수 있었다.

특히 수익을 많이 낼 수 있었던 책은 홍길동전이었다.

"대감님, 홍길동전을 필사본으로 읽어보았는데 너무 재미있고 가슴이 다 후련해집니다. 너도나도 읽으려 하여 수요가 높으니 우리가 인쇄본을 내어 널리 읽히게 하면 좋을 것 같습니다."

그무렵 나는 박문기를 직접 호칭할 때 대감님이라 부르기도 했다.

"내용이 좋아서 우리가 출판하면 좋은데, 한글로 되어 있어 자네도 알다시피 우리가 가진 활자로는 인쇄할 수 없고 한글 활자를 새로 주조해야 하니 출판이 어렵지 않을까 하네."

"그러면 그냥 목판본을 만들어서 찍으면 어떨까요? 지금 우리 형편에 주조를 직접 할 수도 없고 주자감에 의뢰해도 소식이 없으니 다른 방법이 없지 않을까요?"

"인쇄소를 처음 시작하려 했을 때에는 한글책이 이렇게 많이 읽히리라고 생각을 못했네만 백성들이 한글책 읽기를 좋아하면 많이 찍어 널리 읽힐 수 있게 하는 것이 맞을 것 같네. 그렇지만 자네 말대로 한글 활자를 직접 주조할 형편은 안 되니 목판본이라도 빨리 만들어서 인쇄하는 것으로 하세."

홍길동전은 양반이나 중인, 그리고 상민 할 것 없이 인기 최고였다. 목판본 인쇄도 간단치 않아서 여러 시행착오를 거치면서 시간이 좀 걸렸지만, 출판하고 보니 워낙 인기가 높아 출판 즉시 판매되어 나갔다. 백성중에 한글을 아는 자들은 어떻게든 책을 구해 서로 돌려보곤 했다.

홍길동전의 내용은 이러하였다.

주인공인 홍길동은 양반 아버지와 첩 어머니 사이에서 태어나 아버지를 아버지라 부르지 못하고 형을 형이라 부르지 못하는 처지와 벼슬을 얻을 수 없는 한계를 비관하지만, 어릴 적부터 비범함이 보통 사람들과 달랐다. 결국 집을 나와 산속에서 도적떼의 소굴에 들어가 우두머리가 되었고 이후 지혜와 술법을 써서 도적 떼를 이끌고 조선 팔도를 다니며 못된 벼슬아치들이 힘없는 백성에게 빼앗은 재물을 훔쳐서 백성들에게 다시 돌려주는 등 가난한 백성을 돕는 역할을 한다는 이야기이다.

하지만 모든 사람들이 홍길동전을 재미있어하고 반긴 것은 아니었다. 홍길동전을 지은 허균은 역모죄로 거열형을 당했기 때문에 조정과 사대부들은 홍길동전의 유행을 마뜩찮아했다. 하지만 속으로는 못마땅해도 어떻게 관리할 수 있는 방법이 없었다. 그런데 박문기가 홍길동전을 인쇄하여 출판하고 있고 많은 이들이 이 책을 접하고 돌려 읽는다는 소식이 조정에까지 알려지게 되면서 박문기는 지난번 천주교 박해에 대한 상소문 사건 이후 다시 한번 조정의 관심을 받게 되었다. 여기에다 박문기가 서자 출신이고 홍길동 역시 서자 출신이라 박문기가 홍길동처럼 도적 떼와 인연을 맺고 삼남 지방의 농민 봉기나 규율 문란과 관련이 있을지도 모른다는 근거없는 소문이 덧붙여졌다. 이렇게 박문기의 이름은 홍길동전의 유행을 타고 조정에서뿐만 아니라 일반 백성들 사이에도 조금씩 알려지게 되었다.

강경포구

조선과 꿈

서해바다와 연결된 금강을 따라 육지 쪽으로 거슬러 올라가다 보면 강경포구를 만나게 된다. 강경에 시장이 서면 강경포구에는 싱싱한 해물을 가득 실은 고깃배와 여러 지방의 특산물을 실은 장삿배들이 금강하구에서부터 줄을 지어 몰려들었다. 포구에는 하루 40~50척의 크고 작은 배가 늘 정박해 있어서 구석하나 없을 정도로 빼곡하게 차 있었다. 강경포구에는 인근 지역 만이 아니라 수산물을 사러 한양이나 대구 같이 먼 지역에서 온 상인들도 합류하여 복잡거렸고, 봇짐장수나 등짐장수, 우마차를 끌고 모여든 농부들로 강경포구는 늘 시끌벅적했다. 그래서 선창가는 뱃사람이나 뭇사람 할 것 없이 서로 어울렸고, 조금 못가서 있는 남옥동 거리 양쪽에는 색주가가 셀 수 없을 만큼 늘어서서 술집마다 사내들을 기다리는 여자들이 늘 있었고 그리 비싸지 않은 값으로 막걸리에 푸짐한 해물이나 나물안주를 곁들여 한판 걸쭉하게 놀 수 있었다. 좀 지위가 높거나 돈이 많은 이들은 명월관과 같은 유명한 기방을 찾았는데 거기에도 언제

나 몇십 명씩 되는 기생이 있어서 사내들의 비위를 맞추고 있었다.

남옥동 색주가는 포구와 접해 있어 뱃사람들이 늘 드나들었을 뿐 아니라 그중에는 청나라에서 온 상인과 뱃사람들도 섞여 있었고 삼남 지방의 행상들도 쉬어가는 곳이어서 늦은 밤까지 항상 북적거렸다. 이들을 손님으로 잡아 한 목 보려는 사람들은 기방을 차려놓고 정도가 지나칠 만큼 호객을 하여 눈쌀을 찌푸리게 할 정도였다.

박문기도 가끔씩 어떤 기방을 찾곤 하였다. 그곳은 강경포구에서 좀 떨어진 그러니까 기방촌으로는 거의 끝자락에 있어서 잘 드러나지 않아보이는 그러한 기방으로 두개의 방에서 술손님을 받고 밤새 지낼 몇 개의 방이 더 있던 집이었다. 박문기는 아버지의 죽음 이후 마음을 둘 곳이 없어 외로워할 때 그 기방을 가끔씩 찾았다. 사실 기방을 찾는다기 보다는 기방의 홍매라는 기생을 찾았다는 것이 맞을 것이다. 박문기는 그렇게 홍매를 만났고 홍매와 만남을 한 경우 나는 박문기의 표정에서 행복과 슬픔을 동시에 느낄 수 있었다.

박문기가 홍매에 대해서는 매우 말을 아꼈으나 한번은 나에게 이렇게 이야기한 적이 있었다.

"홍매는 어렸을 때 부친에게서 한글을 조금 배웠을 뿐인데 시를 참 잘 쓴다네. 시를 써서 문집 같은 것을 혼자 만들어 갖고 있는데 여간내기가 아니야. 호수나 물고기, 꽃이나 자연에 대한 표현이 아주 곱더군."

그때 나는 박문기가 홍매를 한낱 색주가의 기생이 아니라 연정이 있는 여인으로 바라본다는 생각이 잠시 들었다.

실제로 내가 박문기가 홍매와 함께 있는 것을 본 것은 한 번뿐이 었다. 해질 무렵 기울어지는 빛이 땅에 서서히 스며드는 저녁에 거리는 이따금씩 들리는 내용을 알 수 없는 소음이 고요함을 깨던 겨울 어느날 박문기는 포구거리를 나와 같이 걷고 싶어했다. 그리고 미지의 세계로 들어가듯 어떤 기방으로 향했고, 그 낯설면서 처음 마주한 새로운 세계와 그 세계에 살고 있던 내 또래 정도의 여인을 마주하였다. 홍매라 불리었던 그 여인은 박문기를 누구의 눈에도 띄면 안 되는 듯이 맞아주었고 어디론가 데려갔다. 자세히 볼 수는 없었지만 그녀는 짙은 눈썹에 둥근 눈을 가진 어여쁜 얼굴의 여인이었다.

그날 나는 기방의 다른 여인이 맞아주었고 그녀는 나의 첫 여인이 되었다. 처음으로 여인을 경험하던 날이어서 그런지 이상하게도 열이 나서 술을 한두잔하고는 물리고 누웠는데, 그 기방에 온지 얼마 안 되는 앳된 모습의 여자가 옆에 있었다. 그녀는 물을 적신 수건으로 열이 나는 나를 닦아주면서 밤새 나를 돌보았고 정신이 몽롱한 상태에서 물기가 옷에 젖은 그녀를 나는 마치 선녀를 바라보듯이 바라보았다. 나는 하늘에 오른 기분으로 그녀의 옷을 벗기고 그녀와 한몸이 되었다. 그녀는 기방에서 이슬이라 불렸다.

이슬은 가난한 선비의 셋째 딸이었으나 호열자가 마을을 휩쓸어 마을 대부분의 사람들을 죽음으로 몰았을 때 부모와 두 명의 언니들을 모두 잃고 혼자 남은 후 이곳 저곳을 떠돌다 이 기방에 온 것이다. 나를 만났을 때는 기방에 온지 한 달도 안 되었을 때였고 그날 나와 함께 지낸 후 온몸에 열이나고 아파서 한참을 앓았었다고 나중에 이야기하였다. 나는 이슬에게서 무엇인가 서로 연결되어 있다는 느낌이 들었고 이슬도 내가 첫 남자는 아니었지만 마음 깊이 통하는 무엇인가가 있음을 느꼈는지 모른다. 이후 자주는 아니었지만 누군가에게 마음 속 이야기를 털어놓고 싶을 때에 나는 기방에 가서 이슬을 찾았다.

어느 날 밤, 이슬은 지난밤 꿈 이야기를 했다. 세 명의 여자아이들이 커다란 나무 아래에서 소꿉장난을 하다가 언니 같은 두 명의 아이는 엄마가 저녁밥 먹으라고 불러서 가고 한 아이가 혼자 나무 아래에 남았는데 어두워지고 길도 몰라서 집으로 가지 못한 채 울고 있었다는 꿈이었다.

"울면서 깨었어요. 그 우는 아이가 저였나 봐요. 이런 꿈을 자주 꿔요."

나는 사실 마음속으로 놀라고 있었다. 그 꿈은 내가 자주 꾸는 꿈이기도 하였기 때문이다. 나도 친구들과 놀다가 나만 혼자 남아 갈 곳도 모르고 먹을 것도 없어 울고 있는 꿈을 자주 꾸기 때문이다. 어쩌면 우리 둘다 호열자로 식구들을 잃고 혼자 남게된 아픈 기억 때문인지 모르겠다.

이슬은 그날밤 누워있는 내 얼굴을 한참 바라보더니 이렇게 말했다.

"저를 오랫동안 기억하겠다고 약속해주세요."

나는 자리를 고쳐 앉고나서 그러마고 약속했는데 그 순간 내 눈에는 눈물이 맺혔다. 그리고는 이슬을 한참 동안 안아주었다. 이슬의 눈에도 눈물이 맺혔다.

사실 이슬은 어렸을 적 다녔던 서당 어르신인 훈장님의 첫째 딸과 비슷한 용모를 지녔다. 얼굴뿐 아니라 키가 조금 작을 뿐이지 그녀를 빼닮았다고 하여도 틀리지 않을 것이다. 훈장님은 그녀를 시애라 불렀고 그녀는 나와 동년배였다. 내가 그래도 서당을 꽤나 다니면서 훈장님의 가르침을 잘 받으려고 노력했던 가장 중요한 이유는 실은 그녀에게 잘 보이기 위함도 있었다. 그녀는 서당 학우들과 같이 공부하지는 않았지만 늘 훈장께서는 우리들에게 그녀보다 못하다고 꾸짖었던 것을 보면 공부도 우리를 앞서고 있었을 것이다.

나는 그녀와 자주 마주치려고 서당으로 곧장 가는 길 대신 훈장 어르신의 집 앞을 지나쳐 서당으로 가는 경우가 많았다. 그러면서 자연스럽게 그녀를 볼 수 있는 기회가 생겼고 그녀도 처음에는 나를 그냥 서당 학생중 하나로 보다가 점차 나와 눈을 마주치는 일들이 생겼다. 어쩌면 훈장께서 내가 학생중 가장 열심히 한다는 이야기를 했을지도 모른다. 한번은 훈장님이 시켜서 그녀가 문구를 집에서 서당으로 가져가는 길이었는데, 마침 나도 서당을 가던 길이라 같이 길동무를 하게 된 일이 있었다. 그녀는 나를 바라보았고 나는 그때 그녀의 눈은 세상의 어떤 아름다운 것 보다도 아름답다는 것을 깨달았다. 그녀의 입술은 두텁지 않고 가늘었는데 웃을 때 탄력 있게 늘어나는 것이 신기했다.

"요새 무슨 공부를 하고 있나요?"

나는 따로 할 말도 없고 훈장 어르신께서 여러번 당신의 따님과 서당 학우들의 학문을 비교하였기에 그렇게 물어보았다.

"역경이 재미가 있어요. 한번 공부해보세요. 역경을 이해하면 천지운행의 조화를 알 수 있다고 하지요."

나는 아직 역경까지 공부가 미치지 못하였기에 좀 창피한 마음에 이렇게 말하였다.

"학문의 이치를 좀 더 깨닫고 나서요."

그런데 그녀가 가볍게 던진 말은 무거운 숙제가 되었고, 이후 혼자서 역경 책을 얻어다가 끙끙대며 공부한 적도 있었다. 그녀는 그렇게 나를 사로잡았다.

그러나 그녀와의 인연은 지속되기 어려웠다. 그녀를 만난지 2년 후에 호열자로 우리집은 쑥대밭이 되었고 나는 동네를 떠날 수밖에 없게 되었다. 호열자 피해로 많은 이들이 죽고 떠났지만 다행히도 훈장집은 피해가 없었다. 나는 더 이상 동네에서 지낼 수가 없어 친척집으로 떠나기 전에 마지막으로 그녀를 보려고 훈장집 근처에서 며칠을 하릴없이 서성거렸다. 마침내 서당으로 심부름을 가는 그녀를 보고는 이야기를 걸 기회가 생기기를 바라면서 따라갔다.

그런데 그때 갑자기 하늘이 어두워지면서 빗줄기가 내려쳤다. 세차게 내리는 비에 책과 문방구를 싼 보자기를 들고 있던 그녀는 보자기가 젖지 않게 커다란 팽나무 밑으로 가서 소나기를 피했다. 거리를 두고 따라가던 나도 비를 피하는 척하면서 그 나무 밑으로 따라 들어갔다. 나무 옆에는 열녀비가 하나 서있었는데 임진왜란에 의

병으로 참전하였던 남편이 왜군의 조총에 맞아 죽었다는 소식을 듣고는 남편이 죽었다는 곳을 바라보면서 이 팽나무에 목을 매었다는 이야기가 전해오는 곳이었다.

내가 비를 피한다고 갑자기 따라들어갔기 때문에 순간 그녀는 나무 밑에 남녀가 같이 있는 것이 당황스러운 것 같았으나 이내 침착해져서 나에게 인사를 건넸다. 짧은 시간이었지만 그러는 그녀에게서 쉽게 꺾을 수 없는 기품이 느껴졌다.

"비가 세차게 오네요. 저는 아버지 심부름으로 서당에 가는 길이에요. 어인 일로 지나시는 건가요?"

"식구들이 호열자로 다죽고 동생과 둘만 남게 되었어요. 서당에 가서 훈장님께 마을을 떠난다는 마지막 인사를 드리러 가는 일입니다."

그녀는 호열자로 우리집이 피해를 본 사실을 이미 알고 있는 듯했다.

"호열자로 부모님을 여의어 마음이 얼마나 아프겠어요. 마을의 많은 분들이 돌아가시어 저도 마음이 찢어질 듯합니다. 그럼 이제 어디로 가시나요?"

"멀리 친척집에 동생과 가려하는데 그집도 형편이 어려워서 얼마나 거기에 머물 수 있을지 모르겠습니다."

"네, 그러시군요. 어디로 가시든 건강하게 지내세요."

소나기는 더욱 세차게 내려 거의 앞을 보기 어려울 지경이었다. 둘만의 시간은 다시 오기 어려운 기회였다. 어차피 나는 더 이상 부끄러울 것도 보여줄 것도 없다는 생각에 용기를 내어 말하였다.

"그동안 고마웠습니다."

"제가 도와드린 게 없는데 무엇이 고마웠다는 말인지요?"

"어려운 환경이었지만 제가 서당을 다닐 수 있었던 이유였으니까요."

"무슨 말씀이신지….'

"실은 시애씨를 마음에 많이 두고 서당을 다녔었습니다."

순간 그녀의 흰색 저고리속의 둥근 어깨를 안고 싶었지만 그래서는 안 될 것 같은 거역할 수 없는 힘이 느껴졌다. 손이라도 잡으려 손을 내밀었지만 그녀는 가볍게 물리쳤다. 그러면서 나를 쳐다보며 말했다.

"세상은 어지럽고 혼란스럽게 보여도 정한 이치와 운명이 있지요. 김욱님이나 내가 이해할수 없어도 그 이치와 운명을 따라야 할 것 같아요. 김욱님에게는 당신이 가야하는 길이 있을 거예요. 멀리 떨어져 있다 하더라도 혹여나 제 길과 겹치게 되면 다시 만나게 되겠지요. 아니면 다음 생에서 볼 수도 있어요."

나는 나 자신의 못난 모습에 분하고 또 그녀의 말에 눈물이 났지만 참았다. 그녀의 눈주위도 다소 붉어지는 듯했지만 이내 돌아왔다. 그녀는 그렇게 나와의 관계를 차갑게 정리했지만, 그녀의 눈은 나를 따듯하게 바라보고 있었다. 그때 나는 마음속으로 다짐을 했다.

'내가 지금은 아무것도 아니고 가진 것도 없지만 반드시 나중에 그녀를 다시 만나리라. 그리고 그때는 그녀를 다시 놓치지 않으리라.'

천둥이 치면서 거세었던 소나기의 빗줄기가 누그러져 가고 있었다.

그로부터 1년 후에 그녀는 진주의 권세있는 이대감집 맏며느리로 시집을 갔다는 이야기를 들었다.

어쩌면 이슬에게서 그녀를 느끼고 있는 지도 모른다. 이슬도 종종 주역의 내용이 어떠느니 혹은 세상의 운세가 어떠느니 하면서 운명적인 것에 관심을 많이 갖고 있었다. 그러면서 내 운세는 어려움을 겪다가 말년에 복이 있는 상이라고도 하였다.

이슬과 밤을 같이 지내면서 한번은 시애의 꿈을 꾼 적도 있었다. 그녀는 한복을 입고 나들이를 나갔는데 그만 깊이를 알 수 없는 계곡에 발을 헛디뎌 떨어지다가 계곡 끝에 서있던 높은 나무에 걸린 굵은 동아줄을 겨우 잡고 매달려 있었다. 아래는 아득하여 동아줄을 놓치면 끝이었다. 그런데 갑자기 그 동아줄이 뱀으로 변하기 시작했다. 하지만 떨어지면 끝이었기 때문에 그녀는 동아줄을 놓을 수가 없었다. 내가 갖고 있던 가는 동아줄을 주고 싶었지만 너무 가늘어서 멀리 던져지지를 않았다. 나는 소리를 질렀고 같이 자던 이슬은 놀라서 "무슨 나쁜 꿈을 꾸었나 봐요?" 라고 하면서 나를 토닥거려 주었다. 이슬과 그녀가 겹쳐지면서 다시 잠들 수 있었다.

어쩌면 진주민란 때 유계춘을 따라다니면서 머리에 노란색 두건을 두르고 큰 기왓집을 골라 대문을 부수고 들어가서는 숨어있던 권세가를 찾아서 무릎 꿇게하려 한 것도 그녀를 찾아 무언가를 해야한다는 생각 때문이었는지 모른다. 대감집 맏며느리가 된 그녀가 머리에 두건을 두른 나를 보고 놀라서 살려달라고 애원을 하게 하거나 권세가에 시집가서 기가 눌려지내는 그녀에게 새로운 권력을 가지고 나타난 나를 드러내고자 했는지도 모른다. 그러나 이 모든 것은 상상에 불과했다. 실제로 그 기와집에서 마주한 사람은 그녀와 관련 없는 겁에 질린 하인들과 볼품없던 집주인 양반뿐이었기 때문이다.

이렇게 강경포구는 지역 상업의 중심지로 발전하였고, 전국에서 모인 선상들에 의해 하역된 교역물품은 다시 공주와 전주, 그리고 인근 각지의 대장시로 분산되었다. 강경포구를 중심으로 한 상품유통권은 북으로 논산을 거쳐 공주에 이르고, 남으로는 여산과 삼례를 거쳐 전주에 이르고 있어서 가히 전라북도와 충청남도의 주위 이백 리에 걸쳐 있는 상인들이 빈번히 내왕하였다. 내륙 깊숙이 위치해 있기도 하면서 금강 하구와 가까워 해상과 육상교통의 요충지였던 것이다. 강경포구에는 또한 청나라의 무역선도 내국배 못지 않게 자주 왕래하면서 포구는 청나라의 비단이 들어오고 인삼이나 홍삼 등 조선 특산물이 청나라로 가는 국제 무역의 주요한 역할을 담당하였다.

포구에는 항상 장이 열렸지만 조금 떨어진 곳에 5일마다 훨씬 큰 규모의 장이 서는 오일장이 있었는데 그 풍경은 이러하였다. 강경포구는 큰 금강 하천에 있으면서 바다 조수의 영향이 미치는 곳에 위치하였기 때문에 밀물을 이용하여 거슬러 온 바닷배의 해산물을 내리고 육지의 미곡을 싣기에 안성맞춤이었다. 이후 해산물은 다시 강배로 옮겨 실어서 상류로 운반되었다. 바닷배는 풍랑을 견디기 위하여 폭이 넓은데, 따라서 강을 거슬러 항행하기는 쉽지 않았다. 그리고 강배는 폭이 좁은 대신에 바다의 풍랑을 만나면 뒤집힐 위험이 있었다. 이런 연유로 바닷배와 강배의 구분이 생겼고 두 종류의 배는 강경포구에서 만났다. 따라서 강경포구와 가까운 곳에서 열리는 오일장의 규모는 자연스럽게 커졌다. 포구가 내륙과 바다에서 오는 각종 물건의 중계를 담당하였기 때문이다.

  포구를 통하여 물건이 드나들었고, 다시 소상인들은 오일장 지역을 거점으로 하여 주변 장터를 순회하였다. 특히 이렇게 장터 주변을 수시로 다니던 상인들 중에는 등짐과 봇짐으로 내륙 곳곳을 누볐던 보부상들도 있었다. 소몰이꾼은 마방에 묵으면서 여물을 먹인 후 새벽길을 이동하였고, 보부상들은 때로는 길가에서 노숙을 하기도 하였다. 농민들도 이러한 장터를 통하여 외부 사람들과 접촉하였다. 인근 지역의 소식은 이웃 마을 사람으로부터 들었고, 먼 지역의 소식도 상인들을 통하여 어렵지 않게 전파되었다.

  사실 박문기의 집에서 포구로 가는 가까운 길이 있지만 박문기는 가끔씩 남쪽으로 좀 더 가서 있는 호수를 들려서 호수 주변길을 걸으면서 포구나 장터로 왔고 특히 차모임을 하는 날에는 거의 예외 없이 호수 주변길로 왔다. 금강으로 합류되는 두개의 지류가 서로 합쳐지면서 만들어진 강경호수의 물길은 결국 다시 금강으로 이어졌다. 한번은 차모임날 박문기가 내가 거처하는 집에 찾아와서 같이 가자고 하여 따라 나섰는데, 그 길을 박문기가 좋아하는 이유를 조금은 알 듯하였다. 호수에는 여러 종류의 텃새뿐 아니라 청둥오리를 포함하여 다양한 철새가 있었고 특히 두루미는 멋진 자태를 뽐내고 있었다. 크기가 크지 않은 거북이나 자라도 있었다.

그런데 걸음을 멈추고 무엇인가 기다리면서 박문기가 보려고 했던 것은 물위로 뛰어오르는 잉어였다. 하얀 뱃살을 보이면서 물위로 뛰어오르는 커다란 잉어는 마치 우리에게 인사를 하려는 것 같았다. 어떤 잉어는 세 번을 연거푸 물위로 뛰어올라 우리를 맞았다. 마치 박문기에게 인사를 하는 것 같았다. 한참을 물가에서 호수를 바라보면서 서 있던 박문기는 이렇게 말했다.

"나는 이곳에서 물속을 헤엄치는 잉어를 보면 마치 고향에 와있는 느낌이 드네."

강경이 박문기의 고향인데 그는 또 다른 고향을 이야기하는 것이었다. 박문기와 잉어, 그리고 고향은 서로 어떻게 연결되어 있는지 잘 이해되지는 않았지만 박문기의 말에는 어떤 의미가 담겨있는 듯이 나의 마음에 전달이 되었다. 그리고는 다시 길을 가자고 하였다. 호숫물에 비친 하늘과 구름, 그리고 반사된 햇빛, 그리고 뛰어오르던 잉어…… 박문기는 그 전체 그림의 주인공 같았다. 어쩌면 지휘자가 더 어울리는 말일지도 모른다. 나 역시 내가 아니라 자연을 이루는 한 존재라는 생각이 들었다. 아마도 박문기도 그러한 느낌을 가졌을 것이라는 생각을 하면서 우리는 장터쪽으로 발길을 돌렸다.

장터로 가는 길에 박문기는 자신에 대한 이야기를 했다. 그는 좀

처럼 자신을 드러내는 말을 피한다는 느낌을 자주 받았는데 이 날은 뭔가 자신에 관한 이야기를 하고 싶었던 것 같았다.

"아버님이 돌아가시고 난 이후 나는 생각이 정리되지 않고 마음속에서 무언가 치밀어오르는 것이 있었네. 그 모습이 안쓰러웠는지 바람을 쏘이고 오라는 어머님의 권유로 정처없이 한양으로 올라갔지. 사실 시간을 보내려 가는 길이라 이 마을 저 마을 다니면서 사람들이 어떻게 사는지 구경도 하고 또 만나서 이야기도 듣고 하면서 쉬엄쉬엄 가던 길이야."

평소와는 다르게 이야기를 천천히 한다는 느낌이 들었다. 잠시 침묵을 깨고 박문기는 다시 이야기를 이어나갔다.

"백성의 삶이 어떤 것인지 조금은 알겠더군. 그러면서 계룡산 자락에 있던 어느 작은 마을을 지나서 고개를 넘어가는데 고깔을 쓰고 손에는 방울 같은 것을 들고 있던 여승 같기도 하고 무당 같기도 한 여인이 나를 쳐다보면서 앞에서 걸어오고 있었다네. 사실 고깔을 쓰고 옷은 무명옷을 깊게 둘러서 참 이상한 행색이라고 생각하면서 지나치려는데 내 앞에 와서는 꾸벅 고개를 숙이고 인사를 하면서 말을 걸지 않았겠나."

그는 침을 삼키고 다소 힘들어 하는 듯이 말을 이어나갔다.

"그 여인은 느닷없이 나에게 멀찍이서 나를 알아보고 왔다고 하면서 '용모를 보니 장수상을 가지신 분인데 미래를 보시겠는가?' 하는 것이었네. 나는 고개길의 반대편에서 나를 볼 수 없었을 터라 나를 알아봤다는 말을 그대로 믿기 어렵기도 하거니와 행색을 보니 정신이 나갔거나 길거리에서 구걸하는 사람이라 생각하고 지나치려 했네. 그런데 그 순간 그 여인의 눈을 마주쳤는데, 그런 눈은 한 번도 본적이 없는 눈이었고 짧은 순간이었지만 나를 꿰뚫어 본다는 느낌이 들었네. 그리고 그 여인은 행색과는 달리 아주 품위있는 용모를 가졌었다네. 그래서 걸음을 멈출 수밖에 없었고 그렇게 우리는 선 채로 대화를 나누었네."

"어디로 가는 길이신가?"

"한양에 올라가는 길이외다."

"그 다음은 어디로 가실 건가?"

"고향인 강경으로 다시 내려오려 하외다."

"오는 길, 가는 길이 모두 인생이니 잘 보시게나."

박문기는 이렇게 나에게 말하면서 당시의 대화를 조금 더 소개했다.

"그런데 그 여인은 이어서 이렇게 말을 했네. '장군상이라 전쟁에서 큰 공을 세우나 전장터에서 죽을 상이니 그런 명을 가졌다고 생각하고 죽더라도 아쉬워말게'라고 말이야. 그리고는 '죽은 이후에 좋은 후과가 이어질 것이오'라고 했네."

나는 이야기를 하는 박문기를 힐끔 쳐다보았다. 그 여인의 말을 진심으로 받아들이고 있다는 느낌이 들만큼 무언가에 몰입하여 이야기를 하고 있다는 생각이 들었다. 그날은 이상하게도 그 여인에 대한 생각이 하루종일 떠나지 않았다.

오규봉과 몇 번의 만남을 한 이후 박문기는 오규봉의 소개로 남아있는 북학파 혹은 재건된 북학파라고 할 수 있는 중인들 모임에 참석을 하였다. 박문기는 오규봉과의 만남에는 늘 내가 같이 동행하기를 원했기 때문에 나도 같이 참석을 하였다. 모임은 오규봉의 초대로 그의 집에서 이루어졌고 참석자들은 한양에서 내려온 잡과 중인들로 역관계 중인 두 명과 천문관계 중인 그리고 상인이 각각 한 명이었다. 이들은 오규봉과는 오랜 인연일 뿐 아니라 이미 오래전부터 집안끼리의 교류가 있었는지 서로를 잘 알고 있는 듯하였다.

우리가 오규봉의 사랑채에 둥그러니 앉자 오규봉이 차를 내어놓으면서 모임을 시작하였다.

"오늘 한양에서 귀한 손님들이 오셨고 또 박문기 대감도 같이 자리하였으니 이보다 더 기쁘고 좋은 일이 어디 있겠습니까? 좋은 세상을 만들자고 이렇게 모였으니 의견을 모아 조선의 개혁을 도모해 봅시다."

시작부터 무겁게 조선의 개혁을 꺼낸 오규봉의 말에 잠깐 침묵이 흘렀지만 모두들 서로가 알고 지낸 사이인 듯 그리고 모임의 목적을 잘 이해하고 그 자리에 왔다는 듯이 이야기가 활발하게 오갔다.

조상 대대로 역관을 담당하고 있다고 자신을 소개한 전대치라는 사람이 말을 먼저 꺼냈다.

"소신은 역관으로 청나라 문물을 많이 접해왔는데 날이 갈수록 청나라는 발전하나 조선은 발전이 더디어서 참으로 안타까운 마음입니다. 청나라와 서양의 문화를 좀 더 많이 들여와서 조선이 발전할 수 있었으면 합니다."

그는 조선 사대부와 청나라 문사들이 서로 교분을 맺고 교류할 때 자신이 중간 역할을 하는 경우가 많은데 조선 사대부들은 성리학을 받들어 그 원리를 숭상하고 있다고 자랑하나 이에 대해서 청나라 문사들은 겉으로는 칭찬하는 말을 하지만 속으로는 변화하지 않는 조선 사대부들이 참으로 어리석다고 생각한다는 것이었다. 나중에 전대치는 나에게 귓속말로 오규봉과 몇몇의 역관들이 북학회라는 결사대를 만들었다고 알려주었다.

"우리는 죽기를 각오하고 세상을 바꿔보렵니다!"

나는 전대치가 결사대라는 말을 하였을 때 그 의미가 잘 와닿지를 않았다. 또 그는 죽기를 각오한다고 하였는데 왜 그런 말을 했는지 정확하게 그 뜻을 이해할 수 없었다. 청나라 서양의 문화를 더 많이 들여와야 한다는 주장에 반대하는 사대부들이 많고 조정 역시 외세에 대한 개방에 적극적이지 않았지만 그렇다고 개화를 주장하는 이들을 개화파라 하여 죽이지는 않았기 때문에 결사대는 좀 지나친 것이 아닌가하는 생각이 들었다.

천문관인 자는 이름이 소삼열이라고 했는데, 과거 조부께서 북학파의 선구자라고 할 수 있는 홍대용 대감에게 배워 수학을 익히고 또 시계와 혼천의의 원리를 배웠으며, 이후 부친이 천문관이 되었고 자신도 부친의 권유로 천문관이 되었다고 하면서 이렇게 말했다.

"서양에서는 실험과 관측을 통해 지구가 둥글다는 것을 밝히고 과학이 놀랍게 발전하고 있는데 조선에서는 실험이나 관측으로 천지가 어떻게 돌아가는지 알려고 하지는 않고 음양오행설이 천지운행의 근본이라고 우기기만 하지요."

그리고는 이렇게 덧붙였다.

"조선은 우물안에서 보는 하늘이 우주라고 생각하는 개구리 신세입니다."

한양의 한강을 중심으로 물건을 사고파는 일을 한다는 김익수는 자신을 경강 상인으로 소개하면서 익히 강경포구의 청나라 무역에 대해 들어 잘 알고 있고 그 집안의 박문기 대감을 오늘 만나게 되어 기쁘다는 이야기와 함께 이렇게 말했다.

"도량형과 화폐유통이 제도화되어야 상업이 발전하고 조선이 무역에서도 뒤떨어지지 않습니다. 경강을 중심으로 상업이 발전한다고는 하지만 청나라와 비교해보아도 우리는 도량형이나 화폐유통이 활성화되어 있지 않아 상업의 발전을 가로막는 근본적인 제약이 있습니다. 그런데 조정에서는 이에 별반 관심이 없고 추진하려는 노력도 하지 않고 있어서 참으로 큰 문제입니다."

이들은 모두 외국 문물이나 정보에 밝았고 새로운 세상을 요구하고 있는 듯하였다. 사대부들의 허세를 찾아볼 수 없었고, 세상의 발전을 진정으로 원하는 듯이 느껴졌다. 나에게도 말할 기회가 생겨 몰락한 양반의 자제라고 소개하고는 이렇게 말하였다.

"지금 세상은 삼곡의 문란과 지방관의 학정으로 백성들의 삶이 더 이상 피폐해질 수도 없는 상태인 것 같습니다. 불쌍한 백성들을 위해서라도 세상의 변화가 필요한 것 같습니다."

그리고 현재는 박문기의 해동인쇄소에서 책을 만드는 일을 하고 있다고 소개하였다. 하지만 세상의 변화가 필요하다고 말을 하면서도 한편으로는 이러한 생각이 들었다.

'도대체 우리가 세상의 변화를 이뤄낼 준비가 얼마나 되어 있다는 말인가? 조선의 개혁이 마음이 급하다고 될 일이 아니지 않는가?'

내 이야기를 듣던 전대치는 목소리에 힘을 주어 이렇게 말했다.

"삼곡의 문란이나 지방관의 학정을 근본적으로 해결하려면 낡아빠진 조정과 그 세력이 바뀌어야 합니다. 새로운 세력이 필요한 시대지요. 여기에 모인 우리부터 힘을 모아 세상을 바꿔봅시다."

오규봉 사랑채 모임은 밤늦게까지 이어졌고, 내가 박문기가 마련해준 거처에 돌아왔을 때는 거의 새벽녘이 되어서였다. 모였던 사람들은 결의에 찬 듯 힘주어서 세상을 바꿔보자고 하였지만 나의 마음은 편치 않았다. 자리에 누웠지만 잠이 들기가 어려웠다. 자려고 뒤치닥거리면서 어느새 잠도 아니고 깨어있지도 않은 듯한 상태가 되었고 뭔가 가슴이 답답한 상태에서 어느덧 꿈의 세계로 빠져들었다.

나는 혼자인 것 같지는 않고 내 뒤에 두세 명이 더 있었는데 깊은 동굴에 갇혀서 탈출구를 찾고 있었다. 우리는 횃불을 들고 어두운 동굴을 벗어나려고 무진 애를 쓰고 있었다. 지치고 지친 우리가 경사가 오르막인 곳을 기다시피하면서 올라가는데 한참을 가니 오르막 끝에 동굴의 탈출구가 있고 어디선가 빛이 들어오는 것 같았다. 그리고 그 곳을 나서면 어두운 동굴을 벗어날 수 있을 것 같은 희망이 보였다. 그리하여 내가 앞장서고 뒤에 몇이 따르면서 오르막 경사를 올라서 겨우 끝에 이르렀는데 허망하게도 그렇게 갈망했던 동굴의 끝이 아니라 다시 내리막으로 동굴이 계속되는 것이었다. 나는 땅이 꺼지는 절망감을 느끼며 깨어났는데 옆에서는 간밤에 켜놓은 호롱불이 아직도 꺼지지 않은 채 어른거렸고 얼마나 뒤척거렸는지 이불은 한쪽으로 멀리 치워져 있고 몸은 반쯤이 요 밖으로 나가 있었다. 이불위에 일어나 앉아서 보니 머리카락과 베개는 땀으로 젖어있었다. 밖은 아직도 새벽이 되기 전이었다.

한편, 부산 왜관을 통하여 일본 대마도측과 거래하던 상인도 나중에 연락이 되었다. 왜관에서는 주로 청나라산 비단, 조선산 인삼, 일본산 은의 교역이 이루어지고는 하였다. 조선은 은 수요가 많은 중국과 은 생산이 많은 일본 사이에서 중개무역을 하여 상당한 상업적 이윤을 얻기도 하였다. 하지만 최근에 청나라와 일본이 직접적으로 비단과 은의 교역을 하면서 왜관을 통해 들어오는 은의 유입이 줄고 무역에 어려움이 생기기 시작하였다. 따라서 왜관무역상들도 줄어든 수입을 회복하기 위하여 과거와는 달리 보다 적극적으로 새로운 거래선을 개척하려 하였고 강경포구에 이전보다 더 자주 드나들었다. 인기가 높은 청나라산 비단의 일부는 강경포구 무역을 통해 들어갔기 때문에 왜관무역상들에게는 강경포구의 상거래를 잘 활용해야 과거와 같은 이윤을 얻을 수 있었기 때문이었다.

마침 왜관무역상들이 청나라산 비단을 사기 위해 강경포구에 왔는데 이중 한 명이 모임에 참석하겠다고 연락을 주었다. 왜관무역상들 역시 상업이 지금처럼 경시되어서는 청나라와 일본의 틈바구니에서 살아날 방법이 없다는 것을 절실하게 느끼고 있었기에 뭔가 개혁적인 조치가 필요하다고 생각하던 참이었다. 그리하여 마침 강경 포구에 와있던 중개무역상인 강위를 통하여 박문기가 조선의 개혁을 이야기하자면서 만나자고 제안하였을 때 바로 응하였던 것이다. 어찌보면 상해와 강경 그리고 왜관과 대마도를 잇는 상거래에서 강위의 영향력이 그만큼 컸는지도 모른다.

    나는 사실 강위를 잘 모른다. 먼 발치에서 박문기와 대화하고 있는 것을 한두 번 본 것이 전부이다. 청나라에서 태어났고 서양학문을 가르치는 청나라 서원에서 공부하였는데 박문기의 조부가 청하여서 무역업을 돕고 있으며 상해와 강경사이의 무역선을 종종 타고 오가는 정도로 알고 있을 뿐이다. 강경에 왔을 때는 달리 거처를 두지 않고 박문기의 조부 때부터 지금은 박문현의 소유가 된 집에 머물곤 했다. 그런데 조금 이상스럽게 느꼈던 점은 박문기 집안 사람들이 강위에 대해서는 말을 아끼고 뭔가를 조심스러워하는 듯한 모습이었다. 언젠가 박문기가 소현세자에 관한 말을 할 때에 강위가 소현세자의 처로 멸족지화를 당한 강빈과 관련되어 있는 듯한 이야기를 한 적이 있어서 나도 말을 조심해야겠다고 생각한 적이 있었다.

    강위는 박윤과는 손아래로 매우 가까웠다고 하고 따라서 박문현이나 박문기 역시 강위를 삼촌처럼 대하는 것 같았다. 강위 역시 박윤에 이어 박문현의 무역업을 돕는 일을 지속하였고 박문기에게는 청나라와 유럽에 관한 서적을 적극적으로 소개하였다고 들었다. 그는 청나라의 사정에 대해서는 누구보다도 밝았을 뿐 아니라 대마도와 거래하는 왜관무역상보다도 일본에 대해서 더 잘 알고 있어 강경포구와 왜관을 잇는 거래에 있어서도 상당한 영향력을 갖고 있는 듯했다.

박문기가 나와 함께 오규봉을 처음 만나러 갈 때 박문기는 나에게 이렇게 말하였다.

"조선 밖의 세상에 대해서 잘 아시는 분이 청나라에서 돌아온 오규봉을 만나보라고 권유해서 가는 것이네. 나와 뜻이 잘 맞을 것 같다고 하셨네."

그때는 그렇게 권유한 사람이 누군지 물어볼 생각도 없었고 궁금하지도 않아서 그냥 지나갔지만 나중에 강위에 대해서 듣고나서는 박문기와 오규봉을 연결한 사람이 어렴풋하게나마 강위라는 생각이 들었다.

이렇게 해서 박문기와 나, 그리고 오규봉이 데리고 온 북학파에 속한 한양의 중인들과 무역 업무를 위해 왜관에서 강경포구에 올라온 상인이 강경 시장 어귀에 있는 남옥동의 가장 큰 선술집에서 모임을 갖게 되었다. 이들은 개혁의 필요성과 시급성을 이야기하면서 박문기가 자신들을 이끄는 지도자가 되기를 은근히 바랬다. 그래서 박문기에게 조선을 변화시킬 새로운 개혁 사상을 만들어서 널리 알릴 것과 외세에 대한 개방과 상공업에 대한 중시와 교역의 필요성, 그리고 신분제도의 개혁을 강하게 주장할 것을 요청했다.

특히 오규봉은 이 모임에서 박문기를 중심으로 개혁을 이루자고 힘주어 이야기하였다.

"지금 조선의 사정은 이루 말할 수 없고 백성들은 더 이상 삶의 희망을 갖지 못하는 상태가 되었지만 누구 하나 개혁을 위해 나서는 이가 없습니다. 더 큰 문제는 청나라와 유럽국과 하루빨리 교류하여 조선을 변화시켜야 하나 조정에서는 이를 엄히 금하니 이대로는 더 이상 해결 방안이 없습니다. 우리에게는 세상이 어떻게 돌아가는지 잘 알고 있고 또 바른 정신과 곧은 행동으로 조선의 개혁과 개방을 위해 나설 이가 필요합니다. 누가 이것을 감당할 수 있다고 생각하십니까?"

그리고는 좌중을 천천히 돌아보며 이렇게 말했다.

"박문기 대감이 나서면 이 오규봉은 그 뒤를 따르겠습니다."

그러자 전대치가 말을 이어받으며 나섰다.

"저도 오규봉 대감과 같은 생각입니다. 저는 박문기 대감의 지혜와 지식의 깊이에 대해서 들은 바가 있습니다. 또한 천주교도를 박해하지 말라고 요청하는 천주교 상소문을 두려움 없이 임금에게 올렸다는 것도 알고 있습니다. 박문기 대감이야말로 우리 북학파와 같이 조선의 개혁을 이루어나갈 분이라고 믿습니다!"

그러자 좌중은 이구동성으로 이야기하면서 시끌벅적 해졌고 박문기가 일어나 말했다.

"여러분의 의견과 심정을 알겠습니다. 조선이 개혁되어 발전하는 데 도움이 된다면 제가 무엇을 망설이고 또 무엇이 아깝겠습니까?"

나는 박문기의 얼굴이 빛나는 것을 보았다. 결의에 찬 모습이라기 보다는 어떤 알 수 없는 기운을 받아 말을 하는 것 같았다. 그 자리에 있던 다른 이들은 느끼지 못하였겠지만 목소리도 박문기의 평상시 목소리가 아니었다. 이상한 느낌과 함께 마치 세상의 시간이 갑자기 정지되고 모든 소리가 차단된 채 박문기만이 이야기하는 듯한 환상에 빠졌다.

"무엇이 아깝겠습니까?"

"무엇이 아깝겠습니까?"

무엇이 아깝겠냐는 박문기의 마지막 말이 반복되면서 머릿속에서 메아리쳤다. 나는 온 몸이 떨렸고 두려움에 사로 잡혔었다.

해동운화의 출판을 서두른 것은 이 모임 이후 오규봉을 통하여 북학회의 은밀한 요청이 편지를 통해 다시 왔기 때문이었다. 겉으로는 더 이상 존재하지 않는 것처럼 알려졌던 북학파는 두번째 아편전쟁으로 인하여 청나라가 영국에 완전히 무릎을 꿇었다는 소식이 알려지면서 다시 북학회라는 은밀히 세력을 만들기 시작하였는데, 강경포구에서의 만남은 어느 정도 조직을 갖춘 그들이 이제 본격적인 활동에 나서려는 시도였던 셈이었다. 이들은 청나라의 앞선 문물과 또 청나라를 넘어 유럽에서 들어오는 선진 문물을 받아들여 군사력을 키우고 상공업을 발달시켜야 조선의 앞날을 지킬 수 있다고 믿었다. 그러기에는 이러한 주장을 잘 설명할 수 있는 이론서가 필요했고 박문기의 필력으로는 이를 충분히 만들수 있을 것으로 생각했던 것 같다.

이 모임에서 오규봉은 좌중에게 이렇게 말했다.

"박문기 대감은 지난번 천주교 관련 상소문으로 그 이름이 상당히 알려져 있고 홍길동전과 같은 책을 인쇄할 수 있는 인쇄소도 갖고 있지 않소이까?"

이 모임 이후 항상 여유롭고 너그럽게만 보이던 박문기의 얼굴에 긴장감이 도는 것이 느껴졌다. 더는 차모임을 하자는 이야기도 없어지고, 박문기는 우리중 필요한 사람만 따로 불러서 만나는 것 같았다. 나에게는 이제부터 빨리 해동운화를 인쇄하여 책으로 세상에 새로운 지식을 알리는 일을 하자고 제안하면서 서두르자고 하였다. 해동운화는 성호사설이나 홍길동전과 같은 기존의 책이 아니라 박문기가 지은 새로운 책이었고 세상을 어떻게 개혁해야 한다는 개혁서라고 할 수 있다. 박문기가 인쇄소를 하는데 도움을 달라고 나를 끌어들였을 때 아마 이와 같은 일을 같이 하자고 끌어들였을 것이다. 나는 비로서 내 역할이 제대로 생기는 것 같아 기뻤다. 다만 무엇인가 중요한 일이 벌어지고 나도 그 일에 깊이 관여될 것이지만 그것이 어떤 결말에 이르게 될 지는 도무지 종잡을 수 없었다.

박문기는 오규봉에게 보낸 편지에서 자신이 쓰고 있던 해동운화의 내용을 다음과 같이 설명하면서 책을 빨리 마무리하고 많이 인쇄하여 널리 퍼져나가도록 하겠다고 약속하였다.

"제가 쓰고 있는 책 해동운화는 8개의 장으로 되어 있는데 각 장은 천문, 군사, 외교, 정치, 교육, 산업, 인재등용, 신분제도를 다루고 있습니다. 천문에서는 서양력을 사용할 것을, 군사는 대포와 총, 함선을 만들 것을, 외교에서는 동등한 관계로 유럽과 통상하지만 외세 침략에 대한 경계를 늦추지 말 것을, 정치에서는 외척을 멀리하고 왕권을 강화할 것을, 교육에서는 유럽의 신문물과 과학을 가르칠 것을, 화폐에서는 모든 거래와 세금에 화폐와 동전을 사용할 것을, 상공업에서는 상업과 공업을 장려할 것을, 인재등용에서는 과거제도를 없애고 직분에 맞는 능력을 갖춘 자를 등용할 것을, 그리고 신분제도에서는 양반과 평민 외의 차별을 두지 아니할 것을 담고 있습니다. 이와 같은 저의 생각을 정리한 해동운화를 빨리 마무리하여 조선의 현실을 개혁하고 앞날을 밝히는데 도움이 되었으면 하는 작은 바람입니다."

   이 편지 이후 얼마 지나지 않아 해동운화는 완성되었다. 나는 박문기와 같이 인쇄작업을 하면서 책의 내용을 몇 번이나 검토하면서 보았기 때문에 대부분의 내용을 기억할 수 있었다. 그 내용을 다시 장별로 정리를 하면 천문에서는 공간과 시간이 음양오행설에 따라 우주를 구성하고 있는 것이 아니라 공간적으로는 태양과 지구의 관계가 있고 시간적으로는 24절기를 태양력에 맞추어야 한다는 것을 이야기하고 있다. 또한 북학파들과 교류하면서 알게되었던 관측기구들도 설명하고 있는데 유금이 제작한 바 있던 천문기구나 박규수가 만든 평혼의와 같은 관측기구들을 소개하면서 별의 위치와 시간들을 측정해야 한다고 주장하고 있다. 특히 평혼의는 판지로 만들어진 원반형으로 되어 북반구의 하늘을 표시한 북면과 남반구의 하늘을 표시한 남면의 양면으로 되어 있고, 북면을 나타내는 상반에는 북반구의 별들이 남면을 나타내는 하반에는 남반구의 별들이 표시되어 있음을 그림으로 설명하고 있다. 한편, 시간에 대해서는 시헌력을 소개하고 있는데 시헌력은 아담살에 의해 정리된 후 청나라가 들어서면서 시행되기 시작하였는데 이는 지동설에 기초한 서양의 우주론을 담은 새로운 역법체계였다.

그리고 군사에서는 임진왜란과 병자호란의 전란을 두차례나 겪은 후에도 전쟁에 관한 대비책이 전무한 국가현실에 대한 비판과 함께 군역의 부담으로 고통받고 있는 백성들의 부담을 덜어주기 위해 군사개혁을 주장하고 있다. 군정의 개혁이 농지소유권 개혁과 맞물려야 성공할 수 있다고 하면서 농민들에게 농지소유권을 보장하면서 의무병역을 부과하는 징병제를 시행할 것을 주장하였다. 또한 군역을 부담하는 연령층의 폭을 좁히고 평민들만이 아니라 양반도 군역부담을 해야 한다고 주장하면서 신분병역제의 철폐도 주장하였다. 병역이란 단순히 하위의 신분층이 부담해야 하는 의무가 아니라 모든 사람들의 의무임을 밝히면서 군역을 신분적 예속물에서부터 해방시키라고 한 것이다.

아울러 외교에서는 그동안 명나라 때 형성된 세계관, 즉 중국이 중심이고 그외의 나라는 주변국이라는 중국 중심의 화이관에 대한 비판을 통해서 중심과 주변의 구분은 중국 중심의 지리에 있는 것이 아니라 문화에 있음을 주장하였다. 특히 명나라가 망하고 청나라로 교체되었을 때 조선의 성리학자들은 조선이 중화의 명맥을 이어야 하고 중화문화를 보존하고 계승하여야 한다고 생각하였으나, 이를 비판하고 청나라에 대한 정당한 평가와 함께 청나라의 우월한 문화를 수용해야 한다고 하였다. 그렇지만 한편으로는 세상의 중심이 중국이라는 천하사상을 부정하고 서방의 문명을 수용하여 조선의 독자성을 가져야 한다는 주장도 담았다. 특히 서양과학을 적극적으로 수용해야 한다는 주장과 함께 과학적 세계관을 바탕으로 삼아, 둥근 지구에서 보면 모든 나라가 다 지구의 중심이 될 수 있으며, 조선을 비롯하여 중국이나 서양의 각 나라가 모두 평등하다고 하였다.

또한 정치에서는 성리학 사림들의 붕당이 만들어지고 이들간의 당파 싸움이 수많은 폐해를 가져왔다고 하면서 붕당정치를 막기 위해서는 왕권이 강화되어 국가통치의 핵심이 되어야 한다고 하였다. 영조와 정조 때의 탕평책으로 당파 싸움이 잦아들기는 하였으나 여전히 성리학 사림들은 세력을 만들어 왕을 견제하고 개혁을 방해하였기에 왕을 중심으로 권력이 개혁되어 새로운 정치체제가 구축되어야 함을 설파하였다. 사대부들이 붕당을 만드는 것을 경계해야 한다고 하면서 한편으로는 외척이 세력을 얻어 정치를 좌지우지하는 것 역시 막아야 한다고 했으며 임금이 관리들의 실질적인 임명권을 가져야 왕권이 강화된다는 점을 강조하였다.

나아가 교육에서는 조선의 지도이념이었던 성리학이 임진왜란과 병자호란을 거치면서 악화된 현실의 문제를 해결하거나 개선하는데 전혀 도움이 되지 않았다는 반성과 함께 황폐해진 나라와 백성을 구하기 위한 실질적인 학문이 필요하다고 역설하고 있다. 특히 경제, 사회, 정치에서 조선의 현실적 문제를 다루는 제도와 방법에 대한 구체적인 지식이나 실천을 도모하는 실용지학과 경세치용을 주장하면서 성리학의 권위적인 틀에서 벗어나 서양의 학문인 서학을 수용하여 실사구시를 구현하자고 주장하였다.

또 산업에서는 청나라와 조선의 경제를 비교하면서 지나치게 농업에만 의존해서는 안 되고, 상공업을 진흥시켜 나라 살림을 튼튼히 해야 한다고 주장하였는데, 그러기 위해서는 사농공상의 직업적 차별을 없애고 전문화가 이루어져야 한다고 강조하였다. 농업을 진흥하기 위해서는 균전제를 실시할 것을 주장하였고 생산력을 높이는 문제뿐 아니라 유통의 중요성을 강조했다. 특히 수레와 선박으로 물자의 이동을 원활하게 해야 한다는 점과 물자의 교환은 화폐를 단위로 해야 한다고 주장하면서 상평통보 등 화폐 유통이 보다 확대되어야 한다는 점을 강조하였다.

한편, 인재등용에 있어서는 관리 임용에 있어 문벌에 따른 차별이 존재하는 것을 신랄하게 비판하면서 관리를 등용함에 있어 오직 그 사람의 인품과 재능만을 기준으로 삼아야 한다고 주장하고 있다. 특히 개인의 능력과 상관없이 출신을 따지는 행태를 통렬히 비판하면서, 교육을 국가에서 주관해서 시행하고 학교교육과 관리 선발을 연결하여 과거제 만으로 관리를 등용하는 것을 폐지해야 한다고 주장하였다. 교육을 통한 능력개발과 동등한 교육 기회를 부여하는 것이 옳다고 하면서 특히 신분을 이유로 관리 등용의 기회를 제

한하지 말 것 또한 주장했다.

끝으로 신분제도에서는 양반과 평민라는 신분제의 골격을 유지하되 그외 신분은 철폐할 것을 주장하였다. 또한 신분을 넘어서서 인재를 활용하여야 하며, 서얼에게도 등용의 문을 정실 소생과 동등하게 열어주어야 한다고 주장하였다. 한편, 모든 인간을 귀중하게 여겨야 한다고 하면서 천민이나 노비와 같은 신분은 평민으로 신분을 바꿔줄 것을 주장했다.

이와 같은 내용으로 정리된 해동운화는 박문기가 평소에 가지고 있던 자신의 신조와 생각을 정리한 책이라 할 수 있다. 청나라의 서적들과 오익겸의 청계수록 등을 참고하긴 했지만 다시 이를 조선의 상황에 맞추어 정리하면서 조선의 앞날을 걱정하는 젊은 사대부들과 중인들에게 난국을 타개할 수 있는 대책을 제시하려고 쓴 책이다.

해동운화는 우선 다섯 권을 인쇄하여 인쇄소 창고에 보관하였다. 그런데 책을 쓰고 인쇄본이 나오면서 오랜만에 자리한 차모임에서 박문기는 해동운화의 요지와 함께 인쇄와 배포 계획을 이야기하였고 한달 뒤에 다시 만나자고 제안하였다.

"오규봉 대감은 어떤 사정이신지 오늘 못나오셨지만 오랜만에 이렇게 다시 모였습니다. 다들 잘 지내셨는지요? 그동안 저는 쓰고 있던 책이 다 정리가 되어서 인쇄를 시작하였습니다. 책 제목이 해동운화(海東運化)인데 이는 '바다를 건너 동쪽으로 기가 흘러 만물형상이 이루어진다'라는 의미입니다. 이제는 조선이 변화되어야 할 때가 되었고 조선은 그 변화를 통하여 새로운 나라가 될 수 있다는 뜻으로 그 개혁의 방향과 내용을 정리한 것입니다."

조인홍이 반갑게 말을 받았다.

"조금 적적하다 싶었는데 그 사이에 책을 쓰고 인쇄까지 하셨군요. 대단하십니다. 아무쪼록 해동운화가 세상을 밝히고 개혁을 이루는데 도움이 되었으면 합니다."

이산 역시 기뻐하면서 말했다.

"지금 조선에 꼭 필요한 일을 하신 것 같습니다. 이제 조선은 나라를 개방하여 유럽국과 교류하고 천주교와 함께 서양의 문명을 받아들여야 하는 시점입니다. 이때를 놓치면 조선의 백성들은 지옥의 나락에 떨어질 것입니다. 제게도 한 권 주시면 잘 읽어보도록 하겠습니다."

그렇게 다시 모임은 오랜만에 만난 반가움과 해동운화의 출판을 축하하는 마음, 그리고 개혁을 이루자는 결의를 나누는 자리였고 한 달 후에 같은 자리에서 다시 모이자고 하면서 헤어졌다. 그런데 그 사이에 박문기가 압송되어 처형을 당하는 일이 생긴 것이다.

박문기의 죽음 이후 한참 지나서 토굴에서 십자가를 앞에 놓고 굶어죽은 채 발견된 이산의 옆에서 해동운화가 가운데 부분이 뜯긴 채로 발견되었는데, 목차로 보면 외교에 대한 부분으로 청나라와 서양에 관한 내용이 뜯겨 없어졌다. 아마 이 책은 박문기가 이산에게 주었던 책일 것 같고 가운데가 뜯겨 훼손된 채 이산의 시신이 수거

되면서 나에게 전달이 되었다. 나는 이 책을 박문기의 형인 박문현이 갖고 있는 것이 옳을 것 같아 숨겨놨던 다른 책과 함께 그에게 전달하였다.

이산의 죽음이 박문기의 압송과 연관이 있으리라는 것은 어느정도 짐작할 수 있는 일이었다. 당시에는 누구도 이산이 토굴에서 죽은 채 발견된 이유를 정확하게 알 지 못했지만 얼마 후 그의 행적을 알아보고 내린 내 결론은 다음과 같다.

박문기가 압송되기 보름 전쯤, 그러니까 해동운화의 첫 책들이 인쇄되고 후속 인쇄 작업을 본격적으로 시작할 무렵 박문기와 이산이 서재에서 만나고 있었는데 나는 인쇄 작업건으로 박문기에게 할 이야기가 있어 갔다가 우연히 두사람의 이야기를 조금 듣게 되었다.

"조선의 백성이 잘 살려면 천주교를 섬기고 유럽인의 가르침을 받아야만 합니다. 아편전쟁에서 보았듯이 청나라도 영국에 대항할 힘이 없을 만큼 영국이나 불란서와 같은 유럽국은 우리보다 훨씬 발달해있기 때문에 조선은 이제 청나라가 아니라 유럽을 따라야 하는 것 아니겠습니까?"

"나는 유럽으로부터 우리가 배워야 한다는 것을 누구보다 잘 알고 이에 대해 강하게 이 책에서도 주장을 폈으나 조선이 유럽의 속국이 되어야한다는 주장에는 반대일세. 조선은 독립국이고 스스로 힘을 갖추어야 청나라나 유럽과 평화롭게 같이 살 수 있는 것이 아닌가?"

"조선이 스스로 힘을 갖출 수 있다는 것은 가당치 않은 생각입니다. 도탄에 빠진 백성들과 가렴주구를 일삼는 관리들이 천지사방에 있고 조정은 외척 세력이 권력을 독점하여 조선의 발전은 털끝만큼도 가능하지 않은데 어떻게 스스로 힘을 갖춘다는 것입니까?"

이산의 목소리는 무척 화가난 듯했고 나는 무안하여 인쇄에 사용되는 먹물에 대한 문제점을 박문기에게 이야기하러 갔다가 이산과는 눈도 마주치지 못하고 서재를 나왔다. 아마도 추정컨대 해동운화에 관한 이야기일 것이라는 생각이 들었다. 아마도 이산의 평소 주장대로라면 천주교를 공식으로 인정하고 포교활동을 허용하며 한편으로는 영국이나 불란서와 같은 유럽의 강대국과 군신의 관계를 맺어 속국이 됨으로써 조선이 발전하고 백성들의 삶을 나아지게 할 수 있다는 내용이 들어가야 한다는 것이리라.

사실 이산의 주장은 조선의 왕이 유럽국 황제의 신하가 되어야 한다는 것이었기 때문에 우리중 누구도 이를 지지하지 않았다. 박문기 역시 이산의 주장은 지나치고 자칫하면 조선이라는 국가가 없어질 수도 있다고 생각하였지만 이산은 그래도 백성이 잘 살고 천주의 은혜를 받으면 그만이라고 조금도 물러서지 않았다. 어쩌면 이산은 아편전쟁에서 청나라를 이긴 영국이나 불란서가 자신의 조국이 되어야 한다고 생각하고 있었는지도 모른다.

그런데 박문기와 논쟁을 한 후 박문기가 잠시 방을 비운 사이에 서재에서 신민이 요청한 격문이 인쇄된 것을 본 모양이었다. 얼굴이 벌겋게 상기된 상태로 흥분을 참지 못하고 격문 한장을 들고 방을 나서는 것을 한길이가 보았다고 전하였다. 이산은 박문기가 해동운화에서 서양의 문물을 받아들여야 한다는 주장을 하면서도 유럽국과 군신의 관계를 맺어야 한다고 주장하는 대신에 외세에 대한 경계를 늦추지 말아야 한다는 부분에 크게 실망하고 있었는데, 박문기의 서재에서 신민이 요청하였던 격문의 인쇄본을 보고는 분을 더 이상 참을 수가 없었던 것 같다.

이산은 아마도 이렇게 생각했을 것이다.

'이 격문을 요청한 이들은 외세가 통상을 원하는 것을 침략이라 규정하고 천주교에 대해서는 사회를 위태롭게 하는 외세 종교라고 주장하는 자들이 아닌가? 이들은 문명 세계를 거부하고 도적질을 통해 사회를 혼란시켜 오히려 조선의 발전을 가로막는 자들이 아닌가?'

그렇게 믿던 박문기가 서양 문물을 받아들이기를 거부하는 이들을 어째서 돕는 것인가 하는 의심과 회환이 폭포처럼 쏟아졌을지도 모른다. 실은 신민이 이끄는 자경대는 탐관오리나 부자를 찾아 패물을 훔치고 때로는 이들을 패는 일들이 있었는데, 이중에 천주교인 양반이 있었고 이로 인하여 그 양반은 다리를 못쓰게 된 일이 있었다. 이산이 이 소식을 듣고는 이들과 관에 대한 분노를 감추지 못하고 이렇게 말한 적이 있었다.

"이러한 도적 떼를 어찌 나라가 다스리지 못하는가?"

이산은 박문기의 집을 나온 후 잠시 주저하더니 가까운 관아로 향하였다. 암행어사가 이 지방에 내려와 있다는 소문이 자자 하였고 관아는 평소와는 달리 나졸들이 출입자들을 엄히 다스리고 있었다. 그중 계급이 높아보이는 나졸에게 해동인쇄소에서 본 격문을 이야기하고 서둘러서 자리를 빠져나왔다.

"해동인쇄소라면 박문기 대감이 운영하는 인쇄소인데 거기서 농민들의 봉기를 선동하는 격문을 인쇄한다는 것이지요?"

"그렇습니다. 제가 거기서 격문을 보았고 이에 대한 자초지종은 저도 잘 모릅니다."

"당신은 어디사는 뉘시오?"

"저는 먼동네에 사는데 인쇄거리에 대해 알아보러 왔다가 인쇄된 격문이 있는 것을 보고는 걱정이 되어 알려드리러 온 것이오. 그 이상은 알지 못하오."

그리고는 서둘러 그 자리를 벗어났다.

이산은 그후 박문기에 대한 암행어사의 탐문이 있었고 얼마 안가서 박문기가 한양으로 압송되었다는 소식과 곧 참수형으로 죽음을 맞았다는 소식을 듣게 되었다. 관아에 격문 인쇄에 대하여 일러바친 다음에 다른 사람과 일체 소식을 끊고 있었던 이산은 오랜만에 장터에 나갔다가 사람들이 수근거리는 소식을 엿듣게 된 것이다.

"아이고, 박대감님이 무슨 죄를 졌다고… 나라에서는 왜 그렇게 아까운 사람을 죽였단 말인가?"

"무봉산 인방의 농민들이 들고 일어나면서 격문인지 호소문인지 인쇄해 달라고 해서 만들어준 모양인데 그게 반역죄라는구먼."

"내가 아는 한 박대감은 쥐새끼 한마리도 그냥 죽이지 못하는 사람인데."

"그렇게 인품있고 훌륭한 사람에게 참수형을 내렸다니 믿어지지가 않네."

이산은 안절부절 하다못해 숨을 쉴 수가 없었다. 혼백이 나간 듯 장터를 벗어난 후 집에 들러 아버지때부터 보아 손때가 묻은 성경책과 박문기가 주었던 해동운화, 그리고 몇 가지 옷가지와 가재도구 그리고 간단한 문방구를 챙겼다. 그리고는 어디로 갈지 정하지도 못하고 그냥 걸으면서 다만 아무도 모르게 어딘가에 숨고 싶었다. 저녁 어스름이 다가오는 무렵, 어느 산기슭에 다다른 후 숲에서 밤을 지샜다. 아침이 되어 숲속으로 더 깊이 들어가면서 은신할 곳을 찾아다녔는데 한참을 헤매다 어떤 스님이 사용하였던 것 같은 암자를 발견했다. 스님은 없었지만 불교와 같은 이방 종교에서 사용하던 곳이고 최근에 사람들이 치성을 드린 흔적도 있어 잠시 앉아 있다가 더 이상 그곳에 머무를 수는 없다는 생각에 황급히 나왔다. 그리고는 암자로부터 이어져 있는 좁은 길을 따라 또 한참을 가니 인적도 없고 더 이상 갈 길도 없는 곳에 동굴의 입구가 보였다.

동굴은 그리 깊지 않았고 누군가가 지낸 흔적도 조금 남아있는 곳이었다. 그곳에 누우니 처형장에서 돌아가신 아버님과 에밀 신부님, 그리고 박문기가 눈에 선하게 들어왔다. 아버님은 너무 어렸을 때 돌아가셨지만 그때 어머니와 함께 목놓아 울던 기억이 생생하게 살아나면서 눈물이 북받쳤다. 에밀 신부님과 박문기가 처형장에서 죽은 모습으로 눈앞에 어른거렸다.

"어머니… 보고 싶습니다. 이 못난 아들이 죄없는 귀중한 목숨을 잃게했습니다. 더는 이 세상을 살 수 없을 것 같습니다."

이산은 자신을 단죄하기로 결심하고 일체의 음식을 먹지 않은 채 그동안에 겪은 일들과 마음의 생각을 종이에 붓으로 적기 시작했다. 아버지에 대한 어렴풋한 기억과 존경심, 그리고 천주교에 대한 열렬한 믿음에 대해서 적어가면서 끄트머리 부분에서는 박문기와의 만남과 그에 대한 신뢰, 그리고 해동운화에서 조선이 독립국이어야 하고 자주적인 힘을 기르자고 주장한 바에 대한 아쉬움, 끝으로 격문을 보고 격분하여 관아에 고발하였고 그일로 박문기가 처형당했다는 사실과 분을 참고 박문기를 설득했으면 박문기가 죽는 일이 생기지 않았을 것이라는 안타까움을 써내려갔다. 그리고는 이렇게 마쳤다.

"십자가에 못 박힌 예수 그리스도가 받은 고통과 우리를 대신해 죄를 지심을 생각하며 나도 앞서 고통받았던 천주교인을 따라가고자 합니다. 이 동굴에서 식음을 전폐한지 이미 일주일이고 더 이상 붓을 들 기력도 없고 정신이 혼미해져서 이제 세상에 하직을 고합니다."

얼마 후 이산의 주검은 암자를 떠돌아다니던 스님이 발견하여 수습하였고, 이산이 적은 글은 스님이 연고를 찾는다고 찾다가 결국 나에게 전달이 되었다. 글을 적은 종이는 구겨져서 잘 알아볼 수 없는 상태이기도 하였지만 군데군데 눈물에 젖었는지 먹물이 번진 자국이 있었다. 나는 이산을 미워할 수밖에 없었지만 한편으로는 그 역시 한 명의 희생자라는 생각도 들었다.
'박문기는 이산을 이미 용서하였을 거야.'

한편, 다시 모임을 마치고 해동운화의 본격적인 인쇄에 들어가기 전에 박문기는 지난 상소문 사건에서 자신을 크게 도와주었던 홍문관장인 정지우에게 인쇄본을 한권 보내면서 서문을 부탁하였다. 그런데 열흘도 채 안가서 급전으로 밀봉되어 돌아온 정지우의 편지는 다음과 같았고 박문기는 나에게도 보여주었다.

"자네가 쓴 책을 읽어보았네. 조선이 나아갈 바를 잘 정리한 것 같아 기쁘네. 나도 그 생각에 크게 공감하고 있네. 그런데 지금은 이 책이 나올 때가 아닌 듯하네. 나도 서문을 써줄 수가 없네. 혹시 자네가 알고 있는 지도 모르겠지만 북학회 사건 때문에 조정이 크게 시끄러워 졌다네. 이 사건에 연루된 자들이 문초를 받고 그중에 청나라에서 권총을 몰래 들여온 전대치라는 자가 역모를 꾸민 것으로 밝혀져서 거열형에 처해졌다네. 그런데 이들을 문초하는 중에 몇몇이 관련되어 있는 것으로 거명되었는데 그중에 자네 이름이 있었다는 것을 들었네. 당분간은 조심하는 게 좋고 어디 멀리 다녀오는 게 어떨까 하네. 나에게도 더 이상 연락하지 않는 게 좋을 듯하네."

급하게 쓴 것 같은 편지를 받은 박문기는 나에게 오규봉의 집에 가서 자세한 소식을 들어 보라고 해서 먼길을 급히 걸어서 갔지만 오규봉은 집에 없었고, 대신 어린 아이가 대문을 겨우 얼굴을 볼 수 있을 정도로만 빠끔이 열면서 이렇게 말했다.

"엊그제 먼 친척 집에 잠시 다녀올 일이 있다고 급히 나가셨어요."

정지우의 편지에는 오규봉의 사랑채에서 처음 만났던 전대치가 역모죄를 짓고 처형되었다는 내용이 있었는데 그때 느꼈던 그날 오규봉과 전대치의 친밀한 관계로 보아 오규봉도 전대치 사건에 관여되었으리라고 짐작되었다.

오규봉의 집에서 돌아오는 길에 그날 전대치와의 만남이 떠오르면서 이런 생각이 들었다.

'죽기를 각오했다고 했는데 뭔가 위험한 일을 꾸미다가 발각된 것이 아닐까? 청나라에서 권총도 들여왔다고 하니 조정의 누군가를 죽이려 한 것이 아닐까?'

전대치가 나에게 귓속말로 북학회 이야기를 했을 때 실은 그리 기분이 좋지 않았다. 목숨을 걸어야 하는 일을 처음 만난 나에게 그렇게 쉽게 이야기한다면 그런 일은 파탄이 나기 쉬울 것이고 전대치와 관련이 있는 사람들도 위험에 처할 수 있기 때문이었다. 그러나 전대치는 오규봉이 데려온 자이고 나 역시 박문기가 데려간 자이므로 이미 서로의 관계는 엮여있어 내가 어떻게 손쓸 수 있는 상태는 아니었다.

'실은 모든 인간 관계는 운명적이지 않는가? 내가 어떻게 한다고 어찌 할 수 있는 것도 아니고 또 느낌에 따라 무엇을 정리하는 것이 반드시 옳은 것도 아니지 않겠는가?'

내탓이 아니라고 생각하면서 스스로 위안을 하였지만 아쉬움을 벗기가 어려웠다. 나중에 전대치 사건에 대해서 강경포구에서 같이 만났던 강경상인 김익수에게 자세히 들을 기회가 있었는데 자초지종은 이랬다. 좌의정인 김조건은 안동 김씨 세력의 실질적 지도자 역할을 하면서 성리학적 신분질서가 나라의 근본을 이룬다는 신념을 갖고 있는 자로 중인 계급이 과학과 기술에서 실력을 발휘하면서 중인을 중하게 여기는 분위기가 생기자 이에 대해서 매우 못마땅하게 여기던 중이었다. 따라서 중인을 발탁하여 기술발전을 해야 한다고 주장하는 세력과 늘 다툼이 있었고, 한편 중인들 역시 김조건이 조정을 떠나기를 몹시 바랬다. 그러던 중 전대치는 역관일을 하면서 청나라에서 유럽으로부터 들여온 권총을 하나 구할 수 있는 기회가 생겼고 그는 그것으로 기회를 봐서 김조건을 제거할 생각을 하였다는 것이다. 그러나 조심성이 부족한 전대치는 권총을 소지하게 된 행적이 알려져 잡혔고 그의 행적과 의도를 접한 김조건은 불같이 화를 내고는 형조에 나와서 전대치를 직접 심문했고 처형이 내려지는 것도 보았는데 취조 과정에서 박문기의 이름이 오규봉과 함께 거명되었다는 것이다.

이야기를 들으며 이런 생각이 내 머리를 스쳐지나갔다.

'아마도 그래서 박문기가 문초를 받을 때 형조판서 말고도 좌의정인 김조건이 동석했던 것이었구나.'

나는 아직도 전대치가 권총이라는 무기를 구해서 김조건을 죽인 후 무엇을 하려 했는지 잘 모른다. 그리고 오규봉에 대한 소식도 자세히 들은 바가 없어서 그가 어떻게 되었는지 그리고 무엇을 하고 지내는지도 모른다. 다만 몇 년이 지난 후 인쇄소의 운영에 대해서 상의할 일이 있어서 상해에 있는 박문현에게 서신을 보냈더니 강경 포구에서 박문현을 대신해서 선주 역할을 하던 강위 어르신과 상의하라고 하여 강위를 만났을 때 전대치와 오규봉에 대한 이야기를 조금 전해들을 수 있었을 뿐이었다.

사실 박문기와 박문현 모두 강위 어르신을 삼촌으로 생각하고 따르는 듯하여 나도 몹시 만나고 싶었지만 기회가 없어서 아쉬웠던 참에 상해에 있는 박문현이 다리를 놓아주어 만날 수 있게 되었던 것이다. 강위는 이전에 박문기와 함께 있는 것을 잠깐 본 적이 있을 뿐이었는데 직접 찾아뵈니까 이제는 머리칼이 새하얗게 희어서 그런지 처음 보았을 때에 비해서 훨씬 나이들어 보였다.

"어서 오시게나. 해동인쇄소 운영을 잘 하고 있다는 이야기는 듣고 있었네. 문기가 하려던 일을 이렇게 열심히 해주어서 진심으로 고맙게 생각하네. 아마 문기의 혼백이 구천에서 기뻐하고 있을 것일세."

나는 한 번도 인쇄소 운영에 대해서 그와 이야기를 나눈 적이 없는데 관심을 갖고 지켜보았던 것처럼 따뜻하게 말을 해주어서 한편으로는 놀라면서 고마운 마음이 들었다.

"어르신께서 저희 인쇄소에 관심을 가져주셔서 감사합니다. 저에게 큰 힘이 되는 것 같습니다."

이렇게 부드럽게 대화가 시작되었고 강위는 나에게 따뜻한 홍차를 내어주었다.

"상해에서 가져온 홍차네. 드셔보게나. 영국인들은 이 홍차를 몹시 즐긴다네."

강위는 홍차에서부터 영국인의 식생활과 의복에 대해서 이야기를 하면서 차와 향신료 그리고 면직물이 영국으로 들어가면서 영국이 크게 변화하기 시작했고 이제는 청나라의 상해 역시 변화의 중심지가 되어가고 있다고 하였다. 그리고는 배와 건물의 크기며 식생활과 사회활동 등 상해에서 일어나는 여러가지 변화에 대해서 이야기를 하였다. 나는 해동인쇄소의 수익금을 어떻게 할지를 상의하려고 갔던 것이어서 수익금 사용과 분배에 대해서 물어보았으나 그가 듣더니 수익금은 인쇄소를 확장하는데 쓰라고 간단히 이야기하였다.

그러면서 자리에서 일어나려는데 강위가 이렇게 말했다.

"혹시 자네는 문기가 그렇게 빨리 처형된 이유를 알고 있는가?"

나는 예상하지 못한 갑작스러운 질문에 매우 당황했다. 그리고 그 질문은 나 스스로에게 계속해서 던지고 있었던 질문이어서 속으로 크게 놀라면서 조심스럽게 답하였다.

"민란을 부축이는 격문을 인쇄한 이유로 한양으로 압송되었는데 아무리 죄가 있다고 하여도 왜 그리 빨리 처형되었는지는 실은 잘 모르겠습니다."

"오규봉과 전대치가 어떻게 되었는지는 알고 있는가?"

나는 강위 어르신이 오규봉과 전대치를 잘 아는 사람인 것처럼 이야기하는 것에도 짐짓 놀랐지만 그런 표정을 안지으려고 노력하면서 이렇게 대답하였다.

"전대치가 역모죄로 거열형을 받아 죽었다는 사실은 실은 한양으로 압송되기 전에 박문기 대감도 소식을 들어 알고 있었고 저에게도 알려주었습니다만, 오규봉 대감이 어떻게 되었는지는 저도 잘 모릅니다. 제가 전대치 소식을 듣고 오규봉 대감집에 좀 더 알아보려고 갔었는데 대감은 벌써 어디론가 떠난 뒤였습니다."

강위는 마시던 차를 내려놓고는 나의 눈을 한참 들여다보았다.

"전대치가 문초를 당하면서 결국에는 박문기와 오규봉이 북학회의 우두머리라고 했다는 것도 알고 있겠군. 전대치는 북학회를 결성한 목적이 조정을 개혁하여 유럽에 개방적인 나라를 만드는 것이라고 자백을 했다고 들었네. 그리고 그 목적에 방해되는 조정의 세력을 제거하려고 했다고도 말했다네. 이 말을 들은 조정의 대신들은 박문기와 오규봉을 한시바삐 잡아서 역모죄로 처형해야 한다고 의견을 모았다고 하네."

그리고는 차로 목을 축이고는 이어서 말했다.

"그러던 차에 농민반란을 선동하는 격문을 인쇄하였다고 조정에 고발장이 들어온 것이었네. 좌의정이었던 김조건과 형조판서는 격노하여 임금에게 달려가서 속히 박문기를 압송하여 처벌할 것을 강력하게 주장하였던 것이네."

나는 한동안 말을 잇지 못했지만 어렴풋하게 생각되는 것들이 보다 분명해지는 듯한 느낌이 들었다.

"그래서 그렇게 빨리 돌아가시게 된 것이었군요."

"다행히 오규봉은 이를 피할 수 있었던 것 같네. 한두 해가 지나서 나에게 사람을 시켜서 서신을 보낸 적이 있네. 자신은 북경에서 지인의 도움을 받아 지내고 있는데 조선의 개방과 개혁을 위해서 할 수 있는 일을 찾고 있다고 했지."

나는 오규봉 대감이 살아서 북경에 있다는 소식이 한편으로는 위안이 되기도 하였지만 그동안 아무런 소식을 들을 수 없었던 것이 못내 아쉽기도 하고 서운하기도 하였다. 그러면서 마음 속에 오랫동안 남아있던 궁금증은 더욱 커졌다.

'강위 어르신은 대체 누구신가?'

심선골

신민이 무봉산 삼도봉 골짜기의 심선골에 도착하였을 때는 이미 해가 뉘엿뉘엿 들어가 어스름이 깔릴 때였다. 사람이 살 것 같지 않은 골짜기 숲을 헤치면서 나아가는 데 갑자기 어디선가 나타난 사람들이 막아서면서 무슨 일로 여기를 지나가는 지 물어보았다. 이들 중 어떤 이는 허리품에 칼을 차고 있었고 어떤 이는 죽창을 들고 있었다.

심선골 사람들은 나뭇꾼이나 화전민이었고 남자들은 나무를 베서 시장에 팔고 오는 일이나 화전을 만들어 농사를 짓는 일을 했으며 여자들은 대개 집안 일을 하면서 농사짓는 일을 도왔다. 그런데 이야기를 들어보니 원래 이땅은 삼도봉 골짜기에 깊숙이 숨겨져 있어서 사람의 왕래가 거의 없던 곳이었고 처음에는 농사를 지을 수 있는 땅이 아니었다. 평지를 중심으로 해서 산을 조금씩 깎아서 조그마한 논이나 밭을 만들고 또 그 위의 산을 깎아서 자그만 논이나 밭을 덧붙여 가면서 논농사나 밭농사를 하게 되었고 이후에 심선골에 들어온 사람들도 저마다 이런 방식으로 자기 먹을 만큼의 농사를 지으면서 살았다는 것이다.

이들이 심선골에 들어오기 전에는 대개 농사짓던 농민이었으나 삼정의 문란이 극심해지면서 도저히 농사지으며 살 수 없어 살던 집을 버리고 유랑하다가 여기에 정착하였는데 그중에는 신민과 같은 몰락한 양반 신분도 있었고, 또 어떤 이는 양반집에 달린 사노였던 경우도 있었다. 사노 같은 경우 자세한 경위야 알 수 없으나 양반도 자기 먹을 식량을 얻기 어려운 시절이었기에 양반 밑에서 굶어 죽기보다는 살기 위해 도망왔을 것이다.

출신 신분이 서로 달랐지만 이들이 여기에 들어온 사정은 대개 비슷했다. 어떤 이는 군대를 가는 군역 대신에 군포를 내야 하는데 죽은 아버지와 이제 막 태어난 갓난아이와 합쳐 세 명 분의 군포를 내라고 하니 도저히 참을 수 없어 관아에 가서 항의했다가 군포 대신 소를 빼앗아 갔다는 것이었다. 도저히 울분을 참지 못하고 집에 와서는 군포를 더 내라고한 이유가 갓난아이 때문이냐며 칼을 뽑아 자신의 성기를 자르면서 이렇게 말했다는 것이다.

"내가 이 놈의 물건 때문에 이 곤란을 겪는구나."

기가 막힌 그의 아내는 피가 떨어지는 성기를 관아에 다시 갖고 가서 이렇게 외치면서 통곡을 했다는 것이다.

"우리 집안의 씨를 말리고 망하게 한 웬수가 누구냐?"

이들은 도저히 살아갈 방도가 없고 화도 나고 창피하기도 해서 결국 무너져 가는 집을 버리고 나와 거지처럼 유랑하다가 심선골에 들어와 살게 되었다.

심선골에 사는 사람들은 이러한 사정들을 저마다 하나씩은 갖고 있었는데 신민이 심선골에 들어와 얼마 지나지 않은 때에 마을의 공동 경지 앞에 있는 커다란 나무 밑에 사람들이 모였다. 이들중 나이가 그래도 들어보이는 촌장이 이렇게 말을 시작했다.

"지금은 온갖 도둑이 땅 위에 가득합니다. 관아의 수령들과 아전들은 군포와 부세를 도둑질하거나 기민 구제에 쓰이는 양곡을 도둑질하고, 송사에서는 뇌물을 받으며 심지어 도둑에게서 장물까지 도둑질합니다. 가만히 보니 지위가 높을수록 도둑질을 더 많이 하고 이들이 평생토록 향락하여도 누가 감히 무어라고 말을 못하는 게 현실이 아닙니까?"

한 달에 한 번 대개 보름달이 뜰 때쯤 심선골에 사는 사람들이 모여서 마을의 여러 문제를 논하고 공동경작지의 운영과 분배 등을 논하는 자리였다. 새롭게 심선골에 들어온 사람들이 자기 소개와 들어온 경위를 설명하는 자리이기도 하였다.

어떤 이는 새로 심선골에 들어온 이유를 이렇게 말했다.

"쌀 농사로 먹고 살기가 힘들면 과실나무라도 심어서 조금이라도 주린 배를 채워야 하는데 과실나무를 심으면 관가에서 관리하여 과실의 수를 세고 나무에 표시까지 해서 과실이 익으면 다 가져가지요. 심지어 과실이 바람 때문에 떨어져 그 수가 맞지 않으면 추궁을 당하여 돈으로 물어내야 합니다. 그러니 아무리 배가 고파도 누가 과실나무를 심겠습니까? 오히려 나무싹이 날까 두려워하는 처지가 되지요."

그래서 이런 곤경을 겪지 않으려고 몰래 과실나무를 베었더니 어떻게 알았는지 나라의 재산을 베었다고 관가에 끌려가 매를 심하게 맞고 후유증으로 장독에 걸려 거의 한 달을 앓았다는 것이었다. 생각해보니 도저히 이대로는 살 수 없어서 집을 떠나 한참을 떠돌고 있었는데 심선골 이야기를 어렴풋이 듣고 찾아왔다는 것이다.

어떤 이는 마을에 원인 모를 역병이 돌면서 부모와 형제 자매를 모두 잃고 집을 떠나 진주성 근처에서 유리걸식하는 자들과 같이 기거했는데 이들이 기거한 장소는 한 곳에 한 척 남짓한 깊이로 둘레 몇 발 정도의 구덩이를 파고 새끼로 몇 개의 서까래를 얽어 묶은 다음 풀로 겨우 한 겹 덮은 움막을 치고 사는 정도였다고 했다.

"옷이라고는 음부도 못가린 채 머리가 헝클어지고 피부는 얼어터져 마치 까마귀 귀신 모양이 되어 알아볼 수도 없는 지경이 되었지요. 저녁이 되면 한구덩이에 모여 자는데 서로 엉겨붙어 짓밟힌 채 죽기도 하고 누가 병에 걸리면 서로 옮겨서 병으로 죽기도 하고 지옥이 따로 없었지요. 어찌 이보다 못한 삶이 있겠는가라는 생각에 그곳을 떠났습니다."

이와 같이 각자가 겪은 일들로 인하여 더 이상 비참한 생활을 이어가거나 관가의 횡포를 받으며 살기 어렵다고 생각한 이들이 유랑하면서 심선골 깊숙이 들어와 하나 둘씩 정착하면서 마을이 생긴 것이다. 그렇게 해서 심선골 마을은 더 이상 갈 곳이 없는 이들의 마지막 거처였다. 따라서 이들은 관이나 낯선 사람들이 접근하는 것을 극도로 민감하게 받아들였고 그래서 신민이 처음 도착했을 때 막아섰던 것이다.

한편, 심선골에 사람들이 모여 논밭을 일구고 살아간다는 소식이 관에 들어가면서 세수를 조금이라도 늘리려고 혈안이 되어있던 지방관아의 수령들이 가만히 있을 리가 없었다. 그리하여 향리와 아전들을 동원하여 전답을 조사하려 몇 차례 사람들을 보냈으나 그때마다 두들겨 맞고 돌아와서는 다시는 그곳에 가지 않겠다고들 하니 관아를 지키는 몇 안 되는 군졸들을 데리고 나설 수도 없고 이러지도 저러지도 못한 채 세월이 지나고 있었다. 그 사이 심선골에는 가구수가 쉰을 넘고 어린이를 제외하고 힘쓸 수 있는 남자만 백 명을 헤아리는 마을이 만들어졌다.

따라서 심선골은 관을 비롯하여 외부의 세력이 들어오거나 영향을 미치는 것에 대해 극도로 경계하여 외부로부터 스스로를 보호하기 위한 자경대를 운영하고 있었다. 또한 내부적으로는 서로 도우며 살아가는 방편을 만들어갔고, 대표적으로 공동 경작지를 두어 한편으로는 공동의 전답을 운영하면서 또 한편으로는 각자 자기의 전답을 고르게 가질 수 있도록 균전제를 실시하고 있었다.

이처럼 바깥 세상에서는 삼정의 문란이 극에 달해 백성들이 먹고 사는 것 자체가 점점 어려워지고 있었고 조정은 외척 세력에 휘말려 국정을 정상적으로 운영할 능력을 잃어가고 있었다. 더욱이 외척 세력에 기대어 벼슬을 얻거나 승진하려는 이들은 뇌물을 바치기 위하여 백성들을 등치는 일을 서슴지 않고 있었다. 이러한 세상의 어지러

움은 심선골에도 그 영향을 미쳐서 세상을 등지고 들어오는 사람들이 많아졌고, 이제는 무봉산 삼도봉 골짜기의 자연 요새안에 다 들어가 안전한 생활을 할 수 없을 정도가 되었다. 쉰 가구 정도가 들어와 살 수 있을 장소에 사람들이 너무 많이 들어오면서 심선골 생활 자체가 힘들어지고 더욱 문제는 심선골이 외부에 알려지면서 이곳이 더 이상 안전하지 않은 장소가 되어가는 것이었다. 만일 조정에서 알게 되어 심선골을 무도한 집단이 세력을 이루고 있다고 보고 토벌을 위해 군병을 보내어 싸운다면 버티기가 힘들어진 것이다.

신민은 심선골에 들어간지 몇 달도 안 되어 자경대장이 되었다. 신민은 기골이 장대하고 힘이 세었을 뿐 아니라 자신이 한 말에 대한 책임을 지는 사람이라는 평을 받으며 심선골 주민들의 신망을 얻을 수 있었다. 신민의 조부가 병인재란 때 민병대장을 하다가 죽었다는 이야기도 이러한 평가에 역할을 했을 것이다. 신민이 이끄는 자경대는 심선골을 지키는 임무와 함께 탐관오리를 찾아 아무도 몰래 처벌하고 패물을 얻어와 심선골의 살림에 보태거나 일부는 가난한 마을의 백성들에게 나누어주는 일을 하였다. 사실 몰래 일을 한다고 하여도 이러한 일은 소문이 날 뿐 아니라 흉흉한 세월에 그 소문은 날개를 달고 급속하게 퍼졌다.

"무봉산에서 내려온 도적 떼가 백성 등을 처먹던 우리 고을의 이방집에 가서 그놈의 다리를 분질러놓고 패물을 뺏은 다음에 가난한 집을 다니면서 던져놓고 갔다는구먼."

"그럼 그놈들이 도적인 것이여, 아니면 의적인 것이여?"

"도적 떼 대장은 신민이라는 자인데 키가 아주 크고 힘이 세다는구먼."

"하면 우리 같이 가난한 백성에게 돌아오는 것이 뭔가 있으려나?"

사람들은 수근거리면서 도적 떼를 비난하기도 했지만 대부분 무언가 기대에 차서 이야기하기도 하면서 내심 신민이 이끄는 자경대가 더 활발하게 활동하는 것을 보고 싶은 듯하였다.

한편, 조정에서 대규모 군병을 모은 후 토벌대로 보내서 심선골을 없앨 것라는 소문도 끊이지 않고 돌고 있었다. 소문이 어떤 근거를 갖고 퍼지는 지는 알 길이 없었지만 이러한 소문에 심선골을 떠나는 사람들도 생겼다. 신민도 관군과의 대결이 언젠가는 있을 것으로 보고 무기를 갖추고 본격적인 전투 준비를 해야 한다고 마음먹었다.

"우리는 싸울 수 있는 장정이 도합 백여 명인데, 이 정도로는 부족할 뿐 아니라 관군이 먼저 쳐들어오면 심선골은 배후가 막혀있어 우리 모두 죽음을 맞을 것이오."

자경대원은 군사훈련을 받은 적도 없는 나뭇꾼과 농민으로 되어 있지만 그래도 체계가 있어 다섯 개의 소부대로 나누어져 있는데 신민은 소부대장들과 회의를 하면서 이렇게 말했다.

"관군이 쳐들어온다고 하면 우리는 그 전에 나서야 할 것이오. 결국은 살기 어려운 백성들과 함께 봉기하여 세상을 바꾸지 않고는 살아갈 방법이 없는 것 아니겠소?"

그리하여 이러한 사태에 대비하기 위한 계획을 서두르기로 하였다. 백성들과 함께 대규모 봉기를 하기 위해서는 빠른 행동도 중요하지만 성공을 위한 전략도 필요했다. 우선 심선골의 장정으로 두어 개 정도의 고을 관아를 습격하여 제압한 후 무기를 탈취하여 무장을 강화한 다음에 주변의 농민들을 규합하여 병력을 늘리면서 점령 지역을 늘려가는 방법을 취하는 것으로 의견을 모았다.

멀리 않은 지역에 못된 수령이 있어 환곡을 이용해서 농민을 수탈할 뿐 아니라 양곡이나 돈으로 갚지 못하면 심지어 여식을 계집종으로 바치라고 까지하여 원성이 자자하다는 소문이 있기에 그 수령의 관아를 가장 먼저 습격하기로 하였다. 새벽 동이 트기도 전에 신민이 앞서고 스무 남짓의 부대원이 관아에 쳐들어가서 잠자는 수령을 깨운 후 죄를 묻고 다리를 분질러 놓았다. 한편으로는 집안을 뒤져서 패물을 훔치고 창고에 들어가 들고 나올 수 있는 곡물을 갖고 나와 창고 옆에 있던 수레에 실었다. 그후 수레에 실었던 곡물은 가난한 백성의 집에 조금씩 던져 놓고 일부만 남겨서 돌아왔다.

그렇게 활동을 시작하자 학정을 일삼는 지방의 수령들은 무서워서 밤에 잠도 제대로 못자는 신세가 되었고 조정에 군대를 시급히 보내달라는 급전을 보내기 바빴다. 몇 차례의 습격이 성공적으로 끝났지만 신민의 마음은 무거웠다. 부대장들과 회의를 하면서 이렇게 말하였다.

"이제 우리가 한번 나선 이상 이 일을 돌이키기는 어려울 걸세. 백성들이 함께 나서지 않으면 이는 실패할 것이고, 우리 모두는 싸우다가 죽든지 아니면 잡혀서 교수형이나 참수형을 당하게 될 걸세."

백성들이 함께 나서는 봉기를 도모해야 하고 또 백성들이 봉기를 지지하고 참여하게 하기 위해서는 봉기의 이유를 격문의 형식으로 널리 알리는 것이 필요했다. 그리고 백성들이 봉기에 가담하기 시작하면 숫자가 너무 빨리 늘어날 수 있고 이 경우 이들을 통제하는 것과 함께 먹이고 재우는 것도 문제가 될 것이기 때문에 이에 대한 계획을 잘 세우는 것도 중요했다. 그렇지 않으면 봉기에 동참했던 백성들이 금방 이탈하여 애써 시작한 봉기가 실패할 수 있기 때문이었다.

신민은 무리들을 모아 놓고 전략을 설명했다.

"우리가 가진 것은 총 스무 자루와 창이나 칼 같은 무기뿐이니 관군과 맞붙기에는 너무 모자라네. 따라서 세력을 더 키우고 총을 더 많이 확보한 후에 크게 나가세."

몇 번의 관아 습격으로 자신감을 크게 얻었던 몇몇은 당장 관군과 맞서 싸우지 않는 것이 좀 실망스러웠지만 그렇다고 신민의 결정에 반대를 나타내지는 않았다. 그만큼 신민에 대한 신망은 두터웠다.

신민은 이렇게 말했다.

"직접적인 무력행사도 중요하지만 백성들에게 세상을 바꾸자고 알리는 것이 더욱 중요하니 지금은 소규모로 관아를 습격하는 일을 조금씩 하면서 거기서 얻은 재물을 백성에게 나누어주는 일과 함께 세상을 바꾸자는 격문을 만들어 사방팔방에 뿌리는 일을 하도록 하세."

신민은 백성의 마음을 얻어야 세상이 진정으로 바뀌고 또 그러기 위해서는 격문이 필요하다고 생각하였다. 신민은 작년에 고향을 떠나면서 잠시 만났던 박문기가 떠올렸다. 그는 처음 보는 자신에게 노자돈으로 은화까지 챙겨주면서 다시 만날 때까지 잘 지내라고 했었다. 생각해보면 다시 만나자고 한 것이다. 그때 박문기가 자신이 책이나 문서를 출판하는 일을 하고 있다고 한 말이 떠올랐다.

'음, 박문기에게 연락해 격문을 다량으로 인쇄해달라고 부탁해보자.'

격문은 백성들이 보고 분명하게 알아들을 수 있도록 간결하면서도 강한 주장이 담겨야 하기 때문에 신민은 격문에 다음과 같은 내용을 적기로 했다.

—. 환곡을 철폐하고 균전을 실시하라
—. 신분차별을 혁파하고 노비를 해방하라
—. 군정을 개선하고 양민수탈을 금하라
—. 탐관오리를 처벌하고 향촌의 관제를 개선하라
—. 서양세력의 침략을 막고 공납을 멈추라

이와 같이 격문의 내용은 온갖 학정과 신분차별에 시달려온 백성들이 도저히 이대로는 살 수 없다는 것을 주장하는 것과 외세 침략에 대한 저항이었다. 이들이 서양세력의 침략을 반대하는 이유는 서양세력이 들어와 행세를 하면 이들에게 바쳐야 하는 공물이 늘어나 백성들에 대한 수탈이 심해질 것이기 때문이었다. 외세가 들어오면 늘 백성들의 등이 휠만큼 갖다바치는 공물이 많았던 기억들이 전해오고 있던 탓이다. 신민은 발빠르고 재치있는 사람을 한 명 골라 박문기에게 격문 인쇄를 요청하기로 하였다. 혹시 누군가 눈치채고 뒤를 밟거나 임무를 파악하거나 하면 안 되었기 때문이다.

"저는 무봉산 심선골에서 왔습니다. 우리 신민 대장이 박문기 나리께 여쭐 일이 있어서 먼 길을 달려왔습니다."

바쁜 걸음으로 막 도착한 듯이 숨을 다소 거칠게 쉬면서 말하는 신민의 전령사에게 박문기가 물었다.

"어떤 일인데 그리 급하신가?"

그는 주변을 물리쳐주기를 바라는 눈치라 박문기는 그를 서재로 데리고 가서 이야기를 들었다.

"신민 대장께서는 백성들이 봉기에 참여하도록 격문을 만들어 널리 뿌리려 하는데 박문기 나리를 믿고 격문의 인쇄를 부탁드리려는 것입니다."

"백성들의 봉기를 촉구하는 것은 반역중의 반역인데 이를 어찌 내가 하겠느냐?"

"신민 대장께서는 나리께서 나라를 바로잡는 일에는 나서실 것이라 하였습니다."

"나라를 바로잡는 일과 이 일이 어찌 같은 일이냐?"

"저는 잘 모릅니다. 신민 대장께서 시키는 일을 전달하는 것뿐입니다. 다만 대장께서는 나리를 굳게 믿고 있는 것 같습니다."

사실 박문기가 신민을 만난 것은 딱 한 번뿐이었다. 그리고 많은 이야기를 나눈 사이도 아니었다. 조인홍을 통해 신민과 그 집안에서 생긴 일에 대해 조금 들었을 뿐이고, 무봉산 심선골의 신민이라는 자가 간간히 학정을 일삼는 마을의 수령을 공격하여 재물을 빼앗고 그 일부는 마을의 가난한 집에 나눠주고 사라진다는 소식을 최근에 들었을 뿐이다.

"격문의 요청은 잘 알겠다만은 나는 서양세력의 침략을 막자는 내용에 동의할 수 없으니 그렇게 알고 돌아가시게. 나는 평소 서양에 조선의 문호를 개방하여 서양의 앞선 문물을 받아들여야한다고 생각하고 있고 천주교에 대한 박해에 반대의 뜻을 상소문으로 임금께 올린 적도 있네. 그런 내가 이와 같은 격문의 인쇄에 어떻게 가담하겠는가?"

박문기는 자신의 입장을 설명하고 그를 돌려보냈다.

그런데 일주일쯤 후 잠자리에 들 야심한 시각에 어떻게 들어왔는지 사내 둘이 방문 밖에서 박문기를 불렀다.

"박문기 대감님, 신민입니다. 잠시 뵐 수 있을지요?"

박문기는 다소 당황하였지만 동요하는 표정을 짓지 않으며 그를 맞았다.

"격문에서 서양세력의 침략를 막으라는 내용은 빼도 좋습니다."

이차저차 설명이 없고 단도직입적이었지만 그의 말에는 격문이 반드시 인쇄되어야 한다는 굳은 의지와 격문 내용에 대한 고민을 담은 진중함이 배어 있었다.

그러나 그 말에 어떤 의미가 있는지는 정확하게 알 수 없었다.

박문기가 물었다.

"서양세력에 대해 반대하지 않는다는 뜻인가?"

신민은 이렇게 대답하였다.

"서양세력과 서양의 물품이 들어오면서 세도가들은 사치를 하고 농민들을 더욱 쥐어짜서 특산물로 공납을 바치게 합니다. 서양세력이 더 들어오면 지금의 학정이 더욱 심해질 것이 분명하니 반대할 수밖에 없습니다. 다만 우리가 봉기에 나서는 보다 중요한 이유는 백성의 피를 빨아먹는 삼정의 문란을 바로잡고 학정을 일삼는 수령을 처벌하려는 것이므로 이번에는 서양세력에 대한 반대를 거두도록 하겠습니다."

사실 중인이나 상인을 제외하면 서양세력이나 천주교를 받아드리려는 사람들이 거의 없었다. 특히 농민들이 보기에는 이들은 새로운 수탈세력일 뿐 피폐한 삶을 구해줄 세력은 아니었다.

박문기는 잠시 뒤에 이렇게 말하였다.

"잘 알겠네. 나는 서양세력이나 천주교가 백성들에게 해로운 짓을 하지는 않을 거라고 확신하네. 실은 앞이 깜깜한 조선의 길잡이가 되어줄 수도 있다고 생각하네. 하지만 이 이야기는 후일로 미루세. 언젠가 기회가 있다면 이야기를 깊이 나눌 수 있겠지."

두사람은 그러한 기회가 다시 오지 않을 것이라는 것을 아는 듯, 그리고 서로를 잘 이해하는 듯 대화를 마쳤다.

박문기는 격문의 인쇄를 맡기로 결심했다. 한자를 읽을 수 있는 백성은 많지 않으나 한글은 대부분 쉽게 읽을 수 있기 때문에 한글

목판인쇄로 하기로 하였다. 나무판에 한글 글씨를 새기고 그 위에 먹물을 바른 후 종이를 찍어 인쇄하기 때문에 이와 같은 격문을 준비하는데 많은 노력이 들지는 않았지만 실제 격문을 하나하나 인쇄했던 시간은 마치 배수진을 치고 싸움을 준비하는 장수의 시간 같았다.

그러면서 박문기는 작업을 돕는 나에게 무엇인가를 말하면서 나에게 메시지를 남기려는 지 아니면 생각을 스스로 정리하려는지 이렇게 말했다.

"한 장의 격문이 한 가족 아니 한 백성의 목숨을 죽일 수도 또 살릴 수도 있는 것이라네."

그리고는 큰 숨을 쉬고 나서 이어서 이렇게 말했다.

"우리 또한 여러가지 일을 겪을 수도 있을 것이야."

박문기의 말에는 그것이 단순한 인쇄일이 아니라는 뜻이 담겨있었다. 한길이는 목판에 먹물을 골고루 입히는 일을 밤새워했고, 나는 종이를 덮고 압착기를 내려 인쇄가 되는 일을 하였다. 박문기 역시 옆에서 한 장 한 장 보면서 같이 밤을 새웠다. 그리하여 천 장의 격문을 만들었다.

세벌 김매기 그리고 만물을 끝낸 음력 7월 백중절은 일년 농사를 마무리하는 일만 남은 시기로 장터에서는 매년 놀이패까지 불러 모아 난장판을 펼쳤다. 따라서 백중난장이 열리는 이때가 격문을 농민들에게 나누어줄 가장 좋은 시기였다. 대개 백중난장에는 주인들이 머슴에게 새 옷을 해주고 용돈도 두둑하게 주어 놀게 하였기 때문에 머슴들도 장터에 많이 모이게 된다. 따라서 양인뿐 아니라 노비들에게도 격문을 나눠줄 수 있을 것이다. 그렇게 격문은 백중난장이 열리는 날에 나눠줄 수 있게 준비되었다.

한편, 진주 민란 이후 삼남 지방에 대한 조정의 관심이 높아져 가고 있었다. 최근에 당파 싸움은 잦아들었으나 반면, 안동 김씨와 풍양 조씨의 세도 정치가 심해지면서 그 폐해로 사회가 문란해졌고 이로 인하여 지방 수령과 아전들의 가혹한 착취가 심해지자 삼남 지방을 중심으로 불만이 터져나와 크고 작은 농민의 봉기로 나타났기 때문이다. 이러한 사정은 조정에서도 여러 차례 논의되어 왕은 지방 관리의 행패를 엄중히 단속하도록 명령하면서 암행어사들을 도처에 보내어 관리들의 실정을 파악하고자 했다. 이들은 민란의 배후에는 몰락한 양반이나 개혁을 주장했던 사대부들이 있고 이들이 주축이 되어 농민들을 부축여서 민란을 일으키고 있다고 의심하고 있었다. 따라서 암행어사를 지방 도처에 보내는 데에는 농민들 뒤에서 이를 부축이는 향촌의 식자를 찾아 감시하려는 목적도 있었다.

실은 과거의 북학파가 다시 세력을 모아서 서양의 문물을 받아들이자는 주장을 넘어 신분제도나 과거제도 혁파를 도모한다는 소문이 퍼지면서 그 주동자를 색출하여 엄벌에 처하려는 조정의 움직임이 있었다. 특히 조정을 움직이는 외척 세력은 이들중 핵심이 북학회라는 것을 알고 이들을 찾아 엄벌에 처함으로써 다시는 자신들을 위협할 수 없도록 할 생각이었다. 그래서 자신들에 대한 충성도가 높은 자를 뽑아 북학회의 우두머리로 의심되는 이들의 동정을 살피게 하는 것도 암행어사 파견의 배경이 되었다.

그리하여 삼남 지방의 민정을 살피고 수령의 학정을 조사하기 위해서 왕은 공성도를 암행어사로 임명하여 내려보내게 되었다. 따라서 공성도의 임명에는 왕의 외척 세력의 천거가 있었음은 충분히 짐작할 수 있는 일이었다. 공성도는 누구인가? 그는 18세에 장원급제하며 조선의 주자가 나왔다고 떠들석 하게 했던 인물이다. 왕의 외척은 아니지만 그의 집안은 이조판서를 했던 증조부를 필두로 여러 벼슬자리를 맡았고 외척 세력과는 항상 가까운 거리를 유지하였다. 경기도 이천에서 만석지기 집안에서 맏아들로 태어난 그는 어려움을 모르고 자랐다. 집의 너른 마당에는 소작농들의 출입이 잦았고 때때로 소작인들이 제대로 산출을 보고하지 않거나 약속한 양대로 갖고 오지 않은 것이 들켜서 매를 맞기도 하고 빌기도 하는 광경을 수도 없이 지켜보며 자랐다. 부친은 공성도에게 자주 이렇게 말하였다.

 "소작농을 믿으면 안 된다. 우리가 신경쓰지 않으면 늘 속이려 들기 때문이다."

 왕도 공성도를 한번 만나고는 크게 신임하였다. 공성도가 암행어사의 명을 받고 삼남 지방으로 내려가기 전 외척 세력의 실세인 왕비의 삼촌되는 분의 전갈을 받고 공성도는 그가 초대한 작은 연회에 참석하였다.

 "자네는 영특하니 어명을 잘 받들 것으로 알고 있네만 그중 하나는 백성을 부추키는 못된 사대부와 북학회라는 세력이 있다고 하니 그들을 잘 감시하는 일이네. 뭐 하나라도 의심되는 자가 있으면 한양으로 바로 압송했으면 하네. 과거 당파 싸움이 이 나라를 얼마나 좀 먹었는지 자네가 잘 알것이니 사대부들이 어떤 형태로든 세력을 모으는 일이 다시는 있어서는 안 되네."

공성도는 왕과 외척실세의 신뢰를 받으니 몸이 부르르 떨리는 것을 느꼈다.

"조선의 명운을 지키는 일이라는 생각으로 소임을 다하겠습니다."

영조와 정조 시기에 이루어진 탕평책은 사림들의 당파 싸움을 잠재우고 나라의 기강을 잡는데 크게 기여하였다. 그런데 정조가 죽고 순조가 어린 나이에 국왕에 오르면서 왕의 뒤를 돌보아준다는 명목하에 왕실의 외척이 고위 관직을 독점하게 되었고 정치 기강이 다시 문란하게 된 것이다. 당파 싸움은 사림들이 성리학에 대한 해석을 기반으로 붕당을 이루어 싸우면서 정치 기강을 흔들어댄 것이었다면 안동 김씨와 풍양 조씨의 외척이 번갈아 실권을 잡으면서 이들은 그야말로 노골적으로 자신들의 이권을 위해 정치를 하였다. 이들은 본격적으로 농민들을 수탈하여 이익을 얻고자 하였고, 따라서 농민들의 피해는 더욱 커졌다. 한편, 많은 뇌물을 바치고 관직을 얻은 관리들은 그 대가를 농민에게서 다시 짜 내어 자신의 이익을 늘려갔다. 당시 재정을 확충하는 제도는 전정, 군정, 환곡으로 이를 통틀어 삼정이라 불렀는데 세도 정치와 맞물려 삼정은 날로 문란해졌다.

"작년에 비단 2필과 면포 30필을 겨우 마련하여 한양에 보냈는데 아니 그렇게 조금 보내면 어떡하냐면서 그 두배는 보내야 한다고 하니 도무지 엄두가 나지를 않는구먼. 내 주머니에 있는 것도 아니니 불쌍한 백성들에게 더 내라고 할 수밖에 없지 않겠나?"

"자네 고을의 이방이 아주 잘하는 것 같구먼. 우리 쪽은 중간에 자기들이 다 떼어먹는지 내게 갖고 오는 것이 형편없네. 어떤 좋은 수가 있으면 나에게도 알려주면 좋겠네."

지방의 수령들은 연회가 있을 때면 만나서 조정이나 외척에게 바쳐야 하는 뇌물을 어떻게 얻을지 궁리하는 것이 일이었다.

삼정의 문란이 극에 달하면서 백성들의 탄원이 빗발치자 조정은 위기 의식을 느끼고 암행어사를 보내서 조사하고 경우에 따라서는 어명으로 부패한 관리에 대한 처벌까지 허용하였다. 암행어사는 왕의 하명을 받은 비밀 감찰관인 셈이었다. 임시 관직이지만 왕의 직접 하명을 받아 권한이 컸고 민간인으로 위장하여 여러 지방을 순행하면서 부패하거나 백성들에게 횡포를 부리는 고을 수령이나 탐관오리들을 잡아내는 임무를 맡고 있었다.

공성도는 외척 세력으로부터 들어서 암행어사로 임명을 받을 것을 이미 알고 있었지만 구체적인 임무는 정확하게 알 수 없었다. 어명을 받고 궁에 들어서니 숭례문을 나갈 때 뜯어보라고 하면서 봉서 한장을 보따리와 함께 받았다.

봉서에는 이렇게 적혀있었다.

"너는 이제부터 암행어사다. 전라북도에 가서 수령과 관리들의 동태를 감시하고 잘못이 있으면 어명으로 처벌하라. 또한 익산의 수령 김경회의 탐학과 강경포구 근방에서 활동한다는 북학파의 동정에 대해서도 보고하라."

　두가지의 임무를 주었지만 북학파의 동정에 대한 보고가 더 중요하였는지 모른다. 세력을 불리고 있던 안동 김씨에게는 눈의 가시였던 홍문관장 정지우의 보호를 받는 것으로 알려진 박문기가 북학파 혹은 북학회를 이끄는 우두머리이거나 적어도 이들의 정신적인 지도자라는 의심을 갖고 있었기 때문이다. 특히 청나라에서 권총을 몰래 반입한 전대치 사건이 드러나면서 박문기와 오규봉이라는 북학회 지도자와의 연결, 그리고 정지우의 관련성에 대해서 밝혀 이들을 형벌에 처하고 싶어했을지도 모른다.

　홍문관장이었던 정지우는 박문기의 조부인 박시현에게서 소개받아 박문기의 부친인 박윤을 안 뒤로 서로 왕래를 하였는데 박윤의 도하사설을 읽은 후에는 더욱 매료되어 여러 차례 만나서 이야기를 나누면서 박윤의 집안 그러니까 박문기 집안에 대해서 상당히 알고 있었다. 사실 박문기의 천주교 관련 상소사건이 당시 세상에 알려진 것보다 훨씬 심각한 논쟁으로 이어졌지만, 박문기에게 특별한 벌이 내리지 않았던 것은 정지우의 역할 때문이었다. 당시의 논쟁은 실은 안동 김씨 세력과 홍문관장의 대결이었고 논쟁은 세도 정치의 전횡을 일삼던 안동 김씨의 패배로 귀결되었다. 그러나 논쟁에서 패한 안동 김씨 세력이 가만히 이를 두고 볼 리가 없었다. 그들은 어떻게든 복수할 기회를 노리고 있었다. 임금의 지지세력이기도 했으나 한편으로는 임금을 견제하려는 안동 김씨 외척 세력은 임금과 가까웠던 정지우를 어떻게든 누르려고 궁리를 하고 있던 차였다. 그리고 이와 더불어 박문기는 요주의 대상이 되었던 것이다.

"일전에 홍문관장 정지우가 박문기가 올린 상소문으로 시끄러울 때 그를 옹호하지 않았소? 어쩌면 정지우도 조선이 외세에 개방 정책을 써야 한다고 주장하면서 임금의 판단을 어지럽히는 북학파 일당일지도 모르오."

"저도 그런 의심이 듭니다. 그렇지 않으면 왜 정지우가 나서서 박문기를 그렇게 옹호했겠습니까?"

한편, 당시에 천주교 관련 상소사건은 천주교도가 아닌 사대부가 올린 상소로 알려지면서 젊은 사대부들을 중심으로 회자되었다. 젊은 사대부와 중인들중 일부는 천주교를 배척하는 것이 아니라 천주교뿐 아니라 서양의 문물을 받아들여야 한다는 데 뜻을 같이 하였고 박문기의 이름은 이 일로 인하여 정지우와 함께 전국적으로 알려졌다. 결국 천주교 관련 상소는 홍문관장 정지우를 박문기와 북학파에 연결시켰던 사건이 되었고, 안동 김씨 세력이 이들을 견제하여 세력을 억누를 필요가 있다고 생각하게 한 계기가 되었다.

공성도가 받은 신분증이자 역마와 역졸을 이용할 수 있는 마패에는 말 다섯 마리가 그려져 있었다. 이는 다섯 마리의 말과 열 명 가량의 역졸을 부릴 수 있는 권한을 의미하였다. 이와 함께 유척을 받았는데 이는 지방 수령이 도량형을 속여서 백성을 착취하고 있는지 파악하고 시체를 검사할 때와 같이 다양한 용도로 쓰이는 자를 말한다.

공성도는 강경포구로 바로 가지 않고 익산으로 향했다. 해는 뉘 엇뉘엇 벌써 어스름이 깔리고 길에는 벌써 다들 집으로 들어갔는지 별반 다니는 사람이 없었다. 익산 큰길가의 여염집에 사람들이 좀 있는 것 같아 들어갔더니 행상인들 몇몇과 낮 근무를 끝낸 관아의 나졸들이 저녁과 더불어 한잔하고 있었다. 길떠난 가난한 선비의 행상을 한 공성도가 슬쩍 끼어들자 나졸들은 눈으로 그의 행색을 살피더니 말을 섞었다.

"길가던 나그네인데 같이 한잔해도 되겠습니까?"

"보아하니 양반인 것 같은데 꽤나 배고프신 모양이구려."

"나는 이천에 사는 사람으로 조상의 전답을 갖고 송사를 벌이다 뭘 잘못보였는지 진도에 귀양 갔었는데, 다행히 이제 용서받아 집으로 돌아가는 길이지요. 이렇게 종놈 하나와 겨우 입에 풀칠할 정도의 노자밖에 없이 다니는 처지가 되었구먼요."

"요새는 양반도 행색이 안좋은 것을 자주 보는구먼. 올라오시구려."

신발을 벗고 조촐한 상차림에 끼니 밥과 국이 한 그릇 나왔다. 방 구석 한쪽에서는 은근히 양반으로 거짓 행세하는 것 아니냐는 듯 말하는 소리가 들렸다.

"요즘 양반이라고 하는 자중 진짜 양반은 보기 힘들다네."

옆자리의 나졸들은 슬그머니 공성도와 같이 있는 종의 행색을 살피면서 경계하는 기색이었다.

"살기가 어려워 이지경이 되었구려. 그나저나 이 동네는 요즈음

어떠신가?"

"돌아다녀서 좀 아시겠지만 이 근처뿐 아니라 삼남 일대의 백성이 모두 파탄난 듯하고 조정 대신들은 백성들 생각하기를 헌신짝만도 못하게 생각하는 것 같소이다."

한 나졸이 맞장구치면서 나직한 목소리로 속삭이듯 말했다.

"차마 임금을 욕하지는 못하지만 원성이 높아요. 몇 년 전에도 저 밑에 있는 진주와 같은 곳에서 큰 소동이 있었는데 지금도 누구라도 앞장서면 금방 불붙을 태세지요."

말이 지나쳤다고 느꼈는지 이후 나졸들은 조용히 자기들끼리 이야기하면서 밥을 먹더니 옷매무새를 고치고 일어났다. 아마도 어딘가에 순찰을 나가는 모양이었다.

익산의 수령 김경회는 부임한지 1년을 훌쩍 넘겼지만 조정에서 다음 부임지로 어디로 보낼 예정이라거나 아니면 현 부임지에서 임무를 더 맡게 될 것이라는 등 임기 후 임무에 대한 아무런 연락을 받지 못하여 초조해졌다. 한양에 끈을 대고 있는 부인을 통하여 전해진 이유는 보통 부임한지 1년쯤 되면 조정에 줄을 대고 특산물 등으로 뇌물을 바쳐야 하는데 그렇지 않아서 누구도 뒤를 봐주지 않는다는 것이었다.

김경회는 스스로 한탄하듯 말했다.

"내가 세상을 너무 모르고 살았구나. 은 백냥과 진귀한 물품 정도는 바쳐야 하는데 준비할 줄을 몰라 세월만 보냈구나."

마침 이방은 환곡을 이용하여 농민들에게 이자놀이를 하는 방법과 농민의 재산을 뺏는 방법을 알려주었다. 마음이 급해진 김경회는 돈을 모아 뇌물을 마련하기 위해 노골적으로 농민을 수탈하기 시작하였는데 그 정도가 지나쳐서 굶어죽는 사람들도 생겼났다. 학정과 수탈이 심해지면서 이는 곧 소문이 나서 김경회에 대한 원성이 조정에까지 미치게 되었다. 조정에서는 환곡이나 군포의 부족분을 메꾼다는 이유로 농민들에게 지나치게 부과하는 문제를 해결하고자 고심하던 차에 한양에 특별한 연고가 없는 김경회의 학정에 대한 탄원서를 접수하고는 이를 조사하여 본을 보이고자 하였다.

김경회를 조사하라는 하명을 받고 익산에 도착한 암행어사 공성도는 김경회에 대한 탐문을 한 뒤 채비를 갖추고 나졸들과 함께 암행어사 출두를 외치며 관아에 들어가 김경회를 꿇어 앉혔다.

"네 어찌 백성들에게 도움을 주고자 하는 환곡을 이용하여 가난한 백성의 피를 빨아먹는 이자놀이를 하였는가? 백성들의 원이 조정과 임금의 귀에까지 들어가도록 어떻게 염치없이 백성들을 이토록 수탈하였단 말인가?"

"아이고, 나으리. 죽을 죄를 지었습니다. 부디 목숨만은 살려주십시오."

김경회는 애걸하면서 유배라도 보내주시면 뉘우치면서 살겠노라고 땅바닥에 엎드려 빌었다.

공성도는 일벌백계하겠다고 으름장을 놓았지만 이런 생각이 머리를 맴돌았다.

'부친 역시 이천 지방의 대지주로 소작을 주면서 소작농으로부터 이익을 얻어 부를 쌓지 않았던가? 그리고 그 부로 인하여 오늘날의 내가 있는 것이 아닌가? 게으른 백성에게 일을 더 하라고 한 것이 죄라면 죄인 셈이지.'

그리하여 공성도가 김경회에게 내린 벌은 태형이나 또는 그보다 더 심한 고초를 겪게 하는 대신 관직을 박탈하고 유배시키는 것이었다.

"이 자의 관직을 즉시 박탈하고 완도로 유배시켜라."

공성도는 익산에 자리를 잡고는 수령인 김경회의 비리를 밝히고 형을 내린 후 수령 밑에서 아부하면서 또 한편으로는 탐욕적으로 재물을 쌓은 이방과 몇몇 관련된 자들을 옥에 가두고 태형을 내린 후 관직을 박탈하여 집으로 보냈다. 그러자니 당장 익산을 다스릴 자가 없어 당분간 수령을 대신하여 업무를 보기로 하였다.

그러던 중 무봉산 인근에서 도적떼가 또 출몰하여 고을의 수령을 한밤중에 패대기 하고 창고를 털어 재물과 곡물을 훔치는 한편 이 물건들을 인근 백성들에게 나누어 주어 백성들의 민심이 관을 떠나 도적떼에게 기울어간다는 보고를 받았다. 이들의 행태를 자세히 알아보려고 이들과 맞닥뜨려서 싸우다 허벅지를 칼에 찔렸던 관졸을 불러서 경위를 자세히 말해보라고 하였다.

아직 상처가 아물지 않아 절룩거리면서 앞으로 나온 관졸에게 책망을 주면서 이렇게 말했다.

"네 어찌 역적을 맞아 물리치지 못하고 이 지경이 되었느냐?"

"저들은 저희보다 수가 많고 칼과 죽창을 들고 죽기 살기로 덤비는데 그만 저희들이 당할 수가 없었습니다."

"몇 명이나 되었고 무엇을 훔쳐서 갔단 말인가?"

"한밤중에 당하여 자세히 알 수는 없었으나 보아하니 그 수가 스무 명 남짓하였고 수령이 있는 안채를 뒤져서 재물을 훔치고 곡물창고를 털어서 갖고 갈 수 있는 것은 뭐든 다 갖고 갔습니다. 아예 수레 같은 것을 갖고 와서는 곡물을 싣고 갔는데 나중에 들어보니 조금씩 마을 백성들에게 나누어주었다 합니다."

관졸에게 기강이 없다고 질책을 하였지만 공성도의 마음은 긴장되었다. 민심이 이들에게 기운다는 것은 실로 무서운 일이었다. 그것은 조그만 도적질이 아니라 조선의 기강을 송두리째 흔들수도 있는 농민 봉기로 이어질 수 있기 때문이다.

'임금이나 외척 대신이 걱정하는 것도 이런 일이 아니겠는가? 도대체 이들은 누구인가?'

백성들에게 곡물을 다시 나누어주는 것을 보면 단순한 도적 떼라고 보기는 어려웠다. 그렇다고 이들이 나라에 대한 반란을 꾀한다고 보기도 어려웠다. 어찌보면 그냥 행적이 아주 나쁜 수령에게서 도적질을 하고 그것을 가난한 백성에게 다시 나눠준 것에 불과한 것이기 때문이다.

공성도의 마음이 흔들렸다.

'어찌보면 나도 관리들의 부정부패를 찾아내서 벌을 주려고 암행어사를 하는 것이 아닌가? 어쩌면 이들도 나쁜 수령과 향리들을 찾

아서 징벌하고 백성들에게서 뺏은 것을 다시 백성들에게 돌려주려는 것 아닌가?'

이러한 생각이 마음 한구석에 자리잡으며 꼬리를 물었다.

'내가 과거시험을 보고 관직에 나가고자 했던 이유가 바른 세상을 만들려했던 것이 아니었던가?'

그러나 한편 관에 대한 공격은 반란이고 이를 행하는 자는 역적이기 때문에 이들을 모조리 잡아들여 뿌리를 뽑아야 한다는 생각도 깊게 자리를 잡고 있었다. 특히 지금 조정의 중심을 잡고 있는 분들이 특별히 나를 암행어사로 뽑아 내려보내면서 이를 당부하였다는 생각이 커다른 부담으로 마음속에 자리잡고 있었다.

"자네는 위기에 처한 조정을 구할 인물이네. 지방을 순찰하면서 잘못된 일들을 바로 잡게나. 지방의 수령이든 도적이든 가리지 않고 옳지 않은 경우에는 분명히 나서서 나라를 위해 바로잡아주게나."

"알겠습니다. 혼신을 다하여 잘못된 일들을 찾아서 바로잡겠습니다. 조정이 안정되고 임금님이 편히 지낼 수 있는 나라를 만드는데 제 한 몸을 바치겠습니다."

암행어사로 천거되어 발탁되면서 마음 속으로 이러한 굳은 다짐을 한 바 있었다.

'부패를 뿌리뽑고 반란을 꾀하는 자들을 처벌하여 나라의 기강을 잡는데 공을 세운 다음, 조정에 들어가 나랏일을 하면서 권세를 가지고 가문을 위하여 보다 큰 일을 하리라.'

이 다짐은 비단 암행어사로 자신을 뽑아서 보낸 사람들에 대한 것 만이 아니라 스스로의 마음을 다잡기 위한 것이었다.

 하지만 공성도는 소문으로만 듣던 삼남 지방의 농민 봉기 움직임에 대한 실마리를 찾지 못한 채 무봉산 근처의 관아 두개가 농민군에 의해 점령되어 무기들이 탈취되었다는 소식을 들은 터라 마음이 몹시 바빴다. 백성들이 이들에게 기울어가고 조만간에 크게 농민들이 일어날 지도 모른다는 이야기도 들렸다.
 "낭패로구나. 대체 어디서부터 손을 대야 한다는 말인가?"
 그러던 중 강경 관아의 장교가 급히 드릴 말이 있다고 찾아왔다.
 "농민 봉기를 선동하는 격문이 해동인쇄소라는 곳에서 인쇄되는 듯합니다. 거래하는 어떤 상인이 드나들다가 발견한 모양입니다."
 "그자가 말한 대로 자세히 아뢰어라."
 소문은 관아에 조용히 퍼져나갔고 박문기의 인품에 반해 평소 그를 존경하던 이방의 귀에도 들어갔다. 곧 암행어사가 역졸과 함께 해동인쇄소를 조사하러 간다는 이야기를 듣고 이들보다 서둘러 박문기의 집으로 향했다. 그날 저녁은 보름달이 일찍부터 휘영청 빛나고 구름 한점이 없었지만 유난히도 까마귀들이 마을 어귀의 나무들에 모여들어 까악 까악 우는 소리가 공기를 가르고 있었다.

 다음날 아침 일찍, 공성도는 말을 타고 익산을 떠나 역졸 5명을 이끌고 인쇄소를 찾아갔고 이들이 도착하자 박문기는 인쇄소에 나와 공성도 일행을 맞았다. 박문기와 공성도는 10살 정도의 차이가 났고 공성도는 박문기보다 머리 하나가 더 컸다. 두사람은 첫 대면이지만 실은 서로를 어느 정도 알고 있었다. 공성도는 박문기에 대해서 소멸했던 북학파를 다시 세워서 이끌려하는 실학자로 알고 있었고 박문기의 문장이나 지식이 뛰어남을 주변에서 많이 들어 알고 있었다. 특히 이번 암행어사의 임무 중 하나는 북학파의 움직임을 파악하고 미심쩍은 사항이 있으면 보고하는 것이었는데, 그중에서도 박문기의 활동이 주요 임무중 하나였기 때문에 그에 대한 소식을 탐문하여 비교적 자세히 알고 있었다.

박문기 또한 장원급제한 공성도의 학문적 역량에 대해서 들은 바가 있었을 뿐 아니라 그가 척화파인 안동 김씨 외척 세력의 후원을 받고 있다는 소문 역시 듣고 있었다. 사실 서로 인사를 나누었지만 암행어사가 민란을 부추기는 격문에 대한 수사를 하는 자리라 인사는 차가울 수밖에 없었다. 공성도는 증거를 못찾을 수도 있을 것으로 생각을 하면서도 수사에 협조하지 않으면 인쇄소와 박문기의 집을 구석구석 샅샅이 살펴볼 요량이었다.

"이 인쇄소에서 무봉산 인방의 농민 봉기를 선동하는 격문이 인쇄되었다는 것이 사실이오?"

박문기는 더 이상의 격식을 갖추지 않고 바로 질문을 하는 공성도를 바라보았다. 그의 눈은 공성도를 정면으로 바라보면서 떨리고 있었다. 어느 정도의 시간이 세상이 멈춘 듯 흘렀다. 두 사람은 그렇게 한참을 바라보았고, 이윽고 박문기는 나지막하지만 명징하게 대답했다.

"그렇소. 이곳에서 인쇄되었소."

농민을 선동하여 봉기에 나서도록 격문을 인쇄한 것은 사회를 혼란에 빠뜨리고 나라를 위험에 처하게 하는 대역죄에 해당되었다. 이번 사건은 지난 천주교 상소문 건처럼 조용히 비껴갈 수 있는 죄가 아니었다. 이는 역모죄에 해당되는 것이었다. 거기에다 공성도는 익산 수령의 학정과 탐학에 대해서는 어느 정도 성과를 내었지만, 무봉산 인근 봉기의 움직임에 대해서는 성과가 없었던 차에 자신의 부진한 실적을 이 격문인쇄건으로 만회할 요량이었다. 그는 자신의 뒤를 봐주었던 왕의 외척 세력에게 자신의 공에 대해 적극 알리려 하였고 외척 세력 또한 북학회와 이를 엮어 외세에 문호를 개방해야 한다는 개화파 세력과 함께 홍문관장 정지우를 누르는데 사용하고자 하였다.

여름이 되어 햇볕이 따가와지기 시작한 어느 날, 조선은 겉으로는 마치 아무런 일도 일어나지 않은 것처럼 평안해 보였다. 어쩌면 어떤 일도 해결될 수 없는 파국적 국면에 이르러 태풍 전야와 같은 상태이었는지도 모른다. 이날은 금강 하구 강경포구에 살고 있던 박문기에 대한 고발장이 익산에서 지방 관아를 거쳐 육로로 가지 않고 강경포구에서 배를 타고 제물포항으로 출발한 날이다. 지방 관아를 거치거나 육로로 가지 않고 해로를 이용해 고발장이 운송되는 일은 흔치 않지만, 고발장이 중간에 알려지면 감당이 되지 않을 것을 우려하여 남모르게 진행되었기 때문이다. 그리고 며칠 뒤 임금의 명령이라면서 박문기의 지체없는 호송이 하달되었다. 그것도 내륙을 거치지 말고 해상경로로 한시도 지체하지 말고 한양으로 압송하라는 명령이었다.

내용은 박문기가 농민 봉기를 부추겨 국란을 일으키려 한다는 것과 건국이념인 성리학을 끌어내리고 서양의 과학과 사상을 따라야 한다고 주장하면서 외세에 나라를 넘기려 한다는 것이었다. 실은 박문기가 이러한 주장을 담아 소를 올리거나 농민 세력을 규합하는 어떤 움직임을 직접 보인 것도 아니었기에 이러한 고발장이 어떤 의도로 작성되었는지는 확실하지 않다. 다만 박문기를 눈엣가시처럼 여기던 성리학자와 외척 세력들에게는 박문기를 조선의 건국이념을 위해하는 자로 몰아가는 데에 격문인쇄사건보다 더 좋은 것이 없었을 것이다. 그리고 공성도는 이들의 의도와 자신의 임무를 잘 알고 있었던 것 같다. 하지만 박문기에 동조하는 젊은 사대부와 중인 계급, 그리고 무엇보다도 신민과 같이 농민 봉기를 도모하던 세력이 아직 건재하고 있어 이들이 이러한 움직임을 알면 가만히 있을 것 같지 않다고 판단한 듯하였다. 그리하여 고발장마저 육로가 아니라 해상로로 운송되었고 박문기도 해상로로 압송하라고 어명이 급하게 왔던 것이다.

박문기는 그렇게 하여 마포나루를 거쳐 한양으로 압송되었고 의금부에서 죄인을 취조하는 문랑은 문초를 하면서 박문기와 신민의 관계에 대해 물었다. 그 자리에 배석했던 좌의정과 형조판서는 박문기를 최근 무봉산 인근의 고을들이 농민군에 점령되었던 사태의 배후라는 심증을 가지고 지켜보고 있었다. 게다가 얼마전 전대치 사건과도 연루되어 있다는 생각에 그들의 심증은 거의 확신으로 굳어졌다.

"두사람은 언제부터 알고 지냈는가?"

"일년 전쯤 호열자로 어머니를 여읜 한 젊은이가 찾아와서 그때 처음 만났고, 그 이후 다시 만난적은 없습니다."

"격문에 적힌 것과 같이 환곡을 철폐하고 균전을 실시하라던가 노비를 해방하라는 내용이나 군정을 개선하고 양민수탈을 금하라는 내용은 조선의 근본 질서를 해치는 일인데, 어찌 모르는 청년의 부탁을 만나지도 않고 들어주면서 격문으로 만들 수 있다는 말이냐? 정녕 신민을 모른다고 할 것이냐?"

문랑은 이렇게 말하면서 주리를 틀라는 명령을 내렸다.

몇 차례나 문초 중에 주리를 틀라는 명령을 내렸던 문랑은 여전히 박문기가 신민과 한 차례 만난적이 있고 고객이 요청한 인쇄물에 대한 부탁이라 인쇄 요청을 들어주었다는 주장을 굽히지 않자 더 이상 취조에서 얻을 것은 없다고 생각하고는 취조를 마치려 했다.

그러자 그 자리에서 형조판서가 직접 취조에 나섰다.

"전대치라는 자를 아는가?"

"……"

"전대치가 자백하기를 자네가 북학회의 우두머리라는데 그 말이 맞는가?"

"……"

형조판서는 대답이 없이 꼿꼿이 머리를 세우고 앞을 바라보고 있는 박문기를 보면서 화가 치밀은 듯 외쳤다.

"이 자를 당장 인두로 지져라."

살이 타는 냄새가 진동을 했지만 박문기의 입에서는 신음 소리만 나올 뿐이었다.

"입이 있다면 말을 하라. 네가 정녕 북학회의 우두머리인가? 네 뒤에 누가 있는지 자백하면 목숨만은 살려주겠다."

박문기의 눈은 저 먼 곳을 응시하고 있었다. 그리고는 무엇을 본 듯이 머리를 가볍게 흔들었다. 엷은 미소가 얼굴을 스쳐갔.

어떤 자백도 받아내지 못한 형조판서는 더욱 화가 돋친 듯 목소리를 높였다.

"박문기 이자는 전대치가 가담하였던 역모의 우두머리이고 또한 삼남 지방에서 백성들을 부추겨 민란을 일으키려 한 자이므로 가장 극형에 처해야 할 것이오."

그리하여 농민 봉기에 사용할 격문을 인쇄하여 조정에 반대하는 봉기에 불을 지피려했다는 내용으로 취조문이 작성되어 형조에 넘겨졌다.

형조의 판단은 대역죄에 해당되므로 참수형이었고 다음 날 아침에 조정에 모였던 일부 대신들이 참수형은 지나친 형벌이라고 의견을 내기도 했지만, 좌의정과 형조판서가 강하게 주장하여 조정은 더 이상 논의하지 않고 판단을 굳혔다.

나는 박문기가 한양으로 가는 뱃길에 동행을 하였다. 죄인을 한양으로 압송하는 길에 친지가 동행하는 일은 대개 허용되지 않지만, 해상으로 가는 경로라 바다에 익숙치 않은 관원들외에 죄인을 수발할 수 있는 사람이 필요하다는 요청이 있자 다행히도 친지의 동승이 허락되었다. 이 사실을 듣고 내가 동승할 것을 자원했기 때문에 같이 배를 탈 수 있었다. 뱃길은 사흘에 걸쳐 가야하는 길이었고 그 사흘은 박문기와 이야기를 좀 더 나눌수 있는 시간이 되었다. 압송대장은 관아에서 역졸을 다스리던 사람이었는데 천성이 그리 나쁜 사람이 아니었고 박문기에 대해 존경의 마음을 품고 있는 듯이 보였다. 그는 물과 먹을 것을 갖다주는 것외에도 죄인을 가까이서 수발하는 것을 허락해서 하루에 서너 차례 박문기와 이야기를 나눌 수 있는 기회를 깆게 되었다.

그런데 나의 동행이 그렇게 순조로웠던 것만은 아니었다. 압송대 포졸 중 한 명은 내가 박문기와 함께 있는 것을 전에도 몇 차례 본 적이 있다고 하면서 이렇게 물었다.

"자네도 인쇄소에서 격문 인쇄 일을 한 것이 아닌가?"

"아니요. 나는 어르신 댁에서 일하는 사람이지 인쇄일하고는 관계가 없소. 사람을 잘 못 보았소. 나는 다만 어르신을 수발하러 같이 가는 거외다."

나는 박문기와 인쇄소에서 같이 격문을 인쇄했다는 사실을 숨기고 거짓말을 할 수밖에 없었다. 그렇지 않으면 나 역시 같이 압송되거나 적어도 동행은 힘들었을 것이다.

박문기는 나와 짧은 시간이지만 이야기를 하면서 이렇게 말했다.

"결국 우리 모두는 죽음이라는 귀결을 통해서 삶을 일단락하는 것이지. 자네와 나, 심지어 집에서 기르는 개나 소도 마찬가지가 아니던가. 죽음이란 피할 수 없는 것이네. 다만 우리가 살아있는 동안에 만든 삶의 자취에서 아름다운 향기를 낼 수 있다면 그 삶은 성공이었다고 할 수 있겠지. 우리의 삶에서 그 이상이 있겠는가?"

그리고는 이렇게 말을 이었다.

"나는 부유한 집안에서 태어나 많은 것을 누리고 살았지만, 서자로 살면서 조선의 현실이 나와 같다고 생각했네. 그리고 조선이 변해야 하고 또 변할 수 있다면 나의 모든 것을 걸 수 있다고 다짐했네. 그 모든 것에는 나의 목숨도 포함된 것이었다네. 나는 이 길이 마지막 길이 되리라는 것을 알고 있네. 설사 저들이 내가 목숨을 구걸할 것이라고 생각한다면 오산일 것일세. 아마 그런 일도 없을 것이네만……"

나는 주로 듣고 있었으나 한동안의 침묵이 흐르자 이산의 밀고에 대해 이야기를 꺼냈다.

"이산이 어르신께서 격문을 인쇄한다는 것을 관아에 일러바친 것 같습니다."

박문기의 눈이 붉은 색이 번지면서 흐려졌다. 짐작은 한 터이지만 이산이 고발했다는 이야기를 들으니 감정이 북받치는 듯이 보였다. 떨리는 목소리를 숨기고 마음의 평정을 유지하려 하였지만 그의 말에는 슬픔과 분노 그리고 회한이 묻어나왔다.

"정녕 이산이 그리했단 말이냐…"

그러나 곧 마음의 평정을 찾은 듯 독백하듯 말을 이었다.

"이산은 본디 나쁜 사람이 아니지 않느냐? 그의 생각에 내가 하는 일이 자신이 생각하는 큰 일과 맞지 않는다고 생각한 것이었겠지."

그리고는 다시 말을 이어갔다.

"그는 농민들에게 천주교를 외세라고 선동하여 반대하게 만드는 것을 크게 잘못된 일이라고 말하곤 했지…"

"나 역시 그렇게 생각하네. 그래서 격문에서 그 부분을 빼라고 한 것인데. 이산이 보기에는 그래도 모자랐던 것이구나. 내가 이산에게 좀 더 설명을 해주었으면 좋았을 것을…"

"그러나 이산이 아니었더도 이 일을 내가 했다는 것은 밝혀졌을 게다. 어차피 결과는 매한가지 아니겠느냐?"

배를 타고 가는 도중 내내 갈매기들이 따라붙었다. 대개는 포구를 벗어나 멀리 나가면 갈매기가 배에서 떨어지는데, 오히려 갈매기는 배가 한양쪽으로 올라갈수록 점점 그 수가 늘어났다. 그중에는 빠른 속도로 내려와 배를 스치듯이 지나가는 공격적인 행동을 보이는 갈매기들도 있었다. 배가 마포나루에 이르렀을 때는 한강에 있던 갈매기까지 합류하여 갈매기의 소리와 비행이 사람들의 혼을 빼놓을 정도였다. 호송관이 박문기의 오른손에 추를 채워 배를 내려갈 때 갈매기의 소란은 절정을 이루었다. 심지어 나에게 격문 인쇄일을 같이 하지 않았느냐고 추궁하였던 포졸은 배에서 내리면서 포구로 건너가는 순간 갈매기가 머리 뒤를 쪼아서 그만 발을 헛디뎌 미끌어졌다. 다행히 물에 빠지지는 않았으나 미끌어지면서 손을 다쳐 피가 나고 복장은 진흙으로 더러워졌다.

"젠장, 이 망할 놈의 새새끼들이……."

갈매기를 향해 손을 내져으면서 욕을 했지만 그는 이미 공격적인 갈매기들에 기가 죽어있었다.

박문기는 마지막 순간에 무엇을 떠올렸을까? 나는 그와 가까이 지냈지만 마지막 순간에 혼절하면서 직접 보지 못했기 때문에 그가 죽음을 어떻게 받아들였을지 늘 궁금했다. 다만 마지막 길을 같이 가면서 보았던 그의 모습에서는 무엇을 슬퍼하거나 이루지 못한 것이 있어서 아쉬워하는 모습이 아니었다. 오히려 무엇인가 커다란 짐을 내려놓은 듯한 모습으로 보였다. 그것은 화살과 총알이 쏟아지는 전장터에서 비겁하게 숨지 않고 앞에 나서서 싸우다 쓰러지면서 자신의 몫을 다했다는 마음으로 마지막을 장렬히 맞이하는 전사처럼 느껴졌다. 아마도 제대로 싸워보지도 못하고 먼저 쓰러져 갔던 소현세자를 떠올렸을지도 모른다.

처형 소식을 전해들은 조인홍은 박문기의 시신을 수습하려 한양에 곧바로 올라가 수소문을 하였으나 시신 수습을 할 수 없었고, 끝내 시신이 어디에 묻혔는지도 알 수 없었다. 역모로 효수된 시신의 처리는 공동묘지에 묘비없이 묻히기 때문이다.

출판사

다가오는 백중난장에서 나누어줄 격문이 도착하지 않자 이를 이상하게 여기던 차에 신민은 박문기가 한양으로 압송되었다는 이야기를 전해들었다. 청천벽력이 머리를 내리치는 것 같았다. 무언가 일이 잘못되었다는 느낌이 들었다. 이 일로 인해 박문기가 큰 변을 당하는 것이 아닌가 하는 생각과 함께 한편으로는 격문이 없으면 농민들을 어떻게 하나로 만들어낼 지 걱정이 들었다. 학정에 시달리고 있는 농민들의 분노를 지펴서 그 힘으로 민란을 일으켜야 하는데 그런 힘을 만들어내는 데에는 격문 만한게 없었기 때문이다. 격문 같이 소리 소문 내지 않고 나누어 줄 수 있는 게 없으면 백성들이 모이는 시장에 나가서 외치고 다녀야 하는데 이는 너무 위험한 방법이고 또 효과적이지도 않을 것으로 생각되었다.

그런데 며칠이 지나자 박문기가 참수형을 받았다는 소식이 들려왔다. 저잣거리에 나가서 백성들의 분위기를 살피던 대원이 허겁지겁 들어오면서 전한 소식은 충격적이었다.

"해동인쇄소의 박문기 대감이 국란을 일으키려 했다는 역모죄로 참수되어 돌아가셨다고 합니다. 문초가 끝나고는 그 다음 날 바로 형장으로 옮겨져서 집행되었다고 합니다."

신민은 한동안 말을 할 수가 없었다.

"참수되어 돌아가시다니… 내가 격문을 부탁하지 않았으면 그리 되지 않았을 텐데."

격문을 부탁하러 저녁 늦게 담장을 넘어 박문기 집에 들어가 방 앞에서 마주하였던 박문기의 모습이 선하였다. 어쩌면 이렇게 일이 진행될 수도 있다는 생각을 했을 텐데 격문 인쇄 요청을 받아들이던 그의 모습이 어른거렸다. 처음 만나서 은화를 꺼내주던 모습도 그 모습에 포개졌다. 슬픔과 분노, 그리고 후회와 아쉬움이 섞이면서 마음이 소용돌이쳤다. 도저히 자리에 앉아있을 수가 없어 방을 나와서 숲속 골짜기 깊이 정처없이 들어가 걸었다.

나뭇가지와 수풀을 닥치는 대로 헤치면서 한참을 헤매다 어디인지도 알 수 없는 곳에 이르렀는데, 깊은 산에서 내려오는 조그만 시냇물이 있어 물가 바위에 걸터 앉아 흐르는 물을 하염없이 바라보았다. 떨어진 잎사귀며 나뭇가지들이 물위와 물속에서 세월과는 관계없이 자신들의 존재를 드러내고 있었고 무엇을 주장하거나 고민하거나 하지 않는 듯 보였다. 다만 물과 숲속에서 내려비치는 빛과 함께 하나의 조화를 만들어내고 있었다.

두번 밖에 만나지 못한 박문기였지만 신민은 박문기와 연결되어 있는 듯한 느낌이 강하게 들었다. 참수될 때의 느낌도 전해졌다. 그

것은 무언가 뜨거운, 그러면서도 밝은 느낌이었다. 눈물이 흘러내렸지만 슬프지 않았다.

"박문기 대감, 나도 이제 곧 당신을 따라 갈 것이오."

고개를 드니 나뭇가지에 머리가 검은 투구처럼 생긴 딱새들이 나란히 앉아서 신민을 쳐다보고 있었다.

그날 밤, 심선골의 대원들은 술자리를 마련해서 마음을 다잡았다. 출정식인 셈이었다. 신민은 이렇게 말했다.

"이제 나는 세상을 바꾸기 위해서 목숨을 내놨다. 나를 따르는 자들은 같이 나서자. 나서서 탐학오리를 처단하고 새로운 세상을 만들자!"

대원들은 좋아서 웃기도 하고 슬퍼서 울기도 하면서 술동아리를 놓고 밤을 같이 보냈다.

신민을 중심으로 하여 만들어진 농민군은 고을을 휩쓸면서 나아갔다. 고을의 수령들은 농민군이 도착하기도 전에 패물을 챙겨 도망가기도 하고 미리 나와서 항복하기도 하였다. 몇몇은 군사들을 챙겨서 맞서 싸웠지만 농민군들의 기세에 상대가 되지 않고 패하였다. 그렇게 고을들을 점령하면서 이윽고 익산의 너른 벌판을 바라볼 때가 되자 농민군의 수는 천명을 헤아렸다. 이제는 가는 곳마다 관군이 싸우지도 않고 도망가거나 심지어 어떤 이는 옷을 바꿔입고 농민군으로 들어오기도 하였다.

이러한 소식은 조정과 임금에게도 전해졌다. 한편, 익산벌을 농민군에게 넘기게 되면 전라도에 대한 조정과 관아의 권위는 완전히 떨어질 뿐 아니라 나라 전체가 흔들릴 수 있다는 위기감을 느낀 공성도는 급전을 보내 관군 삼백명을 익산에 보내줄 것을 조정에 요청했다. 급전을 살펴본 좌의정 김조건을 비롯하여 조정의 위기를 느끼고 있던 외척 세력은 임금에게 한양과 수원에서 삼백의 병력을 차출하여 내려보낼 것을 요구했다.

신민은 점령했던 고을들에서 수령과 아전의 악행을 심판하고 창고에 있던 곡식들을 백성들에게 나누어주었다. 한편으로는 심선골의 대원들을 중심으로 하여 부대를 새롭게 편성하였는데 대원들은 조금이라도 훈련이 되어 있었지만, 천 명이나 되는 농민군들은 대부분 준비없이 합류하였기 때문에 이들을 유지하고 관리하는 것이 보통 일이 아니었다. 이들을 먹이고 재우기 위하여 백방을 뛰어다니면서 시간을 보내는 사이에 관군들이 속속 익산벌을 경계로 하여 도착했다.

서로 어느 정도의 정비를 마친 후 익산벌을 사이에 두고 진을 치고 있던 농민군과 관군 사이에 드디어 전투가 벌어졌다. 익산벌을 가로지르면서 싸웠던 농민군과 관군의 전투는 이틀이 지나자 판세가 정해졌다. 관군은 수가 적었지만 총과 화포가 있었고 기병대가 말을 타고 다니면서 농민군의 기세를 꺾었다. 총이 몇 자루 있었지만 대부분 칼과 죽창으로 무장했던 농민군은 화포에 놀라 흩어졌고 군사훈련을 받은 적이 없었던 그들은 다시 모여 세력을 형성하기 어려웠다.

신민과 심선골의 대원들은 사력을 다했지만 가장 앞서 싸우다 많은 이들이 죽거나 다쳤다.

신민과 줄곧 함께 있던 대원이 왼쪽 가슴에 총을 맞았다. 붉은 피가 솟구치며 누렇게 바랜 무명옷을 적셔갔고 그는 죽어가면서 이렇게 말했다.

"대장, 나 먼저 가오. 대장 덕에 좋은 세상 만들자는 꿈을 꿀 수 있어서 좋았오."

"그래, 나도 곧 따라 가마."

그렇게 말하면서 신민은 칼을 들고 앞에 나섰지만, 이내 오른쪽 어깨에 총을 맞았다. 뼈가 부스러졌는지 오른팔을 쓸 수 없어서 왼팔로 칼을 다시 잡고 휘두르며 나아갔으나 말탄 기병이 휘두르는 창에 넘어지면서 관군에 둘러싸여 결국 사로잡혔다.

박문기의 죽음 후 그동안에 일어났던 일들을 알려주기 위해 내가 이슬을 찾아갔을 때는 이미 이슬은 하루 전에 한양쪽으로 간다고 하면서 기방을 떠난 뒤였다. 그리고 홍매는 호수에 들어가 나오지 않았다는 이야기도 들었다. 기생집 주인인 기모가 전한 홍매의 마지막은 기모가 이슬로부터 들은 것이다. 홍매는 박문기가 한양으로 압송되어 역모죄로 목이 잘리는 참수형을 받고 죽었다는 이야기를 듣고 거의 정신이 나간 채 일주일간 먹지도 않고 지냈다. 그리고는 바람을 쐬겠다고 나가는 것을 이슬이 따라 나갔고 이들이 간 곳은 박문기가 즐겨 다니면서 시간을 보냈던 강경호수였다.

"이슬아 나는 이 세상에 미련이 없단다. 나는 살면서 좋은 사람을 만나 가장 좋은 것을 누렸어. 짧았던 시간이 아쉽지만 나는 누구보다 행복했단다."

"언니 마음을 알아요. 그 분도 언니를 만나 행복했을 거예요. 다른 이와의 혼사를 모두 거절했다고 들었어요."

"그분은 여기에 자주 온다고 했어. 그리고 나를 데리고 몇 번 같이 오기도 했지. 늘 물속에 있는 잉어며 거북이를 보면서 이 자연이 너무 좋다고 했어. 이들이 자유롭다고 하시면서."

둘은 한참을 말없이 호수를 바라보면서 있었다. 해는 이제 뉘엿뉘엿 저물어가고 붉은 석양이 호수를 물들이고 있었다.

"이슬아, 이제 나도 그분을 따라 가련다. 너를 남겨 두고 가서 미안하구나."

그리고는 홍매는 그대로 호수물로 들어갔다.

"언니! 언니! 가지마오. 나 홀로 어찌 살라고 이러시오!"

이슬이 외쳤지만 홍매는 한 번도 뒤를 돌아보지 않고 들어가 다시 나오지 않았다.

그런데 기방의 기모가 전해주었던 홍매의 마지막은 나의 마음을 더욱 메이게 했다. 이슬 생각에는 홍매 언니가 호수물에 그냥 들어간게 아닌 것 같다는 것이다.

"붉게 물든 석양에 어지러워 잘 보이지는 않았는데, 호수 저쪽에서 어떤 분이 팔을 벌리고 있었고 홍매 언니는 그 분을 향해 갔어요. 그만 석양에 눈이 부셔서 눈을 뜰 수 없는 사이에 홍매 언니는 물에 들어갔는지 더 이상 보이지 않았어요."
 그렇게 홍매는 사라졌고 기모는 내가 찾아갔을 때 한지에 적은 시 한 편을 주면서 이렇게 말했다.
 "다만 떠나면서 혹시 박대감님 쪽 사람이 찾아오면 주라고 시 한 편을 남겼다오."
 '오실 님은 바람에 낙엽이 져도 오지 않고
 천년의 꿈은 그저 일장춘몽인 듯
 강경호수의 거북은 그대론데
 님 생각에 마음이 흩어진다.'

 공성도는 총에 맞은 채 잡혀온 신민을 직접 취조하고는 효수형을 내렸다. 그날 저녁 저잣거리 한복판에 신민의 목이 걸렸다. 신민은 눈을 감지 못했다. 그러나 그의 눈은 분노나 공포의 눈이 아니라 하염없이 무언가를 바라보는 욕심없는 눈이었다. 공성도에게는 암행어사로서 반란군의 수괴를 손수 처리한 중요한 사건이었고 아마도 이 일로 임금의 치하와 커다란 관직의 보상이 있을 것이었다. 기분이 좋아진 그는 잔치를 벌일 것을 명하면서 기생도 자리하도록 했다. 공성도는 한상 가득 차려진 저녁을 먹고는 기생을 불렀지만 누구도 그 곁에 다가가고 싶어하지 않았기 때문에 자연스럽게 이슬에게 기회가 왔다.
 방에 들은 공성도는 기분좋게 취한 상태에서 방에서 작은 상을 받아 한잔 더 한후 이슬에게 옷을 벗으라 했다. 이슬은 옷을 벗는 채 하면서 머리를 묶은 독이 든 비녀를 꺼내 공성도의 심장에 그대로 찔러 넣었다. 가슴을 잡고 움찔하던 공성도는 옆에 놓아둔 칼을 잡고 비틀거리며 일어나 이슬을 베었다. 솟구치는 붉은 피가 하얀 속옷에 꽃잎처럼 흩트러지듯이 묻으면서 그녀는 쓰러져갔다. 그리고 잠시 후 또 다른 주검이 쿵하는 소리를 내면서 그녀 옆에 무너져 내렸다.

무심하게도 내가 이슬의 마지막에 대한 이야기를 들은 때는 그녀의 죽음 후 한참이 지나서였다. 내가 있는 곳을 수소문하여 겨우 나를 찾아온 기생집 주인인 기모는 이슬이 홍매가 스스로 목숨을 끊은 이후 한참을 안절부절하지 못했고, 그러면서도 내가 혹시 올까 기다렸다는 것이다. 그런데 내가 오지 않자 나도 관에 잡혀 형을 받고 있을 것이라고 생각하고는 한양쪽으로 간다면서 길을 떠났는데 도중에 박문기를 처형하여 공을 세웠다고 다녔던 공성도가 농민반란군을 진압하기 위해 익산에 머물러 있다는 이야기를 듣고는 익산 근처의 기생집에 들어가서 기회를 보다가 일을 저질렀다는 것이었다.

그 이야기를 들은 날 밤, 이슬이 꿈에 잠깐 나타났다.

"안녕하세요. 지난날 님 덕분에 행복했어요."

눈에 눈물이 가득한 연약한 여인의 모습이었지만 행복했다고 이야기하였다. 나는 이슬이 꿈에 보이자 손을 내밀어 잡으려 하다가 바로 깨는 바람에 꿈에서 더 볼 수 없었던 것이 몹시 아쉬웠다.

'어떻게 가냘픈 그녀가 비녀로 사람을 죽일 생각을 했을까?'

모든 것이 아쉽고 또 아쉬웠지만 그녀는 떠났다. 누구의 돌봄도 받지 못한 채 그녀는 꽃다운 생을 마친 것이다. 박문기의 죽음에도 울지 않았던 나는 꺼이꺼이 하루종일 울었다.

　박문현은 박문기가 참수형으로 죽은 이후 역모죄를 지은 동생을 둔 죄로 관가에서 수치스러운 조사를 받아야만 했다. 그러나 오랜 신뢰관계를 쌓아왔던 청나라의 친구들 도움으로 북경의 고위관리가 조선의 조정에 직접적인 압력을 넣었고 특히 도관찰사를 하고 한때 형조판서까지 지낸적이 있는 동향 어르신의 도움으로 박문현은 옥살이를 하지 않고 풀려날 수 있었다. 조선사행이 청나라에서 돌아오는 길에 청나라의 외교문서를 접수하여 돌아오는 경우가 있는데, 조선사행의 귀국길에 청나라에서 정식 외교문서로 접수받은 내용은 다음과 같았다.
　'청나라 조정에서는 최근 조선에서 외국에 문호를 개방할 것을 주장한 사대부가 역모죄로 처형되었음을 관심을 갖고 지켜보고 있으며 이 사건이 청나라와의 관계에 영향을 주지 않으며 조선과의 선린 관계가 유지되기를 희망한다.'
　나는 남아있는 인쇄소와 출판물들을 정리하기 위하여 박문기의 집 근처에 있는 거처에 머물렀는데 하루는 박문현이 불러서 다음과 같이 부탁했다.
　"나는 동생의 일을 잘 모르지만 그 일이 끊기지 않고 계속되었으면 하는 바람이 있네. 어쩌면 나의 아버님도 동생을 매우 아끼셨으니 그렇게 생각하실 거야. 그래서 자네가 그 일을 계속해주었으면

하네. 이전처럼 그렇게 활발하게 할 수 있을지는 모르겠지만 동생이 하고자 했던 일들이 지속될 수 있으면 나는 그것으로 족하네."

그러면서 상당한 금액의 돈을 주었다.

박문현은 동생이 역모죄로 처형을 당한 이상 조선에서 무역업을 지속하기는 어렵다고 생각하였던 것 같다. 그리하여 오랜 기간 같이 무역업을 해오면서 집에 자주 왕래를 해왔던 강위 삼촌에게 강경 나루터의 권리와 배의 운영권을 넘겨주기로 하고 가족들과 함께 고향을 떠나 상해로 향했다. 나는 박문현과 그 가족이 떠나는 길에 전송을 나갔다. 박문현에게는 항상 오갔던 뱃길이었지만 다시 오기 어려운 길이라 생각했는지 그 모습을 기억에 담으려 자꾸 뒤돌아보는 것 같았다. 그렇게 박문현과 그 가족은 강경을 떠났다.

그렇게 해서 해동인쇄소는 명맥을 이어나갔고, 시간이 어느덧 흘러 삼십 년 가까운 세월이 훌쩍 지나갔다. 그 사이 박문기의 집에 있던 인쇄소는 강경시장과 가까운 곳으로 이사하여 붉은 색 벽돌로 지어진 보다 널찍한 건물에 자리를 잡았다. 한글로 된 철자도 구비해서 목판본이 아니라 한글로도 금속인쇄를 하여 훨씬 선명하고 보기 좋은 책을 만들어냈다. 책 출판으로 많은 이문을 남길 수는 없었지만, 책에 대한 수요는 끊임없이 있었기 때문에 책 출판 사업은 비교적 안정적이었다. 어쩌면 더 크게 책 출판 사업을 할 수도 있었지만, 그것이 나의 임무라고 생각되지는 않았다. 박문기와 함께 책 출판을 시작한 이유가 처음부터 이윤을 남기고 사업을 번창시키려는 목적이 아니었기 때문이다. 박문기가 인쇄소를 시작한 목적을 나와 논의하여 정하지는 않았지만, 분명 그 사업을 시작할 때 박문기가 마음속으로 정한 목적은 책을 통하여 신지식과 선진문화를 전하고 세상을 바꾸는 것이었을 것이다.

한편, 박문기의 죽음은 소리없는 함성과 메아리가 되어 조용히, 그러나 끈질기게 울림이 되어갔다. 그러면서 그 울림은 많은 이들의 가슴에 불을 지폈다. 그러나 여전히 호열자는 사그라들지 않고 잊을만 하면 온 마을을 휩쓸고 지나가기를 반복하였다. 호열자가 하층민의 가슴에 새겨둔 공포와 현실의 힘든 삶 위에 가중되는 지배층의 수탈은 동학이라는 새로운 종교를 조선 사회에 드러내도록 이끌었다. 동학을 이끌었던 최제우는 이렇게 말하면서 사람들을 끌어모았다.

"조선에는 악질이 가득하여 백성들이 한시도 편안한 날이 없지만 한울님을 공경하면 호열자와 같은 괴질에 걸려 죽을 염려가 없을 것이다!"

그리고 그는 이렇게 새로운 시대가 와야한다고 외쳤다.

"가련하다. 가련하다. 조선의 운수 가련하다. 온 세상이 괴질 운수니 이제는 개벽이 아니겠는가?"

이처럼 끝도 없이 괴롭히는 괴이한 질병과 그로 인해 민간에 퍼진 두려움은 역설적이게도 누군가에게는 이를 해소하고 사람들을 구원해 내려는 생각을 품도록 만들었다. 최제우는 이러한 사회 분위기를 등에 업고 동학으로 두려움을 극복할 수 있다는 안도감을 주었던 것이다. 이어 그는 새로운 세상인 개벽까지 언급함으로써 농민과 하층민들의 마음속에 깊이 파고들었다. 민심은 이미 더 이상 흉흉해질 수도 없을 만큼 조정과 관을 떠나 멀리 가버린 상태였다.

인쇄소에는 책을 사고 파는 이들이 각지에서 오기 때문에 민심의 동향에 대해서는 잘 들을 수가 있었는데 날이 갈수록 관리들의 횡포에 민심이 이반되어 가는 것이 느껴졌다. 그리고 이는 조정이나 향촌의 관리에 대한 분노에 그치는 것이 아니라 조선에 세력을 뻗쳐나가고 있던 일본과 같은 외세에 대한 저항으로 커져가고 있다는 것도 알 수 있었다. 일본이 무력을 앞세워 조선의 문을 강제로 연 이후 조선에 들어와 도움이 되는 것이 아니라 무엇인가를 뺏으려 한다는 것과 결국 백성들이 그 피해를 보게 될 거라는 이야기들이 끊임없이 들렸기 때문이다. 실제로 강화도 조약으로 개항을 한 이후 조선에는 서양 물건들이 쏟아져 들어왔고, 이에 대한 대가로 국내의 곡물이 대량으로 유출되었는데 결국 이는 농민에 대한 수탈로 이어지면서 농민은 하루가 다르게 몰락해갔다.

하루는 떠돌아다니는 거렁뱅이가 인쇄소에 와서 구걸을 하는데 불쌍하여 말을 걸었더니 자신과 같은 처지에 있는 백성들이 부지기수로 많다고 하면서 문앞에 걸터앉아 이렇게 넋두리 같은 이야기를 늘어놓았다.

"가난 때문에 떠돌아다니는 백성이 셀 수도 없을 만큼 많지요. 나도 그놈의 환곡 때문에 이 지경이 되었어요. 봄에 먹을 것이 없어 곡식을 빌렸다가 가을에 이를 갚아야 하는데 이자를 몇배 쳐서 내라 하니 갚지도 못하고 어쩔 도리가 없었지요. 그런데 향리가 재산을 뺏을 요량으로 조사를 나와서는 남아 있는 가옥이며 마당에 있는 대추나무며 아주 싸게 가격을 후려치고는 돈을 갚지 못했으니 집으로 대신 갚으라 하면서 다 빼앗아 간 것이에요. 그래서 아예 집도 없어지고 가진 것을 모두 빼앗긴 채 이 마을 저 마을 떠돌아다니게 된 것이지요."

이어서 환곡뿐 아니라 부역과 세금으로도 백성들을 쥐어짜서 백성들이 살아갈 방도가 없다고 하면서 분노를 감추지 않고 이렇게 설명했다.

"마을에 원래 50호가 있었다고 칩시다. 10호가 이렇게 집을 뺏기고 사람이 살지 못하게 되면 나머지 40호가 원래 50호의 부역과 세금을 맡게 되어 남은 집도 허리가 휘청거리게 되고 점점 마을을 떠나게 되는 거지요. 그 마을을 다스리는 수령은 부역과 세금을 조금이라도 더 걷으려 하기 때문에 누군가 집을 버리고 떠나면 마을에 남아 있는 이들이 떠난 이의 몫까지 내야하는 거예요. 그러니까 백성들은 점점 도탄에 빠지고 수령에 대한 원성도 높아져서 누가 부추기기라도 하면 당장 목숨을 걸고 민란으로 들고 일어나려 하는 거지요. 저도 마찬가지예요. 누가 나서면 저부터 따라 나서렵니다."

그렇게 민심은 하루가 다르게 나빠져 가고 있었다.

"그런데 민란이 일어나면 조선 군대가 아니라 일본 군대가 쳐들어와서 백성들을 다 죽인다는 소문이 있어요. 그 소문이 사실이어도 만일 민란이 나면 나도 거렁뱅이로 사느니 그냥 민란에 가담하여 죽는 쪽으로 선택하려 합니다."

그로부터 얼마 뒤, 그러니까 내 나이가 쉰 살이 되던 해에 동학란이 터졌다. 그런데 듣기로는 이 보다 2년 전에 전라도 고부군에 조병갑이라는 사람이 군수로 부임하여 왔던 일이 있었는데, 그는 농민들에게 과중한 세금을 부과하는 것뿐만 아니라 무고한 사람의 재물을 빼앗아 갈취하였고 이에 항의하는 사람들에게는 가차 없이 형벌을 가하였다는 것이다. 그뿐만이 아니라 농민들에게 음란한 죄나 화목하지 못한 죄 등 어처구니없는 죄명을 씌어 벌금을 받아 냈고, 자신의 부친을 기리는 비석을 만든다는 이유로 돈을 걷기도 해서 비행과 만행이 이루 말할 수 없을 정도였다는 것이다.

이에 분노를 금치 못한 동학도와 농민들은 상소를 여러 번 하였는데 조병갑은 그럴 때마다 오히려 상소문을 올린 자들을 옥에 가두고 벌을 주곤 했다. 그러던 중 고부군 동학당 접주로 있던 전봉준의 아버지 전창혁도 탄원서를 냈다고 하여 잡혀서 심한 매질을 당했는데, 그 후유증으로 한 달 만에 죽는 일이 생겼다. 이렇게 상소문이나 탄원서는 아무런 효과가 없었을 뿐 아니라 돌아온 것은 더 심한 악행이었던 것이다. 그리하여 전봉준을 비롯하여 분노가 절정에 오른 농민들은 동학도를 중심으로 하여 힘으로 군수를 몰아내자고 결의하고 무기를 준비하기 시작하였다. 그러던 어느 날 새벽, 전봉준이 이끄는 천여 명을 헤아리는 농민들이 이마에 흰 띠를 두르고 죽창과 농기구를 무기로 삼아 말목장터에 집결하였다. 그렇게 동학란이 터졌다. 전라도를 중심으로 하여 세력을 키운 동학도는 무기를 좀 더 갖추고 집강소를 만들어 스스로 통치권을 갖기도 했다.

그러던 어느 날이었다.

집강소의 한 접주가 동학 무리를 이끌고 해동인쇄소를 찾아와 폐정개혁안 인쇄를 요청하였다. 광대뼈와 코밑의 검은 수염이 강한 성격을 나타낼 것 같았던 접주는 의외로 말씨가 부드러웠다.

"우리 집강소에서 백성들에게 널리 알리고 실천하고자 하는 폐정개혁안을 갖고 왔으니 인쇄해주시오. 우리는 도적 떼가 아니니 안심하시고 일을 맡아주시오. 인쇄비는 잘 쳐서 드리리다."

이들이 갖고 온 폐정개혁안은 다음과 같았다.

一. 탐관오리의 죄목을 밝혀 엄벌에 처할 것

一. 횡포를 부리는 부자는 엄벌에 처할 것

一. 불량한 유림과 양반을 징벌할 것

一. 노비문서는 불태울 것

一. 인재등용에 지역차별을 타파할 것

一. 외적과 내통하는 자를 엄벌에 처할 것

접주는 내가 망설이면서 대답을 하지 못하자 자리에 앉아서 이야기를 나누자고 하면서 이렇게 말하였다.

"이십 년 전쯤에 조선이 개항하고 나서 일본을 비롯한 외세가 조선을 자기집 안방인양 물밀듯이 밀려들어오지 않았겠소. 그렇지 않아도 탐관오리들은 백성에게서 뭐 뜯을 것이 없나하고 착취하는데

만 열을 올려 나라는 파탄이 나고 백성들은 못살겠다고 아우성인데 이제는 외세까지 들어와 뺏어가려 하니 조선에는 희망이 없어진 거지요. 저희 동학도는 더 이상 이 위기를 바라만 볼 수 없어서 분연히 떨쳐 일어나 세상을 바로잡고자 하는 것입니다."

접주를 호위하는 듯한 동학군 병사는 총을 들고 있었고 그들의 요청을 거절하면 어떤 일이 벌어질 지 알 수 없는 상황이었다. 지난 세월 동안 내가 겪었던 일들과 주장들이 떠올랐다. 탐관오리를 밝혀 엄벌에 처하라는 주장은 유계춘이나 박문기가 주장했던 것과 같지만 동학군들은 신분 차별을 없애라는 주장에서 더 나아가 노비 문서를 불태우라는 주장까지 하고 있고, 외세와 내통한 자는 엄벌에 처하라는 것이다. 그리고 이들은 과거와 달리 총도 있어서 그냥 관군에 호락호락 당할 것 같지 않은 위세가 있었다.

이들이 요청하는 폐정개혁안에 들어있는 내용 중 외적과 내통하는 자를 엄벌에 처하라는 내용은 일본에 대한 경계와 적대심 때문인 것 같았다. 들리는 소문으로는 동학군이 일본을 배격하고 청나라에는 협조적이라는 이야기도 들리던 때였다. 하지만 나에게는 청나라나 일본이나 과거에 박문기 집안에서 무역업과 상거래를 하면서 상대를 하던 나라들인데 이들 외국 세력중 누가 좋고 나쁘다고 판단할 수가 없었다.

'박문기는 여러가지 어려움을 겪으면서도 외국에 문호를 개방하여 선진 문물을 받아들이자고 주장하지 않았는가? 거기에다 외국 세력중 어떤 나라는 외적이라 하여 적대하고 어떤 나라에는 협조적

이라 하니 내가 내용도 잘 모르면서 누구를 편들 수 있다는 말인가?'

과거 격문인쇄로 박문기가 죽게된 일이 떠올랐다. 어쩌면 그 기억은 내 머리에서 한 번도 떠난 적이 없었을 것이다. 폐정개혁안의 주장이 아무리 옳다고 하더라도 나는 동학군 요구에 따라 폐정개혁안 인쇄를 할 수는 없었다.

나는 아직도 박문기가 왜 격문을 인쇄하기로 결정하였는지 잘 모른다. 격문 인쇄로 생길 일들이 어느 정도 예상이 되었고 또 봉기를 일으켰던 농민들이 서학을 배격하던 이들이 아니었던가? 나라를 개방하여 새로운 문물을 받아들여야 한다고 그렇게 주장하고 또 해동운화를 썼던 그가 서학을 배격하려는 농민들의 요청을 받아들여 격문 인쇄로 목숨을 잃고 그렇게 허망하게 세상을 떠난 일은 아직도 충분히 이해할 수 없었다. 다만 신민과 농민들에 대한 연민과 무언가 세상을 향해 외쳐야 한다는 마음이 있었을 것으로 짐작하고 있다. 허나, 나는 박문기처럼 되고 싶지는 않았다. 더욱이 세상일이란 그렇게 목숨바쳐 어느 한 편을 들어야 할 일은 아닌 것 같았다. 그날 밤, 인쇄소는 불에 탔고 결국 폐정개혁안은 인쇄되지 못하였다. 한밤중에 일어난 불로 인쇄소는 벽돌로 된 건물의 형체만 남기고는 완전히 사라져버렸다.

나는 다음 날로 짐을 싸서 제물포로 가는 배에 오르기 전에 그동안 하지 못했던 한가지 일을 하고자 했다. 어쩌면 박문기도 그렇게 원했을 일이기도 했다.

인쇄소에 불이 난 것을 보고는 밤중에 달려와 어떻게든 불을 끄려고 노력했던 한길이는 그 노력에도 헛되게 인쇄소가 완전히 전소된 것을 보고는 그 앞에 앉아서 망연자실하여 하염없이 끄억끄억 울고 있었다. 이제 한길이도 마흔을 훌쩍 넘겼고 건너 마을 김진사댁 몸종의 여식과 맺어져서 벌써 아이가 셋이나 되는 어른이 되어 있었다.
　"순이 아빠, 그만 일어나시오. 이제 인쇄소는 불에 타서 다 없어진 것이오."
　"대감님과 형님과 그렇게 고생하고 만들어 왔는데… 아이고, 아이고… 이 일을 어쩌나."
　한길이의 울음은 그치지 않았다.
　"미안하네 미안해. 내 잘못이 크네."
　"아니요. 형님이 무슨 잘못을…. 인쇄소를 지키겠다고 그렇게 어렵게 일해왔는데…. 아이고, 아이고."
　그렇게 한길이가 한참을 목놓아 울은 뒤에 다소 정신을 차리자 나는 한길이를 내가 사는 집으로 데리고 갔다.
　혼이 빠져 아침밥이나 뭐나 먹을 상태도 아니고 또 준비할 수도 없었지만 그래도 물을 끓여 국화차를 우린 후에 작은 상을 마주하고 한길이와 앉았다. 국화차 향기에 한길이가 다소 진정된 듯하였다.
　"순이 아빠, 마음이 아프겠지만 하늘이 무너져도 살아날 구멍이 있지 않겠소?"
　"형님, 이제 인쇄소도 없으니 대감님 뜻도 받들 수 없고 먹고 살 도리도 없으니 앞으로 어떻게 살아가나요?"

나는 한길이의 걱정스러워하는 모습이 안쓰러웠다. 그리고는 일어나서 장롱속에 들어있던 해동인쇄소와 내가 사는 집의 토지소유 문서를 찾아서 다시 앉았다.

"순이 아빠, 이제 이 문서들을 가지게. 둘 다 팔아도 좋고, 우선 이 집 문서 하나만 팔아서 노잣돈을 마련한 다음 뭔가 먹고 살 일을 찾아서 하면 좋을 것 같네. 자네는 머리도 좋고 기술도 많이 있으니 무슨 일을 해도 먹고 살 수는 있지 않겠나? 나는 이제 강경을 떠나려 하네."

토지문서들을 쳐다보던 한길이는 놀라서 이렇게 말했다.

"아니 형님, 왜 이러세요. 어찌하려 이것들을 저에게 맡기시나요? 형님은 어떻게 사시려고요?"

"나는 가족도 없고 이제 이곳을 떠날 때가 되었네. 나는 제물포나 한양으로 가려하네. 내 걱정은 하지 말게. 그 정도 노자는 갖고 있네. 내 한 몸 먹고 살 수 있는 방도야 찾으면 있지 않겠나?"

"형님마저 떠나면 저는 어찌 살라고 이러시나요?"

"이제 나라에서 노비 제도도 폐지한다 하니 자네는 양인이네. 실은 나는 자네가 본디 양인이라고 벌써부터 생각했네. 또 박문기 어르신도 일찍이 자네 신분을 풀어주고 싶어했네만, 돌아가시는 바람에 그렇게 못하신 거지. 나에게는 자네가 이런 신분으로 살면 안 되는 사람이라고도 했었네. 그러니 이제 자네는 이것으로 돈을 마련하여 가족들을 데리고 잘 살았으면 하네. 사실 어르신이 돌아가신 뒤에 지금까지 인쇄소를 운영할 수 있었던 것은 자네가 있었기 때문일세. 자네가 없었으면 나 또한 벌써 어디론가 떠나지 않았었겠나? 그러니 이 집문서들은 자네 몫이라 해도 틀리지 않을 걸세."

한길의 눈이 젖어들어가고 찻잔을 두손으로 잡은 손이 떨리는 것을 보면서 이렇게 말했다.

"이제 식구들에게 어서 가시게. 나는 짐을 싸서 제물포로 가는 배를 타고 떠나겠네. 행여 나와 보지 말게. 다 놓고 그냥 홀로 떠나가고 싶네. 내 집에 남아 있는 물건이나 짐은 그냥 자네 것이니 하면 될 것이네."

한길에게는 나의 결정이 갑작스럽게 느껴져서인지 당황하여 경황이 없는 듯했고 나는 한가지 당부를 덧붙였다.

"혹시 어려운 일이 생기거나 중요한 결정을 해야하는 상황이 되면 강위 어르신을 찾아뵙게. 아마도 도움을 주실걸세."

나는 그렇게 내가 쓰던 물건들을 대부분 놔둔 채 가벼운 봇짐 차림으로 제물포로 가는 배를 타러 포구로 향했다.

처음 박문기를 따라 포구에 갔을 때의 기억과 그때 느꼈던 함성과 어지럼증이 오히려 이제는 낯설은 기억이 되어 이제는 정말 떠날 때가 되었다는 생각이 들면서 배로 향하는데 어디선가 나를 쳐다보는 시선을 느꼈다. 그 시선을 마주치지는 않았지만 아마도 한길이가 어딘가에서 내가 떠나는 것을 바라보는 것이라는 느낌이 강하게 들었다. 어쩌면 어렸을 적 나와 내 동생을 남겨 두고 돌아가신 아버님과 어머님의 주검이 이웃들에 의해 땅에 묻힐 때 나도 그렇게 바라보고 있었다는 기억이 불현듯 밀려왔다.

그해 여름, 곡성의 작은 마을에 덮친 죽음의 기운은 우리 옆집까지 다달았다. 호열자로 불리었던 역병은 무서운 설사 끝에 피골이 상접한 몰골로 죽음을 맞이하게 되는 무서운 질병이었다. 우리 옆집에 살던 상수 아버지가 호열자로 죽자 아버님은 상수 아버지의 주검을 뒷산에 묻는 일에 앞장섰다. 너무 많은 사람들이 호열자로 죽어갔기 때문에 따로 장례를 치르거나 누구를 부르거나 할 계제가 아니었기도 하였다. 아무튼 상수 아버지를 묻고 돌아오자 마자 집에서 설사를 하기 시작한 아버님은 이틀만에 사경을 헤매다 죽음을 맞이했다.

어머님은 호열자에 걸린 사람을 만지면 그 사람도 호열자에 걸린다는 소문을 듣고는 나와 내 동생에게 이렇게 말했다.

"너희 아버지가 이렇게 설사를 해대니 세상을 떠날 수도 있을 것이다. 나 또한 아버지를 돌봐야 하니 어떻게 될 지 모르겠구나. 만일을 위해서 너희는 나와 아버지 근처에 오지 말아라."

그리고는 아버지가 돌아가시고 어머니 또한 호열자에 걸려 며칠을 못버티고 돌아가셨다. 집안은 온통 똥냄새로 진동하였고 아버지는 송장인 상태로 방구석에 있었지만 어머니는 죽을 때까지 우리를 가까이 오지 못하게 하였기 때문에 나는 참혹함과 슬픔을 느끼면서 그 시간들을 견뎌야 했다. 두분이 모두 돌아가신 후에야 이웃들이 와서 아버지와 어머니의 주검은 뒷산에 파논 구덩이에 묻혔다. 사람들 틈 사이로 겨우 볼 수 있었던 어머니는 입을 벌린 채 살이 거의 뼈와 붙어서 누워있던 주검의 모습이었고 평소에 보아왔던 어머니와는 너무도 다른 낯선 모습이었다. 모두들 빨리 주검을 묻고 일을 마치려 서둘렀기 때문에 나는 그냥 바라보기만 했을 뿐 정작 작별인사조차 제대로 할 수 없었다. 그렇게 어머니의 주검을 바라보면서 아무것도 할 수 없었던 나 자신에 대한 심한 분노에 사로잡혔다.

그날 밤, 밤새 울던 동생을 껴안고 있다가 설잠이 들었는데 아직도 그 꿈의 기억은 생생하게 남아있다. 꿈에서 나는 사람도 집도 보이지 않는 거칠어 보이는 광야를 걷고 있었다. 누가 나를 부르는 것 같기도 하고 어딘가에서 오라고 하는 것 같기도 해서 그곳을 향해 걷고 있는데 그만 발밑이 꺼지면서 깊은 구덩이에 빠져 떨어졌고 불행중 다행으로 다리 한쪽이 나무에 걸려 거꾸로 매달리게 되었다. 떨어지지 않고 살았다고 안도감을 느끼는 순간, 바로 나무 밑둥에서 커다란 구렁이가 이상한 소리와 함께 혀를 드리밀었다 말았다 하면서 나에게 슬슬 다가오는 것이 보였다. 구렁이는 가까이 오면서 점점 커졌는데 그 순간 나는 손에 잡히는 나무 가지를 꺾어서 있는 힘껏 구렁이의 눈을 찔렀다. 그러자 구렁이는 머리가 용으로 변해서 날아올랐는데 순간적으로 나도 용의 갈기를 잡아 구덩이를 빠져 나올 수 있었다. 그러면서 용은 하늘로 멀리 날아갔고 나는 땅에 떨어지면서 잠을 깨었다. 깨어보니 동생은 다행히 아무 일도 없었던 듯이 이불을 덥고 잠을 자고 있었고, 나는 창호지를 겨우 얻대어 찬바람을 막고 있던 낡아빠진 문을 발로 찬듯 반쯤 문이 열려 있었다.

과거 차모임에서 조선의 개혁을 이야기할 때 나는 박문기에게 글과 책으로 개혁하고자 한다는 생각에 대해서 불만을 이야기하면서 사대부들이 아니라 농민들이 나서야 진정한 개혁이 이루어질 수 있다고 주장한 적이 있었다. 그때 나는 농민들이 칼과 창을 들고 싸우지 않고는 변화와 개혁을 어떻게 할 수 있냐고 되물었다. 그런데 나를 타일렀던 박문기는 농민 봉기를 위한 격문인쇄로 죽었고 무장하여 싸우지 않으면 개혁이 이루어질 수 없다고 하였던 나는 동학군의 인쇄요청을 거절하고 도망치는 신세가 되었다. 그날 밤, 배에서 밤을 맞은 나는 쏟아질 듯한 별들을 한참이나 바라보다가 잠이 들었는데 박문기가 환한 얼굴로 나타났다.

"그동안 잘 있었느냐?"

"아… 대감님!"

"이제 너도 떠나는구나. 그동안 고생 많았다."

"이… 대감님. 얼굴을 들 수 없습니다."

그 순간 잠이 깼고, 온몸은 땀으로 젖어 있었다. 새벽의 어스름이 물러가는 시간에 갈매기들이 배 난간에 줄지어 앉아서 나를 내려다 보고 있었다.

정처없이 떠나면서 제물포에 일단 머물기로 하였는데 제물포는 강경포구와는 비교가 안될 정도로 청나라와의 물자 교류가 활발한 듯이 보였다. 나는 박문기 집안이 청나라와 교역을 하면서 청나라에 대한 이야기를 많이 들었고, 한편으로는 동경도 하였기에 어떻게

든 이번에 청나라에 가리라 하고 기회를 엿보고 있었다. 몇 달을 그렇게 보내던 중 머물고 있던 여관의 주인으로부터 청나라 상인이 조선인을 고용하려 한다는 이야기를 들었다. 청나라 비단과 조선의 홍삼 거래를 주로 한다는 무역 상인이었다. 직접 관여하지는 않았지만 박문기의 형인 박문현이 하던 일이었기 때문에 가끔씩 무역에 대해서 들어서 나에게는 크게 낯설지 않은 일이라 생각되었다.

"알겠습니다. 그 청나라 상인에게 말을 전해주세요. 무역일을 직접하지는 않았지만 옆에서 많이 봐서 그 일을 할 수 있을 것 같다고요."

여관 주인은 쉰이나 나이를 먹은 멀쩡해보이는 사람이 하릴없이 여관에서 지내는 것이 안타까왔는지 잘 주선해보겠다고 나섰다.

"내 알아보리다. 잘 되면 거간비는 좀 받아야겠구먼."

말을 건넨지 며칠이 지나자 여관 주인이 청나라 상인이 보자고 한다고 전해왔다. 2층으로 지은 건물은 들어서는 입구의 기둥부터 붉은 색과 황금색으로 칠해져 있어 청나라인이 주인임을 드러내는 듯하였고 비단 옷을 입은 채 사무를 보던 청 상인은 나이가 예순을 넘긴 듯 지긋이 늙은 모습에 다소 거만스러운 자세였지만 한편으로는 호기심이 가득 어린 눈으로 나를 바라보았다.

"무역일을 좀 안다고 들었는데 전에 어떤 일을 하셨는가?"

"강경포구 근처에서 인쇄소를 근 삼십 년 하였습니다. 그리고 오랜 전이긴 하지만 청나라와 무역을 하던 집안에서 일한 적이 있습니다."

"조선에서 청나라와 무역을 하는 집안이면 내가 어느 정도는 다 아는데…… 강경포구라면 옛날 박문현 집안을 이야기하는 것인가?"

"네 그렇습니다. 그집 아우인 박문기 대감이 하는 인쇄소에서 일한 적이 있고 이후에는 그 인쇄소를 맡아서 오래 운영했었습니다. 그런데 그만 불이 나는 바람에 다 버리고 이곳에 온 것입니다."

"내가 이전에 박문현 선주를 만난 적이 있지. 실은 나의 아버님이 그 양반을 좋아해서 상해에 있는 집에도 초대한 적이 있는데 그때 만났었네. 박문현은 나보다 손위였지만 나이도 서로 엇비슷하고 무역을 하는 사람이라 잘 통했었다네. 얼마 후에 무역업을 접고 상해에 자리를 잡았다는 이야기는 들었지만 그 이후에 만나본 적은 없었네."

그는 잠깐 말을 멈추고 나를 한참 쳐다보았다.

"자네를 채용하겠네. 내 밑에서 회계업무를 보면 좋을 것 같네."

나중에 들었지만 조선의 홍삼 중 질이 안좋거나 가짜가 있기 때문에 믿을 수 있는 조선 상인을 만나야 무역업을 안정적으로 할 수 있는데 박문현이 그에게 조선 상인 몇 명을 잘 소개해준 덕분에 무역업이 커져서 제물포를 중심으로 사업을 키워갈 수 있었던 것이었다. 청 상인들에게 박문현은 그만큼 믿을 수 있는 사람이었다.

나는 제물포에 있는 사무실에서 회계장부를 정리하는 일을 맡았다. 실은 인쇄소를 운영하면서 물건의 입출납을 직접 하였었기 때문에 이에 대한 것은 이미 익숙해져서 그리 어려운 일이 아니었다. 청

상인에게는 장부 정리를 맡아줄 조선인이 필요했는데 내가 그일을 하면서 그는 큰 걱정을 덜게 되었고 돈 관리는 매우 민감한 부분들이 있었지만 그는 나에게 상당한 신뢰를 주면서 많은 부분을 맡겼다.

어느 날, 청 상인은 회사의 본거지가 있는 상해에 가서 회계장부 작성에 대해 좀 더 배워오라고 하면서 반 년 정도의 시간을 주었다. 상해로 가는 뱃길에서 나는 조선과 청나라를 잇는 뱃길이 두려움과 기대가 섞인 삶의 여정과 같다고 느껴졌다. 이 뱃길을 지나면서 난파했던 많은 상선들을 바다 밑에 두고도 전혀 그러한 아픔의 사건들을 드러내지 않고 언제 그런 일들이 있었냐는 듯 항상 검푸른 모습으로 있는 바다였다. 이 바다는 또한 많은 사람들이 바람에 의지해 건너면서 물건을 운반하여 이윤을 남겨야 하고 또 새로운 소식과 물건을 가져와야 하는 길이기도 했다.

타국에서 이 뱃길을 건너서 온 물건들은 귀하여서 인기가 높았고 비싸게 거래되었다. 특히 청나라에서 들여온 비단은 조선에 들여오자 마자 동이 나는 인기 높은 물건이었는데, 대개 그 이유는 비단만큼 뇌물로 적당한 것이 없었기 때문이었다. 작은 동네의 수령이나 유지부터 조정의 대신까지 늘 비단을 청탁해놓고 있었다. 그러나 비단만큼은 못하지만 책들도 수요가 적지 않았다. 새로운 지식과 문물에 목마른 젊은 사대부들이 있었기 때문이다. 그런데 새로운 세상을 갈망하였던 이들은 그에 걸맞은 세력을 만들어내고 있지는 못하였다. 이들은 세력이 몰락한 북학파 같은 사대부로 남아 있거나 이익이나 정약용을 따르는 실학자들 혹은 드물지만 글을 깨친 중인들에 불과하였다.

　나는 상해로 가게 되면서 박문현이 지내고 있는 곳을 찾아가 보기로 했다. 그렇게 해서 상해의 아주 중심가는 아니었지만, 그래도 상당히 번화한 곳에 자리잡은 그를 아주 오랫만에 만났다. 상당한 세월이 흘러 이미 노년에 접어든 박문현은 나를 아주 반갑게 맞아주었다. 오랜 세월에 대한 이야기라 그동안의 자초지종을 생각나는 대로 이야기하였다. 결국 인쇄소가 왜 불에 타게 되었는지를 전하였고 박문현은 인쇄소 화재에 대해 들어서 어느 정도 알고 있었지만 그 이후 내가 어떻게 되었는지 매우 궁금해하였던 차였다.

　박문현은 이제 무역업은 더 이상 하지 않고 갖고 왔던 돈으로 여관을 크게 차려서 여관업을 하고 있었다. 한편, 상해에 있는 조선 청년들에게 거처를 싼 값에 제공하면서 독서모임과 문화예술 활동을 지원하고 있었다. 이곳에서 조선 청년들은 유럽에서 들어온 새로운 사상과 사회제도 등을 책을 통해 읽고 토론하였다. 그중에는 마르크스와 같은 인물을 이야기하는 사람도 있었고, 인터네셔널인가 하는 조직에 심취한 청년들도 생겨났다. 한편으로는 산업혁명과 같은 사회의 변화나 과학사상에 눈을 떠야한다고 주장하는 청년들도 있었다. 이들은 서로 토론하면서 싸우기도 하고 같이 밤을 지새기도 하였다. 그러나 이들 중에 천주교도는 없었는지 천주교가 조선에 널리 전파되어야 한다는 주장을 하는 이는 없었다. 나도 거처를 이 여관으로 옮겨서 지내기로 하였는데 이들 청년들보다는 내가 나이가 들어서인지 아니면 박문현의 동생인 박문기와 함께 인쇄소를 만들어 일했었다는 이야기를 들어서인지 대부분의 청년들은 나에게 깍듯이 대하였다.

어느 날, 박문현은 자신의 방에서 차를 한잔 마시자고 나를 초대했다. 박문현의 방에 들어서자 눈에 가장 먼저 들어온 것은 책상위에 놓인 해동운화였다.

"자네도 이 책에 대해서 잘 알겠네만, 나에게는 문기가 남긴 가장 소중한 재산이라네."

이렇게 운을 띄운 뒤에 이어서 말했다.

"어쩌면 우리 조선에 남긴 보물이지. 문기가 자네를 가까이한 것을 내가 아네. 그래서 나는 자네가 해동운화에 담긴 문기의 뜻을 조금이라도 이어나갔으면 하네."

내가 대답을 못하고 주춤거리자 박문기가 압송되기 전날 밤 자신에게 쓴 편지를 보여주었다.

"형님, 아마도 살아서는 다시 얼굴을 보지 못할 것 같습니다. 한양으로 뱃길을 이용하여 지체없이 압송하라는 명령이 내려왔다고 합니다. 저는 후회없는 삶을 살았습니다. 다만 제가 하던 일들이 그냥 끝나버릴까 하는 아쉬움이 있기는 합니다. 그렇지만 그것이 하늘의 뜻이라면 받아들여야겠지요. 아버님이나 형님에게 누가 되는 일이 있을까도 걱정이 됩니다. 혹시 무슨 일이 있어도 못난 동생을 두어서 그렇다고 저를 탓하셨으면 합니다. 긴 글을 쓸 수 있는 형편이 아니라 마음으로 긴 인사를 드립니다. 문기 올림."

편지의 필체도 잘 알아보기 어려운 것으로 보아 아마도 옥에서 간수에게 부탁해 겨우 쓸 수 있었던 것 같았다. 편지를 읽고 나자 나도 모르게 흐르는 눈물을 감출 수가 없었다.

박문현의 눈도 붉게 물들었다.

"문기는 배다른 동생이네만 나하고 사이가 나쁘지 않았네. 그렇다고 아주 가깝게 지낸 것도 아니지. 문기는 마음속 깊이 있는 그것을 꺼내지 않고 혼자 씨름하는 성격이었어. 나는 문기와 좀 더 가까웠으면 했고 아버님도 늘 그렇게 말씀하셨는데 자신이 서얼 출생이라고 스스로 나하고는 거리를 두려했지. 나를 형님이라고 부른 것도 아주 오랜만이네. 나도 문기가 신분 차별이 없는 세상을 만들자고 주장하고 노력했던 것을 조금은 알고 있었고 또 그것이 얼마나 간절했는지를 이제는 알 것 같네. 해동운화에서도 그렇게 주장하고 있는 것도 봤고."

"네, 서얼이나 중인도 모두 같은 기회를 가져야 한다고 말씀하셨습니다. 노비 제도도 폐지해야 한다고 하셨지요."

박문현이 내 손을 그의 두손으로 잡고 말했다.

"이제는 자네가 문기가 하고자 했던 일들을 맡아서 해주게."

갑작스러운 말에 나는 다소 어리둥절 하였다. 동학 민란에서 도망치듯 벗어나 살겠다고 이곳까지 왔는데 이제 박문현이 다시 나에게 박문기의 일을 조금이라도 이어나갔으면 한다니. 나는 신민의 격문 인쇄와 박문기의 죽음, 그리고 동학군의 폐정개혁문 인쇄 요청을 받아들이지 못하고 인쇄소까지 불을 내게 된 경위를 다시 차근히 이야기하였다. 누구에게도 말하지 못하였던 내용이나 실은 격문 인쇄와 박문기의 죽음이 너무 두렵고 충격적이었기에 저지른 일이라는 것을 박문현에게 털어놓았다. 어쩌면 인쇄소를 다시 할 수 있도록 자금을 지원해주었던 박문현이었기에 그에게 자초지종을 상세하게 이야기하는 것이 도리이기도 하였을 것이다.

박문현은 다 듣고 나서 한참 동안 방안을 서성였다. 이는 박문기가 한참 고민에 빠질 때 보이던 모습인데 그 모습이 너무나 닮았다고 생각이 들었다. 어쩌면 나에 대한 책망을 일부러 억누르려 하는 것 같기도 하였다. 그러던 박문현은 다시 자리에 앉더니 나에게 이렇게 제안하였다.

"경성에서 출판사를 하고 싶네. 내가 직접 할 형편은 못되니 자네가 해주면 좋을 것 같네."

전혀 생각하지 못하였던 제안이었기에 나는 한참을 멍하니 바라보고 있다가 정신을 차리고 하루만 생각해볼 말미를 달라고 하고 방을 나왔다.

박문현이 제안한 것은 경성에서 인쇄소가 아닌 출판사를 운영하면서 신지식을 조선에 공급하는 일을 해달라는 것이었다. 더 발전시켜서 신문사를 만들면 좋겠다는 희망도 이야기하였다. 우선 출판사를 만드는데 필요한 돈은 자신이 마련할 테니 필요한 계획을 세워달라고 했다.

그날 밤을 거의 세우면서 마음을 정하지 못하고 새벽녘이 되어서야 졸다가 박문기를 보았다. 어느새 내 앞에 서 있는 박문기의 모습은 인쇄기를 만들 때의 모습이었다. 그때 나는 그를 도우면서 '이게 정말 인쇄를 할까'라고 속으로 생각했다가 첫 인쇄물이 나오는 것을 보면서 부끄러워했던 기억이 남아있다. 꿈에 나타난 박문기는 말이 없었다. 손을 앞으로 내밀며 내 손을 잡으려 하는 것 같았다. 나도 손을 내밀려 애를 썼는데, 그 순간 잠에서 깨서 맞잡을 수가 없었다.

다음 날, 나는 박문현을 찾아가서 출판사 일을 맡겠다고 했다.

박문현은 나와 함께 청 상인의 집을 찾아가서 자초지종과 함께 앞으로의 계획을 이야기하였다. 마침 청 상인이 상해에 와있을 때였고 박문현과 청 상인은 실로 오랜만의 만남이었다. 실은 상해에서 회계업무를 배울 수 있게 여건을 마련해주고 임금도 지급해주었던 청 상인이라 내가 청 상인 밑에서 일하지 않고 출판사 일을 시작한다는 것이 신뢰를 저버리는 배신에 가까운 일이었지만 청 상인의 박문현에 대한 친분과 믿음은 여전했다. 오히려 그런 일이라면 기꺼이 나를 보내줄 뿐 아니라 자신도 금전적으로 도울 수 있다면 돕겠다고 하였다.

하지만 박문현은 완곡하게 거절했다.

"감사합니다. 김욱을 데려가는 것만 해도 어떻게 감사를 표해야 할 지 모르겠는데 도움을 주신다니요. 후에 어려운 일이 생기면 따로 도움을 청하도록 하지요."

박문현의 여관에서 숙식을 하던 청년들중 조선에 들어가 출판사 일을 할 사람을 모으니 너댓 명이 의사를 밝혔고 이중 두 명을 직원으로 선발하여 같이 출판사 계획을 만들어나갔다. 우선 상해에 있는 출판사들을 다니면서 견문을 익혔고 직원들에게는 판권 계약이나 인쇄 업무 등의 실무를 익히게 하였다. 나 역시 강경포구에서 인쇄소를 할 때처럼 계약도 없이 좋은 책이 있으면 인쇄하여 파는 방식에서 벗어나 상해에 있는 출판사들처럼 계약부터 출판과 판매까지의 업무를 제대로 수립하기 위하여 배워나갔다. 그래도 인쇄소를 운영해본 경험이나 회계업무를 익힌 경험이 출판사를 만드는데 크게 도움이 되었다.

어느 정도 출판사에 대한 계획과 자금이 준비가 되어 나와 조선인 직원들은 배를 타고 제물포로 귀국했다. 얼마간의 노력 끝에 해동출판사라는 이름의 출판사가 한성의 종로에 세워졌고 박문현은 출판사의 개업식에 상당한 노력을 기울였다.

박문현은 개업식을 준비하면서 나에게 이렇게 말했다.

"청년들이 조선의 미래일세. 우리가 이들을 도와 미래를 잘 만들어나갈 수 있도록 해보세."

그래서 그는 아직은 새싹에 불과하지만 나중에 크게 성장할 수 있는 개화파 사람들을 찾아서 그들을 개업식에 초대했다. 과거의 북학파는 모두 사라졌지만 새로운 사상과 과학기술을 받아들여 조선을 개화시켜야 한다고 믿는 새로운 세력이 힘을 얻어가고 있었고, 나 역시 이들이 조선의 미래라고 생각하고 있었다.

나는 개업식에 참석한 박문현에게 다음과 같은 계획을 말했다.

"어르신께서 상해의 여관에 사랑방을 두고 조선의 젊은이들이 책을 읽고 토론하게 했던 것처럼 저도 해동출판사에 사랑방을 두려 합니다. 그래서 개화사상에 뜻을 같이 하는 북촌의 젊은 사대부와 신분제도의 장벽을 극복하려는 중인들을 모으고 이들에게 청나라와 일본뿐 아니라 다른 외국에서 들여온 책을 읽히고 토론하게 하려 합니다."

이렇게 출판사의 목적과 활동에 대해서 이야기하면서 박문현의 동의를 얻고자 했다.

"우리 출판사는 어르신과 또 박문기 대감의 뜻을 이어받아 이문에 목적을 두지 않고 좋은 책을 많이 출판하여 세상을 바꾸어가는 데 역할을 하고자 합니다."

박문현은 내 눈을 들여다보면서 내 손을 힘껏 잡았다.

"그리하시게나. 그것이 내 뜻이자 곧 문기의 뜻일 것이네!"

이렇게 하여 해동출판사는 세상에 나오게 되었고, 세상을 개혁할 수 있는 좋은 책들을 많이 출판하고자 했다. 그리고 어떤 책은 개혁에 뜻을 둔 젊은이들로 하여금 한글로 번역하여 출판하게 했다. 사실 십 년 전 갑신정변 때 근대적 개혁 방안을 담은 혁신 정강을 만들었던 개화파 젊은이들이 있었는데 갑신정변이 실패하고 관련된 이들은 옥에 갇히거나 유배를 갔지만 그렇다고 영향력이 잦아들지 않고 있었다. 어떻게 보면 개혁과 개방은 이제 시대의 흐름처럼 되어가고 있었다.

한편, 동학 민란을 이유로 군대를 조선에 보낸 청나라와 일본은 조선 땅에서 전쟁을 하게 되었고 이 전쟁을 계기로 전쟁에서 패한 청나라의 영향력은 급속하게 줄어들었고 승리한 일본은 조선에 대한 장악력을 더욱 키워가고 있었다. 실제 우리 출판사는 청나라 일본 어느 한쪽에도 기울어있지 않았지만 청나라와 일본의 세력싸움에서 완전히 벗어날 수도 없었다. 해동출판사는 청나라에 호의적이라는 소문이 나있어서 청나라의 영향력을 벗어나려는 이들이나 일본에 기울어져 있던 사람들은 출판거리가 있어도 혹시 일이 잘못될까바 우리 출판사에서 인쇄하는 것을 꺼려하기도 했다. 추측컨대 어쩌면 우리 출판사에 청나라쪽의 염탐꾼이 있었을 지 모르고 또 그 염탐꾼의 동태를 살피는 일본측의 정탐꾼이 있었을 지도 모를 일이었다.

하지만 전쟁과 정변과 같은 온갖 혼란스러운 일들을 겪으면서 눈이 떠지고 귀가 열린 백성이 많아지면서 책에 대한 수요도 늘어났고, 이러한 흐름을 타고 해동출판사는 굴곡을 거치면서 점점 커나갔다.

어느 날, 박문현이 죽기 전에 한번 보고 싶어 한다는 갑작스러운 전갈을 받고 급히 상해로 떠났다. 제물포항을 뒤로 하면서 점점 짙어지는 바다색을 보면서 나는 내가 하나의 시간이라는 생각이 들었다. 유계춘, 박문기, 신민, 그리고 이산, 홍매와 이슬…… 모두가 시간이 지나면서 흘러갔고 나도 또한 그렇게 흘러가는 것. 그렇게 각자의 시간들이 모여서 역사가 되고 세월이 되는 것이다.

상해에 도착했을 때 박문현은 심한 열병에 시달리다가 겨우 정신을 차린 상태로 나를 맞았다.

"어서 오게나. 내 몰골이 말이 아니네."

"많이 편찮아 보이십니다. 제가 와서 더 불편하게 되신 건 아닌지 모르겠습니다."

"아니네. 내가 죽기 전에 자네를 보려고 오라고 했네."

"무슨 말씀이십니까? 돌아가신다니요? 오래 오래 사셔서 세상이 좋아지는 것을 꼭 보셔야지요."

나는 울컥했고 잠시 대화가 끊어졌다. 얼마 후 다시 말을 꺼낸 박문현은 천천히 어렸을 적 문기와 함께 겪었던 일에 대해서 이야기를 시작하였다.

"내가 어렸을 때 일이지. 내가 열 살이고 문기가 여덟 살쯤 되었을 때일걸세. 어느 여름에 우리는 금강으로 들어가는 샛강에서 멱을 감으며 놀았지. 나와 문기는 배 다른 형제이고 문기의 어머니는 첩으로 들어와 있어서 문기는 나를 좀 멀리하기 시작했는데, 내가 같이 가자고 해서 둘이 강물에 멱 감으러 놀러간 것이었네. 그렇게 놀고 있었는데 강 바닥이 갑자기 꺼져있는 곳을 모르고 좀 멀리 갔다가 내가 그만 물에 빠졌지. 나는 빠져나오려 했지만 허둥대다가 물속에 더 빠져들어가게 되었어. 나는 이제 죽는구나 했지. 그러는데 내가 물에 빠진 것을 보고는 문기가 나를 구하겠다고 온거야. 나는 문기가 그렇게 힘이 센 줄 몰랐네. 내 허리를 감더니 강바닥이 높은 곳으로 나를 밀어넣었어. 발버둥 치던 발이 땅에 닿으니 일어설 수 있었는데 옆에 문기도 힘에 겨운 듯 겨우 서있었고 그렇게 겨우 강을 빠져나와서 강가에 쓰러졌지. 그리고 우리는 앉아서 얼마나 울었는지 몰라. 그리고는 또 둘이 그렇게 웃었지, 그리고는 또 같이 울고…"

"어린 동생이 형의 목숨을 구한 거군요."

"그랬지…"

박문현은 무언가 생각하는 듯이 말을 중단하고는 이어서 이렇게 말했다.

"그런데 문기는 자기도 빠져서 그 다음에 어떻게 된 일인지 잘 모르겠다는 거야."

나는 그 이야기를 들으면서 갑자기 머리가 한바퀴 도는 느낌이 들면서 그동안 이해할 수 없었던 많은 일들을 조금은 알 수 있을 것 같았다.

나는 허공을 쳐다보고 있었고 잠시 후 박문현이 이어서 말했다.

"이후 나는 문기를 생명의 은인으로 늘 생각해왔다네. 그래서 문기가 하려는 일을 잘 모르기는 했지만 조금이나마 도우려 했지. 물론 문기는 나에게 특별히 도움을 요청한 적이 없네. 그냥 내가 도우려했을 뿐이지."

"네, 저도 인쇄소를 처음 시작할 때 여러 도움을 주신다는 이야기를 들었었습니다."

"그런데 문기가 역모죄로 죽임을 당했을 때 나는 문기가 불쌍하다거나 얼마나 힘들었을까 하는 생각보다 역모죄로 우리 가문에 따라다닐 수치와 집안 대대로 내려온 무역업에 미칠 손해가 무엇일지 하는 생각이 먼저 들었네."

역모죄를 쓴 집안이 파탄난 일들을 많이 들어서 충분히 그럴 수 있는 일이라고 생각하였다.

"다행인지 불행인지 문기는 서얼이라 하여 가문에 대한 책임이 덜하고 또 처자가 없기에 역모죄의 피해가 크지 않았네. 또 청나라에서 나와 친분이 있는 사람들이 손을 써서 나와 우리 집안에 큰 피해는 없었네."

"그랬군요…다행입니다."

"그렇지만 나에게는 문기에 대한 빚이 또 하나 늘어난 셈이지. 그래서 내가 문기가 하고자 했던 일을 자네에게 부탁한 것이었네."

"그렇군요. 저는 동생이 억울하게 죽은 것이 불쌍해서 그렇게 하신 줄로 알고 있었습니다."

"물론 불쌍한 생각도 있었지만 동생에 대한 빚을 갚고 싶었던 거였다네."

박문현의 목소리가 점점 작아져서 거의 들을 수가 없게 되었다.

"너무 말을 많이 하신 것 같습니다. 이제 쉬셔야 할 것 같습니다."

박문현은 눈에 일부러 힘을 주는 듯 뜨고는 말을 천천히 마무리하였다.

"문기가 하던 일…부디 잘 맡아서 해주게."

다음 날, 박문현이 마지막 숨을 거두었다고 알려왔다. 그렇게 박문현은 나에게 해동출판사를 잘 부탁한다는 말을 마지막으로 남겼다.

명성황후가 시해된 이후 고종은 일본의 영향력을 피해 경복궁을 탈출하여 러시아 공사관으로 망명했고, 이후 친러내각을 수립한 뒤 황제에 오르고 대한제국을 건국했다. 1897년 조선은 대한제국이라는 황제의 나라가 된 것이다. 그렇다고 경사가 났다고 잔치를 하는 집은 볼 수 없었다. 고종은 일본에 대항할 힘을 갖추기 위해 중앙과 지방조직의 개편 등 내부 개혁을 추진하고 대신들을 유럽과 미국에 파견하여 서양 문물을 받아들이면서 우호적인 외교 관계를 만들기 위해 많은 노력을 기울였다.

한편으로는 근대화를 추진하여 정부 기관과 제도와 지방행정을 개편했고 외국인들에게 각종 부설권과 광산개발권을 주고 세금을 부여하여 세수를 늘렸다. 상공업도 장려하여 많은 기업과 가게가 들어서기 시작하였고 이는 서양 문물이 전파되는 통로가 되었다. 대학교를 비롯하여 학교들도 많이 세워지면서 기존의 교육 방식에서 서양식의 교육 제도로 바뀌어 갔고 신문도 발행되기 시작하였다. 백성들은 여전히 밥과 국, 그리고 나물 반찬으로 끼니를 해결했지만 황제인 고종은 궁전 내부에 카페를 만들어서 커피, 홍차, 디저트 등을 즐겨먹었고 수라상에도 커피와 디저트를 오르게 하였다. 군사적으로도 개혁을 진행하여 대한제국군이 탄생했고, 육군무관학교를 설립하여 장교들을 양성했으며 기관총과 서양식 대포 같은 최신무기들을 도입했다. 하지만 역량을 충분히 갖추지 못한 채 고종의 의지만으로 진행된 개혁 정책은 순조롭게 진행되지 못하고 재정과 지지 세력의 한계로 어려움에 처했다. 특히 일본의 지속적인 방해를 받으면서 대한제국은 자주국임을 드러내지 못한 채 일본에 휘둘리는 나라가 되어가고 있었다.

　이러한 변화는 이제까지의 시간의 속도와는 달리 무척이나 빠르게 진행되었다. 해동출판사도 이러한 변화를 거치면서 굴곡속에서도 성장해갔다. 며칠 전에는 이사회를 열어서 출판사의 창립인인 박문현의 뜻대로 신문사를 차려서 백성들에게 매일 나라일과 세계에서 벌어지는 소식을 전하면서 신문명을 만들어나가는데 일조하기로 의결하였다.

　나도 이제 중년을 넘길 만큼 나이가 들어 청년처럼 다니지는 못하지만 과거 강경포구에서 해동인쇄소에서 일하던 일을 되새기면서 박문기와 같이 처음 인쇄소를 만든 곳과 박문기가 죽은 후 이사하여 오랫동안 인쇄소를 운영하였던 장소를 가보고 싶었다. 한편으로는 어쩌면 마음속에 남아있던, 아니 그동안 한 번도 잊어본 적이 없는 훈장님 딸인 시애, 그러니까 지금은 석란스님을 한번은 만나야겠다는 생각을 실천에 옮기고자 하였다.

　사실 박문기가 죽고 해동인쇄소를 맡아서 경영하면서 책출판 등의 인쇄업은 비교적 순탄하였지만 마음 한구석은 늘 비어있었다. 빈 마음을 채우려 혼인을 하고 가정을 꾸리려는 노력을 하지 않은 것은 아니지만 번번이 마음을 정하지 못하였던 이유는 박문기 그리고 나와 가까웠던 이들이 겪었던 일들 때문 만이 아니었다. 나혼자 가정을 꾸려 행복을 누리는 것에 대해서 죄스러운 느낌이 들지 않았던 것은 아니지만, 그 보다도 혼인을 할 수 없었던 더 중요한 이유는 진주로 시집을 갔던 훈장님의 딸 시애, 즉 김씨 부인에 대한 기억 때문이었다. 그녀와 작별인사를 건네고 마을을 떠나면서 나는 언젠가 그녀를 다시 만나리라고 다짐했고 어쩌면 여러가지 모진 일을 겪으면서 살아남으려고 했었던 이유중 하나는 다름아닌 그녀 때문이었다.

인쇄업을 하면서 각 지역의 상인과 서로 소식을 주고받을 수 있는 기회가 많았기 때문에 나는 진주의 김씨 부인에 대해 수소문을 여러 차례 하면서 비교적 상세히 그녀의 동향에 대해서 알 수 있었는데, 그녀에 관한 소식은 다음과 같았다. 그녀는 진주에서 잘 사는 이씨 양반집의 맏아들과 혼인을 하였는데 집안이 좋아서 원만한 시집살이를 할 것으로 예상했다. 진주에서 내가 유계춘을 따라 농민봉기에 가담하였을 때도 그녀의 집은 부잣집 치고는 별 문제가 없이 지나갔는데, 그것은 집안의 가훈이 남을 속이거나 등치거나 하는 일과는 거리가 멀고 벼슬을 많이 했던 선대 어르신들도 모두 바르고 강직하여 주변에 그 집안 사람들을 존경하는 분위기가 있었기 때문이었다.

그런데 그 집안은 가세를 이어갈 아들을 특히 귀하게 여기고 있었는데 김씨 부인에게서 자식을 낳지 못하자 남편은 첩을 두어서라도 아들을 보려 했고 이후 첩으로부터 두 명의 아들을 내리 얻는 일이 생긴 것이다. 한편, 집안을 끌어갈 아들을 낳지 못한 김씨 부인은 집안에서 조금씩 영향력을 잃었고 말 수도 줄고 조용히 지냈다는 소문이었다. 남편은 과거에 급제하여 관직에 나섰고 현감이 되어 타지에서 고을의 수령으로 부임하였는데 부임지에 갈 때 첩과 아들들을 데리고 가면서 진주 본가는 김씨 부인이 지키게 하였다. 그는 다른 수령과 달리 목민관의 소임을 다하고자 열심히 일했는데 하루는 말을 타고 고을을 돌아보던 중에 말에서 떨어지면서 팔이 부러져 뼈가 드러나는 사고를 입었다. 그리고는 다친 상처가 곪으면서 시름시름 앓다가 얼마 안가서 죽었다.

두 아들을 둔 첩은 아들들을 내세워 재산을 차지하고 김씨 부인을 안채에서 바깥채로 거처를 옮기게 하였다. 이런 일을 겪으면서 이제는 더 이상 함께 살 수 없다고 생각한 김씨 부인은 아무것도 가지지 않은 채 비구니로 출가하여 절에 들어갔다. 비구니 도량에서 정진 수행하면서 큰 깨달음을 얻은 후 그녀는 석란스님이란 호칭을 얻어 지리산 대원사에서 부처님 가르침을 설파하게 되었다.

경성의 종로에서 출판사를 차려 자리를 잡은 후 이제 이사회에서 박문현의 유지를 받들어 신문사를 차리기로 결정을 하게 되자 나는 지금까지 미뤄온 일을 하기로 결심했다. 나는 먼저 진주로 내려가 수곡 장터 등 유계춘과 함께 했던 장소에서 며칠을 머물다 대원사로 향했다. 지리산 자락을 타고 구불구불한 산길을 굽이굽이 넘어 대원사로 들어가는 길은 마치 나와 박문기, 그리고 내가 알던 많은 사람들이 겪으면서 고꾸라지거나 이겨나갔던 인생길 같았다.

'우리가 이러한 일들을 겪을 때 석란스님도 힘겨운 길을 갔던 게로구나.'

속세에 모든 것을 놔두고 이처럼 골짜기 깊은 산사에 들어와 사

출판사

는데는 그만한 연유가 있는 까닭이라고 생각했다.

　가을 초입의 조용한 산사는 새소리마저 적막하게 들렸다. 입구에서 어려보이는 비구니를 만나 석란스님을 뵙고자 왔다고 하니 사찰에 오는 손님들을 맞는 방으로 안내한 후 내가 누구인지를 다시 묻고는 어디론가로 가버렸다. 열린 방문으로 사찰의 정적인 전경이 들어왔고 단풍이 들기 시작한 산사의 그림 같은 모습에 한참 빠져있는데 멀리서 스님 한분이 내려오고 있었다. 아직은 멀찍하지만 그래도 얼굴 모습을 알아볼 수 있는 거리가 되자 내 가슴은 다시 젊은이가 된 듯 뛰기 시작하였다. 눈을 의심할 만큼 그녀의 얼굴에는 미소가 가득하였고 그녀의 잎술이 옆으로 늘어난 것이 보였다. 내눈에 눈물이 고였는지 시야가 갑자기 흐려졌다.
　석란스님, 아니 어렸을 때의 훈장님 딸 시애가 내 앞에 왔다. 우리는 시간이 멎은 듯 서로를 바라보았고 방문 앞의 마루에 같이 앉았다. 나이는 들었지만 여전히 예쁜 눈을 지닌 그녀였다.
　"오랜만에 뵙네요. 여기 스님으로 계시다는 소식을 듣고 언젠가는 한번 뵈야지 하다가 오늘에야 왔습니다."
　"그간 잘 지내셨나요? 인쇄소를 하신다는 이야기는 오래 전에 들었어요."
　"강경에서 인쇄소를 하다가 불이 나서 다 태우고는 지금은 경성에서 출판사를 합니다."
　"글 읽는 것을 좋아하더니 책을 내는 일을 하시는군요. 대단하세요.”

그녀는 어린 시절의 나를 회상하면서 그렇게 말했지만 실은 글 읽는 것을 좋아하게 된 이유는 그녀 때문이라는 것을 그녀는 모르리라.

우리는 다시 손님 맞는 방으로 들어가 차를 마시면서 지나온 일들을 이야기했고, 너무나 많은 이야기를 하려니 그녀가 다시 사찰에 올라가야 하는 시간까지가 아주 짧게 느껴졌다. 같이 있는 시간이 순식간에 지나갔고 또 다시 헤어져야 할 때가 되었다. 나는 이번에는 헤어지기 전에 그녀의 두손을 꼬옥 잡겠다고 마음을 먹고 일어섰지만, 그녀는 나와의 거리를 유지하려 했고 두손으로 합장인사를 하면서 말했다.

"안녕히 가세요. 언젠가 또 뵐 수 있으면 좋을 것 같아요.”

어렸을 적에도 마지막 인사를 할 때 손을 잡지 못하게 뿌리쳤었던 기억이 새롭게 떠올랐다. 나는 그녀가 아직도 흐트러지지 않은 모습을 갖고 있구나 하면서 산사를 나왔다. 나의 마음은 채워지지 않은 채 허전하였지만, 한편으로는 우리 둘다 힘든 여정을 거쳐 다시 만났다는 생각으로 마음을 달랠 수 있었다. 산사를 내려가는 나는 붉게 단풍이 들기 시작한 산을 느끼면서 이제야 비로소 어른이 된 느낌이 들었다.

그날밤, 오랜만에 꿈을 꾸었다. 이유는 알 수 없지만 지난 나의 삶과는 다른 날 들이 이제는 펼쳐질 것 같은 기대감과 함께 작은 흥분으로 겨우 잠이 든 나는 나무 사이로 보이는 하늘을 바라보면서 시애와 같이 누워있었다. 나는 내 입술을 그녀의 얇은 입술위에 겹쳤고 그녀가 저항하지 않고 받아들이면서 그녀와 나는 포개졌다. 그리고는 온 몸이 소용돌이에 빠진 듯이 도는 듯한 느낌과 함께 내 몸에서 하얀 분수가 솟구쳐 오르고 내 몸은 다리부터 사라져갔다. 나는 더 이상 내가 아니라 수많은 별과 함께 우주가 되면서 사라져 갔는데 내가 없어지는 것이 슬프지 않았을 뿐 아니라 오히려 커다란 희열을 느낄 수 있었다.

지리산에서 강경포구까지 가는 길은 중간 중간에 주막이나 여관에서 묵으면서 가야하는 길이었다. 며칠 길을 걸어가서 오랜만에 강경포구에 오니 내가 겪고 보았던 많은 일들이 머릿속에서 스치듯이 지나갔다. 포구는 이전보다 훨씬 작아진 듯하고 포구에 들어와 있는 배들도 이전 보다 작을 뿐 아니라 그 수도 적게 느껴졌다. 동학난 때 불에 탔던 인쇄소는 내가 떠난뒤 한참 동안을 버려진 채 있다가 이제는 동네 아이들의 놀이터처럼 된 듯이 원래의 인쇄소 모습을 겨우 알아볼 수 있을 정도였고, 빛바랜 붉은 색 벽돌로 둘러싸인 채 휑그러니 남아 있었다. 깨진 유리창을 누군가가 최근에 신문지로 덧댔는지 지저분한 창문에 붙은 선명한 신문지가 이상스러울 만큼 잘 어울렸다.

조각난 신문지는 한성에 전등이 들어와서 밤에는 가로등이 시내를 밝힌다는 이야기와 함께 철도를 개통하여 전차가 운행될 계획이라는 소식을 전하고 있었다.

작가 인터뷰

이 책을 집필하게 된 계기는 무엇인가요?

조선 역사의 진짜 모습, 실제 사람들이 살아간 이야기에 대해 쓰고 싶었어요. 조선 말기는 우리 현대사와 연결되는 부분이 많지만, 잘 알려져 있지 않거든요. 그래서 실학이나 북학파 같은 주제를 다루고 싶었죠. 하지만 직접적으로 소설을 쓰게 된 계기는 '금강'이었어요. 몇 년 전 금강의 강경포구에 갔는데 그때 '아, 이야기를 쓰고 싶다' 하는 마음이 들었어요. 오랜 세월 동안 흘렀을 이 강물을 보니, 강경포구에서 흘러갔을 조선 사람들의 삶에 대한 이야기를 쓰고 싶더라고요. 처음에 소설 제목을 '강경포구'로 잡았을 정도로 강렬한 풍경이었어요. 아직도 잊혀지지 않습니다. 금강에 꼭 한 번 가보세요.

이 책에서 말하는 '꿈'은 무엇인가요?

세 가지 의미의 '꿈'이 있어요. 첫째는 조선이 발전했으면 하는 꿈이에요. 둘째는 주인공 김욱이 꾸는 꿈인데, 자신의 문제와 처지를 해결하려는 염원입니다. 마지막으로 꿈은 오랜 역사를 통해 만들어진 집단 무의식이에요. 이 점을 말하고 싶었어요. 김욱의 꿈이 오늘을 사는 사람들의 무의식과 연결되어 있지 않을까 했어요. 독자들이 조선 말기 역사 속 과거로 들어가 볼 수 있게 하고 싶었다고나 할까요.

이번 소설을 통해 어떤 메시지를 전하고 싶으셨나요?

조선 말기는 총체적으로 부실한 사회였어요. 정말 이런 사회에서 어떻게 사람들이 살아갈 수 있었을까 생각이 들었죠. 우리는 주로 왕조 역사만 보는데 그들은 먹고사는 데 지장은 없는 사람들이었잖아요. 왕조도 물론 권력 투쟁이 있고 했지만요. 그 당시 먹고살기도 힘들었던 백성들이 어떤 심정으로 살면서 이 문제들을 해결하려고 했을까요. 어떤 면에서는 현재를 사는 우리들의 고민이기도 하고요. 심각한 조선 말기 상황들을 보면서 우리도 한 번 생각해보자고 말하고 싶었어요. 우리 사회가 어떻게 발전해야 할지, 각자의 역할은 무엇인지 하는 것들이요.

이 소설은 역사적 사실인가요 픽션인가요?

역사적 사실을 바탕으로 했지만, 대부분의 인물은 픽션입니다. 인물들을 대상화된 역사적 인물이 아니라 실제 조선 말기 사람들처럼 묘사하려 했어요. 기본 틀은 진주민란, 동학농민전쟁, 소현세자와 북학파 이야기 등의 역사적 사건에 맞췄지만, 심리적 갈등 같은 건 제 상상이에요.

의학인으로서 지금까지 추구한 학적 주제들과 이번 소설 사이에 어떤 연결 고리가 있을까요?

이 책에서 '호열자'는 콜레라를 가리키는 말이에요. 조선 말기, 특히 전라도 지역이 콜레라로 큰 피해를 입었는데, 이 부분은 많이 알려지지 않았죠. 이 사건을 소설의 중요한 모티브로 삼았습니다. 병이 생기는 사회적 배경과 그 해결 과정을 중요하게 다뤘어요. 제 이전 저작들에서도 병이 단순히 균 때문에 생기는 게 아니라, 사회 시스템 때문에 발생하고 퍼진다고 봤습니다. 그래서 질병을 극복하려면 사회 시스템, 특히 도시 구조를 잘 만들어야 한다고 강조했죠. '호모 커먼스'에서는 개인과 공동체의 조화가 중요하다는 이야기를 했어요. 이번 소설에서는 콜레라, 즉 호열자를 다루면서 조선 말기 사회가 얼마나 병적인지 보여주려 했습니다. 등장인물들이 이 병적인 사회를 개선해 나가려고 노력하는 모습을 그렸어요.

이전 저작들과 이번 소설 사이의 가장 큰 차별점은 무엇인가요?

전작들은 논리적이에요. 분석과 해석을 통해 깔끔하게 정리하면서 썼어요. 이번에는 등장인물을 등장시켜서 그 사람들이 알아서 살아 움직이는 것을 기록했기 때문에 논리를 뛰어넘어 '삶이라는 게 이런 거구나'를 느꼈어요. 너무 재미있었어요.

소설을 쓰면서 가장 중요하게 생각한 부분은 무엇인가요?

소설 속 사람들이 스스로 관계를 맺도록 놔뒀어요. 그 장을 마련해 준 것은 작가인 저지만, 실제 그들이 어떻게 일을 풀어가는지 또 주인공들이 어떻게 상호작용하는지 저는 관찰하는 쪽에 가까웠습니다. 우리도 누군가와의 관계에 있어서 어떤 면은 좋기도 하고 나쁘기도 하고, 시시각각 변하잖아요. 큰 줄거리와 등장 인물은 제가 정했지만, 그 이후 이야기 전개와 인물 사이의 관계는 등장인물들이 만들어 갔다고 봐요. 저는 그저 이 모든 과정을 흥미롭게 지켜보는 관찰자가 되어 기록했어요. 가장 중요하게 생각한 것은 내가 의도적으로 이야기를 만들지 않겠다는 거였어요. 그래야 살아있는 소설이 된다고 생각했습니다. 그점 때문에 소설이 더 재미있게 흘러간 것 같습니다.

평소에도 타인의 감정이나 생각을 잘 상상하는 편이신가요?

의학계에서는 공감이 필수예요. 환자들은 늘 괴로움을 이야기하기 때문에 상대를 이해하는 일이 굉장히 중요해요. 그런 부분이 집필에 도움이 되었던 것 같네요.

소설에서 특별히 애착이 가는 인물이나 에피소드가 있나요?

박문기와 김욱 둘 다 정말 멋진 인물들인데, 부족하지만 친근감이 드는 김욱에게 좀 더 애착이 가요. 김욱은 가진 것 없이 이런저런 일을 하면서 바닥에서부터 성장해 나가는 인물이거든요. 부족해 보일 수 있지만 문제의 핵심을 정확히 짚어내는 사람이죠. 예를 들어 다른 사람들이 조선의 약함을 어떻게 극복할지 고민할 때, 김욱은 '왜 우리 조선은 힘이 약한가'라는 더 근본적인 질문을 던져요.

에피소드 중에는 맨 마지막에 박문현이 죽기 전에 박문기를 회상하면서 김욱에게 이야기하는 장면이 있어요. 소설에 슬픈 장면들이 꽤 많은데, 이 부분은 제가 써놓고도 읽으면서 눈물이 났어요. 문기에 대한 문현의 애정과 갈등 같은 것들이 표현된 장면인데 독자들이 어떻게 느끼셨을지 궁금하네요.

창작 과정 중 중요하게 생각하는 가치나 원칙이 있으신가요?

창작은 무엇인가 세상에 새로운 것을 내놓는 것이죠. 이 소설은 우리가 잘 모르던 과거를 다루면서 '의식과 무의식의 연결과 소통'이라는 주제를 갖고 썼어요. 김욱 같은 주인공들을 따라가다 보면, 어느새 한국인으로서 그와 내가 같은 것을 공유하고 있다는 느낌을 받으실 거에요.

작가님이 꿈꾸는 사회는 어떤 모습인가요?

제가 꿈꾸는 사회는 사실 전작 '호모 커먼스'에서 그렸어요. 우리는 모두 다 개인이지만, 공동체 속에서 살아갈 수밖에 없잖아요. 개인과 공동체가 조화를 이루지 않으면 성공적인 사회를 만들어갈 수가 없어요. 이 이야기는 이기론에서 '기'를 중요하게 생각하는 박문기가 '해동운화'를 쓰는 부분에 드러나 있어요. '기'는 갈등이 아니라 갈등들이 서로 어우러지면서 조화를 이루어가는 과정에 초점을 두는 것이거든요. 이번 소설에서는 공존과 공생, 그리고 공유를 기반으로 하는 개인과 공동체의 조화를 실현하고자 하는 사람들의 삶을 생생하게 그렸어요.

작가님의 작품이 오늘날 한국 사회에 어떤 교훈이나 영감을 줄 수 있다고 생각하시나요?

이 작품을 잘 들여다보면 당시 조선이 직면한 현실과 갈등이 현대 한국 사회가 마주한 현실과 매우 유사하다는 걸 알게 될 거예요. 물론 과거와 현재의 사회 문제에는 각각의 특성이 있지만, 어느 정도 공통된 경험을 공유하고 있죠. 이 책을 통해 과거를 되돌아보고 반성함으로써 오늘날 한국 사회를 더 깊게 이해할 수 있었으면 해요.

이번 작품을 통해 스스로 새롭게 깨달은 점이 있으신가요?

책을 쓰면서 조선 말기의 시대적 상황과 그 시기를 살아가던 사람들의 고민을 더욱 가깝게 이해하게 되었어요. 무엇보다도 조선 말기의 상황이 현재의 한국 사회와 단절되어 있는 게 아니라, 시대를 달리하면서 이어져 있다는 사실을 깨달았죠. 머리로는 알고 있었지만 실제 작품을 쓰면서 더 강렬하게 그런 느낌을 받을 수 있었습니다.

창작활동 외에 작가님께서 삶에서 중요하게 여기는 것들은 무엇이며, 이러한 가치관이 작품에 어떻게 반영되고 있나요?

우리 모두가 태어나서 살아가는 과정에서 특별한 의미를 가지고 있다고 생각해요. 저도 이에 대해 항상 생각하는 편이에요. 주인공들이 삶의 의미에 대해 고민하는 것이 작품의 중요한 요소입니다.

다음 작품 활동 계획이 있으신가요?

이번 책에서 마무리하지 못한 부분이 있어서 '조선과 꿈'의 후속편을 생각하고 있어요.

마지막으로 독자들에게 해주고 싶은 말씀이 있으신가요?

이번에는 특정 독자들을 염두에 두고 쓰지 않았어요. 대신, 여러 계층과 다양한 분야에서 활동하는 동시대 사람들이 조선 말기의 시대와 개혁을 바라보는 시각과 삶의 자세를 보면 좋겠어요. 이 책을 읽는 독자들은 저와 같은 시대를 살아가고 있어서 시대의 슬픔과 기쁨을 함께 나눌 수 있을 거예요. 제 책이 독자들이 공유하는 슬픔과 기쁨의 한 부분이 되길 바랍니다.

홍윤철 작가 홈페이지

조선과 꿈
조선의 개혁을 꿈꿨던 두 기구한 운명에 대하여

발행일 2024년 5월 15일
지은이 홍윤철
펴낸이 마형민
기획 신건희
편집 김현주 곽하늘
디자인 김안석
펴낸곳 (주)페스트북
주소 경기도 안양시 안양판교로 20
홈페이지 festbook.co.kr

ⓒ 홍윤철 2024

ISBN 979-11-6929-107-1 03810
값 16,000원

* 이 책은 저작권법에 의해 보호를 받는 저작물이므로 무단 전재와 무단 복제를 금합니다.
* (주)페스트북은 '작가중심주의'를 고수합니다. 누구나 인생의 새로운 챕터를 쓰도록 돕습니다.
  creative@festbook.co.kr로 자신만의 목소리를 보내주세요.